Dello stesso autore

nella collezione Oscar

I contemporanei del futuro
Il giocatore invisibile
L'isola volante
La morte in banca
Nati due volte
Prima persona
Il raggio d'ombra
Vite di uomini non illustri

Giuseppe Pontiggia

LA GRANDE SERA

Postfazione di Daniela Marcheschi

OSCAR MONDADORI

I edizione Scrittori italiani e stranieri marzo 1989
I edizione riveduta Oscar scrittori del Novecento settembre 1995

ISBN 88-04-52430-8

Questo volume è stato stampato
presso Mondadori Printing S.p.A.
Stabilimento NSM - Cles (TN)
Stampato in Italia - Printed in Italy

Ristampe:

7 8 9 10 11 12 13

2005 2006 2007 2008

www.giuseppepontiggia.net

www.librimondadori.it

Nota introduttiva

Dopo la pubblicazione della *Grande sèra*, nel 1989, mi sono reso conto che il testo presentava alcuni difetti non marginali. Parte della critica e dei lettori mi ha corroborato, per così dire, in questa inquietante persuasione. Dovessi riassumerli in modo schematico:

Ridondanze di colorito retorico (eccessi di antitesi, parallelismi, ossimori).
Aforisticità insistita.
Sentenziosità dei dialoghi.

Ho lavorato oltre un anno alla correzione di questi difetti. Dalla revisione capillare, parola per parola, il testo è uscito non vistosamente – però profondamente modificato. Mi sembra più rapido, sfumato, ambiguo, ironico. Il lavoro sui dettagli ha finito per cambiare l'insieme. Io spero sia migliorato.

Giuseppe Pontiggia

La grande sera

A mia moglie

I
Appuntamenti

Attese altri quindici minuti sdraiata sul letto, lo sguardo al soffitto inclinato della mansarda, le mani sulla coperta, attenta a qualunque rumore salisse dalle scale. Poi cominciò ad avere paura.

Non era mai arrivato in ritardo.

Si alzò dal letto e si avvicinò a piedi nudi alla finestra. Sul marciapiede in basso camminavano uomini minuscoli. Alcuni attraversavano il viale, sparendo e riapparendo tra gli ippocastani. Di solito lui arrivava a piedi dal parcheggio. Il suo studio, al penultimo piano di un grattacielo, era ancora visibile a distanza, i vetri che luccicavano al tramonto, nella bruma rosata.

Scese di nuovo con lo sguardo in fondo al viale e improvvisamente lo scorse. Aveva alzato il giornale in cenno di saluto, anche se non poteva averla riconosciuta da tanto lontano.

Sospirò di sollievo, chiuse gli occhi. Non avrebbe recriminato sul ritardo e sarebbe stato un altro punto a suo favore. Nelle loro discussioni crediti e debiti venivano calcolati e aggiornati con accanimento maniacale. Ma quando riaprì gli occhi, si accorse con angoscia che non era lui. Era un uomo più anziano. Non capiva come fosse caduta in quell'abbaglio. Una donna lo aspettava vicino all'edicola e si alzò sulla punta dei piedi per abbracciarlo. Lei si sentì avvampare. Allora dischiuse i vetri e accostò il viso allo spiraglio.

Dalla strada saliva un'aria tiepida. Il rumore remoto del traffico si mescolava alle strida degli uccelli sopra le terrazze. Era assurdo preoccuparsi prima di sapere. Lo rivide mentre le diceva all'orecchio, nell'angolo dell'ascensore, a voce bassa perché gli altri non udissero: "Le ipotesi peggiori non sono le più probabili" ma sentì come allora che non era vero.

Richiuse i vetri e cominciò lentamente a rivestirsi. Forse aveva frainteso l'ora dell'appuntamento. Quante volte si erano sbagliati sul luogo, aspettandosi a poca distanza. Per l'incontro successivo abbondavano allora in dettagli, finché uno meno chiaro rendeva improvvisamente aleatori anche gli altri. Forse cercavano il modo di non trovarsi, le aveva detto un giorno, in fondo ai portici, dopo che si erano inseguiti senza saperlo. E lei aveva riso inquieta.

Udì la porta dell'ascensore chiudersi con fragore, poi il rumore della cabina che saliva. Si appoggiò allo stipite in anticamera. Sentiva il muro vibrare sempre più forte, finché un sussulto metallico bloccò la corsa. Passi brevi di donna attraversarono il pianerottolo e varcarono una soglia.

Entrò in bagno. Forse voleva cominciare a disorientarla. L'arma usata per la conquista serviva per la fuga. Una sera le aveva detto, mentre aspettavano il taxi, sotto la pensilina, la neve che vorticava nel buio: "Il problema non è sedurre una donna, ma lasciarla". Sorrideva a testa bassa, il bavero del cappotto rialzato davanti al viso. In quegli istanti lo odiava, lo vedeva decidere il destino di una persona come la sorte di un insetto, quando lo si schiaccia con la scarpa.

Deglutì a fatica, la gola riarsa. Posò il bicchiere sul fondo del lavabo e lasciò scorrere l'acqua. Ma quando alzò gli occhi per specchiarsi nel vetro dell'armadietto, vide solo file di barattoli tra le ante aperte.

Bevve in un sorso l'acqua del bicchiere. Non doveva

aspettarlo ancora, non aveva più senso. Guai se assecondava le sue paure.

Rientrò nella stanza e, aperta la borsetta sul tavolo, si asciugò con il fazzoletto gli angoli degli occhi. Il sole invadeva di luce la stanza. Si fece schermo, appoggiando la mano al vetro, contro quel disco rosso, enorme, che tramontava sopra i tetti. Poi abbassò lo sguardo sulla strada, che tra le lacrime si sfocò, divenne una striscia luccicante, tra file di alberi che salivano fino all'orizzonte.

Quando telefonò da una cabina nella piazza venti minuti dopo, un chiarore giallo si diffondeva dalla piscina coperta.

«Studio Eos. Chi parla?»

Chiuse la porta della cabina:

«Sono io, buongiorno. Non c'è il dottore?»

«No, signora, oggi non si è visto.»

«Come?»

«Signora» rispose la segretaria. «Non è venuto in ufficio.»

Aggiunse, dopo una pausa:

«Siamo sorprese anche noi.»

«Avete telefonato a casa?»

«È naturale, signora. Sua moglie però non c'è e la domestica non sa niente.»

«E a che ora è uscito questa mattina?»

«Alle otto e mezzo, signora. Come al solito.»

La sentiva esitare nelle risposte, incerta tra il piacere di dare le informazioni e quello di negarle.

«Oggi aveva appuntamenti?»

«Sì, signora.»

Aggiunse, con un tono che le parve malizioso:

«L'ultimo era alle diciassette e trenta, ma non in ufficio.»

Si appoggiò al vetro della cabina, gli occhi chiusi.

«È già successo?»

«Che non avvisasse? No, mai. Vuole che gli riferisca qualcosa?»

«No» mormorò. «Gli dica solo che ho telefonato.»

Camminando al centro del viale verso piazza Susa, lungo rotaie interrate nel suolo polveroso, vide sul grattacielo in fondo l'orologio illuminato che segnava le sette. Allora attraversò l'asfalto, entrò in un bar sull'angolo e, ordinato un caffè al banco, si diresse verso la cabina buia del telefono. All'interno stentava a riconoscere i numeri.

«Pronto!»

«Mario, sei tu?»

«Sì, cara, dimmi.»

La voce calda, rassicurante, era soverchiata dalla musica:

«Aspetta un momento che abbasso il volume.»

«Eccomi» riprese. «Che novità mi racconti?»

«Tu oggi non hai visto tuo fratello, vero?»

«No, cara. Non lo vedo, credo, da una settimana.»

Indugiava sulle parole, come se le assaporasse:

«Perché me lo domandi?»

«Perché oggi non è andato nel suo studio e non ha avvisato nessuno. Non è mai successo.»

Lui fece una lunga pausa, prima di rispondere:

«Mah!»

L'esclamazione sembrava preludere a uno dei suoi silenzi. Invece, come emergendo da una apnea, disse lentamente:

«Non mi sembra il caso di preoccuparsi.»

«Ma noi avevamo un appuntamento! Non ha avvisato neanche me.»

«Ah!»

Seguì un'altra pausa, durante la quale lo si udiva respirare, la bocca vicino al microfono.

«Non sai dirmi niente?»

«Aspetta, cara, sto riflettendo.»

Il tono carezzevole non riusciva a nascondere un certo imbarazzo:

«Tu pensi a una disgrazia, vero?»

«Ma no, non ci voglio neanche pensare!» La borsetta le era scivolata sul pavimento della cabina. «Però sono preoccupata. Che cosa può essere successo?»

Lui esitò, poi disse con una improvvisa convinzione:

«Non una disgrazia. Lo sapremmo già.»

«E un rapimento?»

«Macché rapimento.» Aveva assunto un tono tra l'ovvio e il bonario. «Ci sono tante ipotesi più probabili.»

Un uomo anziano si era avvicinato al vetro della cabina e spiava nell'interno.

«Per esempio?»

«Non lo so. Che si è preso un giorno di vacanza.»

«Senza avvisarmi?»

«Senza avvisarti. Altrimenti che vacanza sarebbe?»

«Adesso non diventare insolente. Che cosa vuoi dire?»

L'uomo aveva appoggiato la fronte al vetro della cabina.

«Niente. Che la possessività è fatale.»

«Io possessiva? Ma sei pazzo!»

L'altro rise.

«Veramente, Mario, tu non mi conosci. Chissà che cosa ti racconta tuo fratello.»

«Solo quello che basta.»

«Ah, ma allora sei al corrente di qualcosa!» Si era chinata a raccogliere la borsetta. «E me lo nascondi, lo capisco dalla tua voce.»

«No, credimi» si schermì l'altro. «Non c'è niente da capire, io alludevo solo alle sfumature.»

«Che sono l'essenziale, come sai.»

L'uomo aveva bussato leggermente sul vetro, ma lei si voltò verso l'angolo opposto e continuò a voce più bassa:

«Mario, tu devi dirmi tutto. È troppo importante per me. Può avere un nesso con quello che è accaduto oggi.»

«Non lo so se c'è un nesso» rispose lui a disagio. «Io parlavo in generale.»

«E io invece in particolare. Mario, devo vederti.»

«Quando?»

«Adesso. Sono a trecento metri da casa tua.»

«Oh, no!» gemette.

«Che cosa devi fare a quest'ora?»

«Tante cose!» Aveva una voce costernata. «Non so neanche da quale cominciare.»

«Allora significa che puoi rimandarle.»

«Non è vero. Non ce la faccio più a vivere nel disordine.»

«E vuoi cambiare proprio da questa sera? Senti, ti aspetto tra dieci minuti.»

«No, non posso.»

«Tra dieci minuti all'inizio di viale Zara.»

«Tra dieci minuti è impossibile. E poi questa sera devo lavorare.»

«Tra un quarto d'ora all'angolo tra viale Zara e Lagosta.»

«Un momento!» invocò.

«Ciao, ti aspetto» rispose lei, riattaccando il telefono.

II

Domani ordine

Una mano posata sul telefono, l'altra sulla scrivania, Mario contemplò accasciato, nella luce del crepuscolo, il disordine della stanza.

«Domani ordine!» disse a voce alta, come per imporsi a un interlocutore. Ma l'interlocutore era lui ed era sempre più difficile convincerlo. Gli bastava che non gli negasse la speranza. E lo immaginava mentre allargava le braccia, con un sorriso incredulo, ma non sfiduciato.

Aveva provato, per attenuare gli insuccessi, ad attenuare le ambizioni. E a cominciare il riordino da un punto circoscritto della stanza, lo scaffale vicino alla finestra, gremito dalle riviste di cinema. Gli era parso di aprire uno spazio di quiete: come nei libri di avventure letti da ragazzo, quando il naufrago sul mare in tempesta rovesciava dalla zattera l'olio di una botte; e le onde miracolosamente si placavano e si poteva, sulla distesa calma contro lo sfondo dei cavalloni, provvedere a una riparazione decisiva. Non era più tornato su quelle pagine, ma i ricordi, nell'incertezza della memoria, erano diventati sempre più sicuri. E lui vedeva con nitidezza quella macchia d'olio e di pace che si allargava sul mare.

Nella sua stanza però era accaduto il contrario. L'ordine di quell'unico scaffale era incalzato e come sopraffatto dal disordine degli altri, stipati e traboccanti. Così aveva sostituito al progetto di un ordine parziale quello, rassicurante e inattuabile, dell'ordine totale.

«Che cosa vuoi per cena questa sera?» gli chiese sua moglie, affacciandosi monumentale sulla soglia.

«Ah!» si riscosse lui, staccando la mano dal telefono. La guardava con aria interrogativa, sorridendo lievemente.

«Ti ho fatto una domanda. Che cosa vuoi per cena questa sera?»

«Niente.» Posò le palme sul cristallo della scrivania, come se stesse per alzarsi. Invece rimase seduto. «Devo uscire, purtroppo.»

«Adesso?» Sua moglie lo fissò. «Mi hai detto che volevi lavorare.»

«Sì, hai ragione» mormorò. «Non riesco a dire di no, non capisco perché.»

«Chi ti ha telefonato?»

«Lo puoi immaginare.»

«La Silvia.»

E mentre lui annuiva in silenzio, sua moglie esclamò:

«Ma che cosa vuole da te?»

Era entrata con la sua mole nella stanza, avanzando fino alla scrivania:

«Possibile che ti debba sempre interpellare? Ma è l'amante di tuo fratello o la tua?»

«Non lo so.»

«Come non lo so?»

Lui guardò la finestra spalancata, nell'aria che imbruniva:

«Non so perché mi telefoni. Credo attraversi un periodo di crisi.»

«E si rivolge alla persona giusta.»

«Che cosa vorresti dire?»

«Quello che ho detto. Fai solamente finta di non accorgertene.»

Si era stretta la vestaglia intorno ai fianchi.

«Basta guardarti mentre ti aggiri per la casa» aggiunse. «Avevi in mente di scrivere un libro e non ti concentri. Sciupi il tempo come se fosse senza limiti.»

Lui la ascoltava senza guardarla.

«Sono anni che dici di volere l'ordine» continuò. «E guarda come hai ridotto questa stanza.»

La superficie era quasi interamente ricoperta da riviste e da libri. Le pile salivano lungo gli scaffali lasciando piccoli varchi, come le siepi di un labirinto. Alcune pendevano in equilibrio precario, altre si erano sfasciate sul pavimento.

«Non ci riuscirai mai.»

«Ecco l'incoraggiamento di cui ho bisogno» lui tentò di sorridere. «Però accumulo le delusioni come un capitale.»

Lei si sedette sul divano, urtando una catasta di riviste che scivolò ai suoi piedi.

«Lo sai che cosa ho notato?» Si era curvata per raccoglierle. «Che speri nei rimorsi, poi però non li provi e così non scrivi.»

Si allentò il nodo della vestaglia, come se si arrendesse al dilagare del corpo.

«Io non ti riconosco più» aggiunse. «Non so più chi sei.»

Lui annuì:

«È il destino delle coppie che durano.»

Rimasero in silenzio. Lei cercava di controllare il respiro, che era diventato ansimante, lui guardava la finestra, aperta su una distesa di antenne.

«Ma perché finisce sempre così quando parliamo?» riprese lei.

«Me lo chiedo anch'io. Anzi non me lo chiedo più.»

Guardò l'orologio al polso, poi disse, a testa bassa:

«Ora devo uscire.»

«Ecco come risolvi tu i problemi.»

«Non li risolvo neanche restando.»

Lei si era avvicinata alla finestra:

«Per vedere poi la Silvia, con tutto il lavoro che avresti.»

«Ma che cosa ti ha fatto?» le chiese, seguendola con lo sguardo.

«A me niente» rispose lei senza voltarsi, affacciandosi sul viale dove si accendevano le prime luci. «Mi chiedo che cosa abbia fatto a te.»

«Ti ho accennato perché la incontro» disse lui con voce rassicurante. «È in crisi perché mio fratello è sparito, oggi non si è fatto vedere.»

«No, non mi hai detto niente.» Si era girata con una improvvisa curiosità. «Perché dici sparito?»

«Perché non riesce a rintracciarlo.»

«E che cosa pensa?»

«Il peggio, naturalmente. Che lui voglia lasciarla.»

«Non credo che ricorrerebbe a questi mezzi» disse lei, abbassando la testa. «Non l'ha mai fatto, che io sappia.»

Lui aveva un sorriso esitante:

«Potrebbe cominciare ora. La maturità non è l'età delle svolte?»

Aggiunse:

«Non fare più quello in cui non si crede. Lo dico anche per me.»

«Ah, se si tratta di mettere i *non* tu sei un maestro.» Si era staccata dalla finestra. «Non lavorare, non muoversi.»

«Lo sapevi che ero così.»

«Non vivere.»

Aveva rialzato la testa:

«No, non sapevo che eri così. Me l'avevi detto, ma io non ti avevo creduto. Pensavo che esagerassi.»

«Fidarsi sempre di chi parla male di sé.»

Lei si appoggiò a uno scaffale vacillante:

«Lo sai che sei deludente, vero?»

Socchiuse gli occhi:

«Non ricordo neanche da dove eravamo partiti. Dal disordine.»

«No, dalla telefonata.»

«È lo stesso» esclamò lei stancamente, avviandosi verso la porta. «Il disordine è nella testa.»

Lui sollevò lo sguardo.

«Non so quando torno» disse.

Poco dopo si alzò e si diresse alla finestra, camminando a passi cauti sul pavimento disseminato di fascicoli, come se guadasse un fiume. Evitò con la pantofola destra una pila di «Cinema domani», ma sfiorò con la sinistra una catasta di «Hollywood Renaissance», che si sparse sul tappeto. La guardò con il piede ancora sollevato, attento a non rovesciare i mensili di «Decima Musa» e finalmente, con un ultimo balzo, arrivò al davanzale. Lei lo aspettava al di là degli alberi, camminando sul marciapiede.

«Mi sai spiegare perché sono sempre in ritardo?» le chiese raggiungendola alle spalle, dopo avere accelerato il passo solo negli ultimi metri, ma ansando come se avesse corso.

«A me lo chiedi?» si voltò. «Posso solo risponderti che non è casuale.»

«Appunto.» Continuava ad ansimare. «Forse sono in ritardo su tutto.»

La prese sottobraccio:

«Dove vuoi che andiamo?»

Lei si fermò:

«In un posto tranquillo, qui vicino.»

«In un bar, che cosa ne dici? Ma dove?»

Si guardò intorno, nella immensa piazza rettangolare, curioso e incerto, come se la scoprisse allora. Poi sorrise con la sua aria allusiva:

«E se andassimo all'Elios Bar?»

Le indicò, su una altura al centro della piazza, un piccolo edificio circolare, con le pareti di vetro e una cupola da osservatorio astronomico.

«Bene» annuì lei. «Non ci sono mai stata.»

Attraversarono la strada e salirono per il vialetto asfaltato lungo il pendio. Panchine di pietra e alberi racchiusi in gabbie di ferro si susseguivano come quinte di un teatro all'aperto.

«Allora, cara» riprese lui protettivo. «Che cosa ti preoccupa in particolare?»

«Prima di tutto che oggi tuo fratello non si sia visto.»

«E poi?»

«E poi la tua reticenza al telefono.»

Lui le strinse il braccio:

«A proposito di che cosa?»

«Lo vedi?» esclamò lei. «Sei sempre sfuggente, come tuo fratello.»

Aggiunse:

«A proposito del mio rapporto con lui.»

«Già.» Era diventato pensieroso. «E come va?»

«È da te che vorrei sapere qualcosa» rispose lei imbronciata.

Erano arrivati alla fine della strada, sullo spiazzo ghiaioso davanti all'Elios Bar. Una porta girevole li introdusse in una sala circolare, con il bar sfolgorante al centro e i fari in alto, fra le travi di ferro. Lungo la circonferenza di vetro i tavoli erano divisi da paraventi metallici.

«Hai qualche preferenza?» chiese lei.

«No, scegli tu. A me sembra un teatro di posa.»

Lei si guardò intorno, poi si diresse a un tavolo vicino alla parete trasparente.

«A me invece sembra una piattaforma spaziale» disse prima di sedersi. «E con poche persone.»

«Meglio così, non ti pare?»

Da quel punto, nella sera ormai buia, si vedevano il reticolo fosforescente delle strade e le scacchiere dei grattacieli.

«Adesso però non mi sfuggi» posò la borsetta accanto a sé.

«Dimmi.»

Lei sospirò, le mani sulle ginocchia, come se raccogliesse le forze:

«Vorrei che tu mi dicessi con sincerità» fece una pausa «che cosa pensa tuo fratello del nostro rapporto.»

Lui la fissò negli occhi:

«Fra te e me?»

«No, ti prego, non scherzare. Lo sai che è un argomento chiuso.»

Aggiunse:

«E poi non hai la tua amica?»

«A quale alludi?»

«Ecco» lei si appoggiò allo schienale. «Una risposta così, da tuo fratello, per me sarebbe la fine. Allora, vuoi rispondermi?»

Lui rifletté:

«Non mi dice quasi niente di voi.»

«Questo non può essere. Sei l'unica persona con cui parla.»

«Sì, ma parliamo sempre di cose marginali.»

«E quelle importanti?»

«Ci vengono in mente solo quando stiamo per lasciarci. È finito il tempo in cui ne parlavamo.»

«Un bel progresso» commentò lei, posando le mani sul tavolo.

«Non speriamo più di risolverle con le parole.»

«E così non le risolvete mai.»

Mario alzò il viso verso il cameriere che si era avvicinato al tavolo, poi lo abbassò verso di lei:

«Che cosa prendi?»

«Un toast e una birra.»

Lui meditò a lungo davanti al cameriere immobile, poi disse, con un sospiro:

«Anch'io.»

«Farciti?»

«No» rispose lei.

«No» ripeté Mario al cameriere, come se lo traducesse in un'altra lingua.

«Mi chiedevo una cosa» disse lei, mentre il cameriere si allontanava. «Se ti ha mai accennato al nostro futuro.»

«No, mai.»

«Uno dei problemi insolubili, immagino.»

Mario la guardò con una espressione inquieta:

«Non lo so, credimi. Non so che cosa ti abbia promesso mio fratello.»

«Di decidersi.»

«Parola catastrofica» mormorò Mario. «Probabilmente l'ha messo in difficoltà.»

Lei era arrossita:

«Anche tu hai notato un cambiamento in questo periodo, vero?»

«Forse sì.»

«Ecco» esclamò lei. «Lo vedi che i miei sospetti avevano un fondamento. Continua.»

«No, ho già finito. Mi è sembrato un po' assente. Ma le cause possono essere tante.»

«Dimmene una.»

«L'età, cara. Il tempo ci inquieta.» Sorrise con un'aria confidenziale. «Si passa dall'eternità ai pochi anni che ci restano.»

«E lo scopre adesso?»

«Adesso lo vive. Prima si limitava a saperlo.»

Lei lo ascoltava a disagio:

«E io che cosa c'entro in tutto questo?»

«Tu?» Mario la guardò con curiosità, come se la valutasse per la prima volta. «Per lui conti, certamente, però non sei la sua vita.»

«E se invece una persona ti dice che lo sei?»

«Dice solo una frase, suppongo.» Alzò la mano in direzione del cameriere, distratto. «Anch'io l'ho detta più volte, ma non era vera.»

«Non ti conoscevo sotto questo aspetto» disse lei ritraendosi, mentre il cameriere posava le bottiglie sul tavolo. «Hai altre cose da dirmi?»

Mario strinse nella mano il bicchiere e rispose cupo:

«Io credo sia sbagliato contare su un'altra persona. Ti tradisce sempre.»

«Bene» mormorò lei. «Per fortuna sono uscita con te per chiarirmi i dubbi.»

Gli versò parte della birra nel bicchiere:

«Perché ad esempio oggi non è venuto? Per mandarmi un segnale?»

«No. Non penso agirebbe così.»

«Senti» gli posò la mano sul braccio, con aria supplichevole. «Ti chiedo un favore. Perché non cerchi di scoprire dove si trova?»

«Adesso?»

«Sì. Aiutami. Ti prego!»

«Ma adesso è tardi» esclamò Mario, estraendo dal taschino interno l'orologio. «Sono già le otto.»

«Io non aspetto una notte.»

«Ma io che cosa posso fare? Solo qualche telefonata.»

«Sì.»

«A sua moglie? Mi hai sempre detto che non volevi coinvolgerla.»

Lei taceva.

«Ma poi non c'è!» disse Mario a un tratto, con improvviso sollievo. «L'avevo dimenticato. Ha una lettura di poesia al Piccolo Eden. Mio fratello anzi mi aveva chiesto se potevo assistere.»

«Lui però non ci andava.»

«Se ne guarda bene.» Accarezzò il bicchiere. «Dice di non capire la poesia di oggi. Tu non sai quante angosce risparmia l'ignoranza.»

Lei fissava il tavolo con una espressione di attesa.

«Ascoltami» disse Mario, posandole una mano sulla sua. «Se proprio ci tieni, posso cercarla io in teatro. Tu mi aspetti nelle vicinanze e vedrai che risolveremo il mistero. Io sento che non c'è niente.»

«Non mi fido di questi presentimenti» mormorò lei.

III

Una serata di poesia erotica

Staccandosi con passo risoluto dal fondale grigio e avanzando verso il tavolo al centro del proscenio, l'uomo fece un cenno alla platea, non si capiva se per sollecitare o impedire un applauso, e nel silenzio, preso posto davanti alla bottiglia di acqua minerale, accarezzò il velluto come un pianista la tastiera, poi avvicinò il viso al microfono, che però si inclinò fino a posarsi sul piano.

«Scusate» sorrise, guardando verso le quinte alla sua destra. «Un attimo di pazienza.»

Aspettò qualche secondo, poi si voltò verso le quinte di sinistra. Non appariva nessuno. Allora sollevò il microfono, pendulo come un fiore dal gambo spezzato, e lo esaminò; toccando una levetta, che provocò un sibilo, lo lasciò cadere sul tavolo con fragore. Una donna in platea soffocò un grido.

L'uomo si affrettò a spostare la levetta, come se disinnescasse una bomba.

«Chissà perché i microfoni non funzionano mai» disse con aria conciliante.

Circondò con un braccio l'apparecchiatura e la trasportò su un angolo del tavolo, trattandola come un rottame delicato. Poi, volgendosi alla platea, alzò la voce:

«Mi sentite se parlo così?»

«Sì!» esclamò un uomo in seconda fila, con un tono tra la solidarietà e il fastidio.

«Allora mi presento.»

Estrasse dal taschino un fazzoletto bianco e se lo passò rapidamente sulla fronte e su una guancia.

«Sono Alfredo Molteni. Parlo al posto di Ugo Malinverni che doveva presentare i poeti, ma non è ancora arrivato. Non sappiamo come mai.»

Si voltò nuovamente verso le quinte, in un muto appello, quasi volesse evocarne la presenza, poi tornò a guardare davanti a sé.

«Non sono un critico di professione.» Fece una breve pausa, di modestia e di orgoglio. «Sono anch'io, o meglio tento di essere, un poeta.»

Sorrideva a fatica, emozionato.

«Alcuni di voi forse mi conoscono.» Acuì lo sguardo verso il buio della sala. «Ma l'importante non è questo. L'importante è il tema.»

Fece un'altra pausa.

«Il tema è l'eros.»

Un signore in terza fila si tolse il cappello e lo posò sulla poltrona vuota alla sua destra.

«Che cosa è l'eros?» continuò. «Migliaia di definizioni, quindi nessuna. Lo viviamo. Nella realtà» posò la mano destra sul tavolo. «O nella fantasia» la sollevò in aria.

Uno spettatore si staccò da una porta laterale e percorse il corridoio che divideva a metà la platea. Camminava curvo, furtivo, ma gli occhi degli altri non lo abbandonavano. Si sedette alla estremità della seconda fila, scivolando nella poltrona. L'oratore, che si era interrotto, aspettò che gli sguardi ritornassero a lui.

«Il desiderio ci riguarda tutti. O meglio» fece una pausa. «Solo quelli di noi che sono vivi.»

Gettò uno sguardo circolare sulla platea:

«Perché vivere è desiderare.»

Gli occhi erano diventati improvvisamente luccicanti.

«Io sono desiderio. Anzi, per variare Cartesio: desidero, dunque sono.»

Indugiò per altri secondi in un silenzio compiaciuto. Una signora tossì.

«Siamo macchine desideranti» riprese, togliendosi gli occhiali e posandoli sul velluto «Ma la forza che ci muove è sempre quella originaria. L'eros!»

Aveva pronunciato la parola con un entusiasmo trattenuto, dilatando le pupille. Due ragazzi, nella fila di fondo, risero, ma uno spettatore calvo si voltò, intimando con voce soffocata:

«Fate silenzio!»

La pausa allentò la tensione dell'oratore, che sorrise indulgente. Con tono pacato disse:

«Non confondiamo l'eros con l'erotismo, che di solito incarniamo in una persona, non si sa se per eccesso o per difetto di fantasia.» Ripose il fazzoletto nella tasca. «A volte il nostro desiderio si concentra su una parte sola del corpo» tutti lo fissarono «e la trasforma in una totalità visionaria. Circoscrivere diventa dilatare.»

L'attenzione del pubblico gli provocava un imbarazzo piacevole, che sembrava propenso a prolungare.

«Parliamo pure di questo.»

Accarezzò una piega del velluto.

«Noi siamo catene di desideri, ogni desiderio un anello. E spezzare questa catena è impossibile. Solo la morte ci riesce, ma non possiamo augurarcela.» Qualche testa in platea si mosse. «Il problema è, come sempre, un altro.»

Inclinò il busto verso il pubblico:

«Noi amiamo le catene.»

Si sollevò gradualmente.

«Guai se non ci fossero. Saremmo liberi. Ma gli uomini vogliono una sola libertà, quella di non scegliere.»

Si appoggiò con le spalle allo schienale.

«E anche il desiderio ci inganna. Quello che noi vogliamo non è mai un corpo, né un'anima, ma qualcos'altro.»

A voce bassa disse:

«Un tempio da profanare. O una madre da uccidere.»

Aggiunse:

«Oppure Dio.»

Dalla platea salì qualche mormorio.
«Sì, Dio» ripeté, premendo le palme sul tavolo, come se volesse impedire che si sollevasse. «Perché il desiderio non ha limiti. Non dobbiamo più avere paura del linguaggio.»
Gli occhi lucidi fissavano il fondo della sala.
«Per questo siamo qui.» Respirava a fatica. «Per affrontare le potenze che si annidano nelle parole. Perché il desiderio del linguaggio...»
«Basta!» sibilò una voce, a metà della platea.
«Perché il desiderio del linguaggio» ripeté con un tono più assorto «diventi il linguaggio del desiderio.»
Qualcuno applaudì, non si capiva se per esprimere consenso o dissenso, mentre lo spettatore di prima ripeté «Basta!» rannicchiato nella sua poltrona.
«Cedo la parola.» L'oratore alzò la mano in un gesto ampio. «Cedo la parola alla poesia, cioè alla parola del desiderio.»
Alcuni si voltarono verso lo spettatore, che rimase silenzioso.
«La poesia concilia i contrari, fonde gli opposti» il tono era diventato confidenziale. «Dissolve la guerra in pace. E la pace» si arrestò, incerto sul seguito «la pace è la conclusione fatale della guerra.»
Altri applausi, questa volta troppo accelerati per indicare consenso, lo interruppero di nuovo. L'oratore si voltò verso le quinte, quasi a cercare un soccorso, che però non venne. Allora tornò a guardare la platea.
«Presento il primo poeta della serata. È Luigi Dini.»
Estrasse da una tasca della giacca un foglio ripiegato e lo spianò sul tavolo.
«Luigi Dini non ha bisogno di presentazione. È nato a Varenna.» Si curvò sul foglio. «Qui non si dice la data.»
Sorrise con una malizia sorniona.
«È uno degli ultimi privilegi che gli uomini hanno strappato alle donne.»
Si udirono commenti in sordina, una spettatrice

bionda, alta, in prima fila, si curvò a sussurrare qualcosa al suo compagno.

«Ha edito due raccolte presso la Cooperativa Polimnia. Una terza è in preparazione. Ha pubblicato poesie, traduzioni e recensioni sulle riviste più importanti, tra le quali citiamo "Penombre", "Poièin", "La svolta", "Verso Dove", "La violenza poetica", "Il Silenzio".»

Mentre parlava, un uomo piccolo, calvo, rotondo, il viso roseo che spiccava sul maglione nero, era avanzato alle sue spalle. Qualche applauso incerto si era levato dal pubblico e uno più forte da una signora scarmigliata, il collo avvolto da un foulard consunto, che sedeva isolata in terza fila. Gli occhi di molti, compreso l'oratore, si volsero verso di lei, che continuò a battere le mani nel silenzio, per interrompersi di colpo. Allora l'oratore si girò verso Luigi Dini e, indicandogli la sedia alla sua destra, gli disse con il gesto magnanimo dei presentatori:

«Prego!»

Dini si appollaiò su una sedia troppo alta per lui. Toccava a stento con le punte dei piedi l'assito del palcoscenico, ma non si trovava a suo agio e cambiava posizione, aggrappandosi ai braccioli. Quando rialzò la testa, le pupille irrequiete dietro le lenti, protese le corte braccia per afferrare il microfono, ma l'oratore glielo allontanò, aggiungendo:

«Non funziona.»

Allora Dini guardò davanti a sé e con un tono petulante cominciò:

«Buona sera. Sarò breve. Anche se queste sono già due parole di troppo.»

Mario si era seduto a metà della platea, non tanto per vedere, quanto per essere visto. Sua cognata infatti si era affacciata tra le quinte, mentre parlava il presentatore: una apparizione fugace, una occhiata al pubblico una piccola esibizione infantile, tra vanità e panico.

«C'è un solo genere letterario che non si può accettare» continuò Dini con voce affettata. «Il genere noioso. E dovremmo coltivare la *brevitas* non solo nello stile, ma nel comportamento.»

Mario l'aveva già visto, non ricordava dove. Riconosceva quella asciuttezza didascalica, quella concisione verbosa.

«Credo che tutte le poetiche siano buone purché i frutti siano buoni. L'ha detto uno più illustre di me e di tutti voi.»

Riconosceva anche quella modestia arrogante, che si cela dietro l'elogio della grandezza per negarla agli altri. E vi intuiva il tradimento della grandezza, che ha sempre l'effetto di innalzare gli altri, mai di umiliarli.

«Quanto alla poesia erotica» agitò le mani minuscole e tozze, come un prestigiatore che mostri le palme, prima di fare sparire le carte «io proporrei una operazione decisiva. Sopprimerei l'aggettivo.»

Congiunse i polpastrelli.

«E non solo perché sono avverso agli aggettivi. Ma perché tutta la poesia è erotica.»

Guardò al di sopra delle lenti la platea.

«Parlo dell'amore che ha trasformato il caos in cosmo, della forza che fa ruotare gli elettroni intorno al nucleo. Smetteremo di credere nel tema solo perché qualcuno lo tratta in modo banale?»

«Bravo!» esclamò la signora della terza fila, suscitando di nuovo la curiosità generale. Ma lei, emozionata, non distolse lo sguardo.

«Non si può rinunciare a Platone solo perché viene divulgato.»

La donna appariva disorientata, in attesa del seguito.

«Bisogna penetrare sotto la superficie del linguaggio» grattò con un'unghia il velluto. «Se l'amore fin dalle origini è il cuore dell'universo, non ci lasceremo distrarre dalla sua degradazione a merce. Anzi!» Batté le palme sul tavolo, con un rumore attutito. «Che il tema sia popolare ha un significato importante. Banale può essere ciò che interessa a pochi, mai ciò che interessa a tutti.»

Esitò:

«Non era sfuggito al Manzoni.»

Ma se ne pentì. Vide volti che si inclinavano e sguardi che si volgevano altrove.

Allora aggiunse, a voce più bassa:

«Benché non sia questo che conta.»

Rimase per un po' in silenzio, incerto se insistere, l'espressione contratta.

«La brevità» disse.

In platea tornarono a guardarlo.

«L'avevo promessa. Ora leggerò le mie poesie.»

La decisione fu accolta con sollievo. Alcuni cambiarono posizione nelle poltrone, altri scivolarono lentamente sui sedili, con i gomiti sui braccioli, e si disposero ad ascoltarlo.

Una signora delle prime file reclinò la testa. Mario l'aveva vista chiudere gli occhi a intervalli sempre più brevi, lottando sempre più debolmente contro il sonno. Subito dopo si riscosse con un sussulto e si guardò intorno imbarazzata.

Dini aveva cominciato a recitare la prima poesia. Scandiva con voce salmodiante versi brevi. Fece una lunga pausa dopo la parola "pavido" e non si capiva se la lirica fosse finita. Invece riprese, il tono più basso, con un altro aggettivo, "inerme", seguito da altri verbi all'infinito. Mario sentiva, ma non riusciva ad ascoltare. Era come se l'altro parlasse un'altra lingua, di cui percepiva singoli vocaboli: "languire", "attimo", "gola", "arancia". Talvolta Dini alzava la mano in un gesto di perorazione, quasi volesse accompagnare la parola per un tratto, prima di abbandonarla alla platea.

Mario spostò l'attenzione sugli spettatori. Scopriva visi seri, cupi, a volte costernati. Alcuni tradivano una attiva riluttanza, una ostilità che si celava negli sguardi obliqui. Altri, più che interesse, mostravano disagio. C'era anche chi seguiva con una adesione assorta e chi ostentava una concentrazione impenetrabile, professionale. In piedi vicino all'uscita un uomo accigliato, sulla sessantina, i capelli grigiastri fluenti sulla giacca, ascoltava con una espressione che poteva essere di stima o di disprezzo. Forse si sentiva osservato da alcuni spettatori e per questo il suo atteggiamento aveva qualcosa di teatrale.

La prima poesia fu accolta da applausi esitanti e da quelli, inconfondibili, della signora in terza fila. Dini, senza alzare la testa, disse:

«Leggerò *Entropia*.»

Fluirono immagini di lattuga, di seni, di acqua. Liquidi invisibili si diffondevano nell'aria. Le piccole mani porcine sottolineavano le parole, "palpitante", "sorgente", "amata". Il poeta sudava. La fronte luccicava sotto il riflettore, posto a breve distanza dal suo viso. Si intuiva che la fine si approssimava, perché il tono diventava più commosso. Concluse – dopo una lunga pausa alla parola "distruzione" – con un aggettivo, "tenera", pronunciato come una confessione. Questa volta gli applausi furono più intensi, mentre la signora, con gli occhi luccicanti, se ne astenne, forse per assaporare la propria commozione o il breve trionfo.

Dini passò, a testa bassa, alla lirica successiva. Il titolo era *Suicidio*. Nuvole vetrificate incombevano su una città vuota, poi una donna, una terrazza, un volo, poi parole che si susseguivano sfocate, come un paesaggio mobile visto con occhi assenti. Mario si accorse che era finita quando udì gli applausi.

«Leggerò l'ultima.» Dini aveva l'espressione affaticata. «Si intitola *Scherzo* e tale vorrei lo consideraste.»

Questa lirica aveva una andatura lieve, narrativa, si rivolgeva a una giovane conosciuta in un College a Oxford e alludeva a conversazioni sorridenti e complici. Il poeta leggeva accelerando, quasi volesse suggerire che non ci credeva e che occorreva prendere le distanze che prendeva lui. Il pubblico invece lo seguiva con una attenzione nuova. Mario rifletté, guardandosi intorno, che spesso si dà il meglio quando non ci si crede, solo che non si deve credere neanche a questo, altrimenti non funziona. Si era distratto mentre la lirica si addentrava tra cespugli e case, saliva sui poggi, si nascondeva nelle mansarde, in un alternarsi di esterni e di stanze. L'accento del poeta era diventato insofferente, il sorriso di lei riapparve con le parole dell'inizio, però il clima era mutato, l'erba del College era bagnata da un temporale. Si presagiva una chiusa piovosa, ma la lirica finì sotto un portico e con un avverbio, "ancora", che apriva uno spiraglio sul futuro.

Dini ringraziò, annuendo, gli occhi socchiusi, come un piccolo cardinale. E gli applausi erano già finiti quando accennò a interromperli.

«Penso che abbiate tutti apprezzato un poeta come Luigi Dini» subentrò, con aria accattivante, il presentatore. «Essere dentro l'emozione ed esserne fuori. Non è facile, ma alla poesia riesce. E alla sua in particolare.»

Fece una pausa, mentre Dini si toglieva gli occhiali e si passava una mano sugli occhi arrossati.

«E ora il secondo poeta, Giuseppe Morlacchi. Troppo noto, con la sua produzione trentennale, per avere bisogno di presentazione. Nei suoi versi l'eros, per dirlo con le sue parole...»

Si interruppe chinandosi su una borsa marrone ed estraendone alcuni libretti che posò sul tavolo. Ne aprì uno per cercare la citazione, con calma studiata. Soddisfatto del silenzio di attesa, spianò le pagine con la sinistra.

«Ecco, l'eros» alzò la destra in un gesto vagamente benedicente. «Scaglia di eternità nel buio del tempo / l'eros è il sole nella notte.»

In quel momento era apparso sul palcoscenico un uomo brizzolato, il viso olivastro, bloccato nel sorriso di una maschera peruviana. Si inchinò prima di sedersi al tavolo. Aveva tra le mani una serie di fogli che riordinò sul velluto, mentre continuava a sorridere e ad annuire. Quando cominciò a parlare farfugliò con un balbettio convulso, dove si percepirono alcune espressioni, "punto di fuga", "riottosità", "mi sia concesso". Quest'ultimo imperativo venne ripetuto con impazienza, come se qualcuno volesse interromperlo.

Dalla platea invece lo osservavano sgomenti. Solo un vecchio, il bastone appoggiato alla poltrona, alzò a un tratto la voce:

«Parli chiaro!»

«È giusto!» esclamò il poeta.

Era la prima frase comprensibile. Lui stesso rimase sorpreso e per qualche secondo non parlò, immobile, gli occhi vivacissimi, il sorriso teso. Poi ricominciò come prima. Era un rovinio di parole, un ingorgo di suoni inarticolati che gli esplodevano in bocca. Tra brandelli di frasi si riuscì a capire "abisso", "scacco dei referenti", "preconscio". Dopo quest'ultimo vocabolo divenne più calmo.

«Ora leggerò le mie poesie.»

Uscì in un riso breve, allusivo, rivolto più a se stesso che al pubblico.

«Il titolo della prima è *Passione*. Ma non voglio parlarne.»

Un altro riso nervoso:

«Io non credo alla passione. Se qualcuno vuole definirla.»

Il presentatore al suo fianco alzò la mano, accennando che voleva intervenire. Il poeta si inclinò di lato, come a cedergli spazio. E il presentatore, nel silenzio della sala, posò le mani parallele sul tavolo:

«Ricordo la definizione che ne ha dato un'attrice. Due aquile, chiuse in una gabbia, che si dilaniano il petto. Forse è questa la passione.»

Si girò lentamente alla sua destra:

«Se vuoi cominciare a leggere.»

Il poeta estrasse dal taschino gli occhiali e si curvò sui fogli: «*Passione*» disse.

Mentre ascoltava versi inaspettatamente chiari, dove trascorrevano nuvole, pianure, donne amorevoli, Mario si distrasse. Finché l'altro aveva balbettato, l'aveva incuriosito. Ma ora che si abbandonava a immagini languide, ai sogni estatici di una adolescenza tardiva, diventava sempre più remoto. Lo vedeva come in un cannocchiale alla rovescia, che declamava davanti a una platea in penombra. Era una scena vitrea, una fotografia di fine Ottocento. La sala era popolata di morti.

Il poeta aveva rialzato la testa.

«Leggerò la seconda poesia. Si intitola *Qui, ora*.»

Ma quando cominciò, Mario fu di nuovo invaso da un senso di irrealtà. E forse era proprio l'effetto che l'autore voleva ottenere, come purtroppo accade tante volte.

Visi di donne erravano in cieli diafani, si ascoltava il silenzio della notte su aie stellate e il tempo veniva misurato con la clessidra. L'autore aspirava alla levità, alla sapienza, all'Oriente, ma finiva per evocare i torpori di vacanze adolescenti, dove non si parlava che di stagioni e di orizzonti e di vento: soggiorni in una terra sconfinata dove poteva ritrovarsi solo chi l'aveva immaginata.

Neanche questo però era vero, Mario lo capì dagli applausi. C'erano spettatori attirati da quei fondali evanescenti, da quei gridi trattenuti, da quei cieli di porcellana. E gli applausi esprimevano, oltre che consenso, anche polemica contro gli altri che restavano indifferenti.

La terza poesia continuava ad avanzare in quella terra ospitale. Le albe si susseguivano ai tramonti e la vita non aveva mai fine. Bastava però riflettere su quest'ultima parola perché le immagini rivelassero la loro fatuità. A Mario venivano in mente i paesaggi chiusi in una boccia d'acqua, che capovolti disseminano minuscoli fiocchi; e la neve torna poi a scendere dal cielo con la stessa indifferenza con la quale era scesa dalla terra.

La fine della poesia fu salutata, dalla minoranza solidale, con applausi crescenti e quasi provocatorii. Mario li ascoltava con imbarazzo. Non c'è come un consenso non condiviso dagli altri per isolare chi lo prova e indurlo a una reazione eccessiva, nel tentativo di vincere, oltre che i dubbi altrui, anche i propri. Si lasciò scivolare nella poltrona, le mani davanti al viso. Scorgeva tra le dita il poeta che, rinfrancato, aveva smesso di balbettare e di confrontarsi con gli interrogativi dell'universo. Pochi applausi erano stati sufficienti a disarmarlo. Dove aveva letto una frase di Napoleone: che in amore, per passare dalla tragedia alla commedia, basta chiedere alla antagonista di sedersi?

Il poeta, gli occhi a mandorla ridenti, disse ammiccando:

«Leggerò tre poesie di seguito. Poi ci sarà l'intervallo.»

Mario scivolò ancora più in basso nella poltrona, quando la voce di Giulia gli sussurrò all'orecchio:

«Come mai sei qui? Per me?»

IV
Bellissimo, ma

A quarant'anni Giulia aveva raggiunto una età "decisiva". Evitava di chiarire la definizione, ma gli altri non avevano difficoltà a crederle. Non facciamo che passare da una età decisiva a un'altra, finché un attimo decide, questa volta definitivamente, di tutto. Nel frattempo continuiamo a prendere decisioni. La sua era stata di dedicarsi alla poesia.

Usava questo verbo, "dedicarsi", con una gravità delicata, la stessa che aveva riservato a suo marito, al principio del matrimonio. Allora aveva deciso di "dedicarsi" a lui, rinunciando alle malcelate ambizioni letterarie. Nessuno per la verità era parso dolersene, anche perché si dubitava potessero realizzarsi. C'è inoltre una solidarietà, letale e affettuosa, con chi decide di rinunciare agli ideali. I più vi riconoscono la propria condizione e contribuiscono, con tacita omertà, a rinnovarla negli altri. Quando poi non c'è più pericolo di un riscatto, passano da una adesione immaginaria a un disprezzo reale: che è spesso l'atteggiamento dei vecchi rispetto ai loro simili.

Aveva constatato che solo l'ambizione in proprio può aiutare quella altrui e perciò se ne guarda. Le eccezioni sono i pochi che si pongono, come ambizione ultima, di superare se stessi: la finzione estrema, la morte eroica quale veniva effigiata nei monumenti ai caduti della prima guerra mondiale; dove il soldato, insieme con la bomba, gettava l'anima al di là della trincea.

Così Giulia fu incoraggiata, da unanimi quanto deludenti consensi, a dedicarsi al fine che veniva attribuito alla donna, l'uomo.

Non c'è donna che, con il tempo, non ne rimanga costernata. L'unica variabile è il periodo necessario al risveglio: tre mesi, due anni, venticinque, subito, mai. In quest'ultimo caso si tratta di mentitrici sincere, vedove che raccontano la dedizione inalterata di un matrimonio esemplare con una nostalgia pari al sollievo che sia finito; compagne soprattutto di artisti, di scienziati, di politici, di uomini cosiddetti illustri. Consapevoli di incarnare una vedovanza collettiva, provano finalmente per il defunto quella adesione totale che gli hanno negato da vivo: ed è forse la fase più serena e luminosa del loro matrimonio.

Giulia si era sposata con l'ambizione, delirante e comune, di "possedere" un uomo, ma constatava di essere vedova di un vivo. "Sei assente" era la frase che gli diceva più spesso. E lui aveva imparato a non negare, perché riconoscerlo era ancora un segno di solidarietà. A volte l'accettazione reciproca che una unione non esiste è l'estrema complicità che la fa sopravvivere.

Dove poi si assentasse con la mente non aveva più per lei l'importanza di prima. La scoperta casuale che mentiva aveva incrinato fatalmente la sua fiducia. La futilità della menzogna non ne diminuiva ai suoi occhi il significato, anzi lo aumentava. Se le mentiva su punti marginali, non poteva essere sincero su quelli essenziali. Sorretta dall'unica certezza che molte persone possiedono, quella della propria insicurezza, aveva dilatato il pericolo per fuggirne tempestivamente, come certi animali da preda. Sentiva oscuramente che, se voleva salvarsi, doveva assecondare la disperazione; e che la voluttà di perdere è talora più lungimirante che quella di vincere e può diventarne la premessa.

Svegliata una notte dal russare greve di lui, aveva sfogliato vicino alla lampada una raccolta della poesia universale intitolata *Lete* e aveva scoperto una lirica di Pound intitolata *La soffitta*:

Vieni, compiangiamoli quelli che stanno meglio di noi.
Vieni, amica, e ricorda
  che i ricchi hanno maggiordomi e non amici
e noi abbiamo amici e non maggiordomi.
Vieni, compiangiamo gli sposati e i non sposati.

L'aurora entra a passettini
  come una dorata Pavlova,
e io sono vicino al mio desiderio.
Né la vita ha in sé qualcosa di migliore
che quest'ora di chiara freschezza,
  l'ora di svegliarsi in amore.

Poi si era voltata verso di lui, supino, la bocca semiaperta come un nuotatore allo stremo, e aveva intuito l'assurdità di quella dipendenza reciproca che prima aveva sognato: la mente succube di quello che accade in un'altra mente, in pochi centimetri quadrati di circonvoluzioni cerebrali. E la possibilità di deci dere la propria vita limitata dai poteri invisibili di un'altra.

C'era un aggettivo, "assoluto", sul quale, parlando di amore, aveva discusso per anni con lui, nel tentativo di imporlo alla sua ironia riluttante. Ora cominciava a sentirlo irreale e cercava, con argomentazioni caparbie, di dimostrarlo anche agli altri, che ne erano già convinti prima di lei.

Continuava così a ricalcare, sia pure a ritroso, gli stessi percorsi; e non si sottraeva mai a una costrizio ne maniacale, a una logica ipnotica, da cui intuiva che poteva liberarsi solo cambiando la direzione dello sguardo.

Il matrimonio era stato forse un alibi sufficiente a farla assolvere con formula piena nel processo meno attendibile che si conosca, quello che celebriamo dentro di noi: giudice e imputato coincidono e collaborano, con solidarietà toccante, a incolpare un terzo, gravandolo di responsabilità di cui è all'oscuro. Suo marito era stato l'idolo involontario a cui sacrificare la poesia. E lui non se ne era neanche accorto, come accadeva agli animali sacri venerati nell'antichità.

"Scrivere" era stato un verbo gravido di clandestinità e di panico. Si era accorta che ad affascinarla era, più che la meta, il viaggio e, più che il testo, la sua stesura: una azione che acquistava significati magici. Ma quando si era sorpresa a considerarla come azione, aveva cominciato a temere che non fosse niente altro.

La paura di non avere quel mondo da esprimere che si suole attribuire agli scrittori, soffocava la speranza di scoprirlo. E lo "scrivere", che prima era una emozione segreta, una cerimonia furtiva, era diventato un incontro periodico con la sterilità.

Lo stesso rituale che lo accompagnava – la porta della stanza chiusa a chiave, la scrivania accostata alla finestra, il caffè caldo in un thermos posato sulla mensola – le era apparso superstizioso. Relitti di una illusione, i gesti che dovevano realizzarla le sembravano sempre meno sopportabili, come quegli atti che, all'inizio di una passione, sono l'estasi e, alla fine, la sua espiazione. E anche il tempo aveva subito la stessa contrazione: quel tempo che prima si vorrebbe illimitato e poi circoscritto da limiti sempre più vicini. In ultimo anche un incontro fugace è interminabile, anche una telefonata lunga, anche una breve, anche un minuto, un secondo. Finché il nulla di oggi riempie il tutto di ieri.

Così aveva smesso di "scrivere".

Da insegnante commentava i poeti come esseri di un'altra specie. Lei che si era sentita consanguinea di Saffo ora provava soggezione e invidia anche per chi, semplicemente, osasse scrivere e pubblicare. Era come un atleta che ha smesso di gareggiare e, passando dalla pista alla tribuna, diventa uno spettatore prima ancora che il suo corpo cambi, perché è già cambiata la mente.

Invitava talora i poeti nella sua scuola, davanti a un pubblico curioso quanto volubile. E li ascoltava con un rapimento inquieto, con una devozione pari alla insofferenza. Trovava comica la serietà con cui alcuni si offrivano a una platea di posteri ignari, rievocando gravidanze miracolose di versi modesti. Eppure il disprezzo per se stessa, coltivato dall'infanzia, superava quello per gli altri, anche se lo alimentava.

"Decisivo", ancora una volta, fu l'incontro con un poeta. Era un uomo lento e grave, i radi capelli bianchi su un viso largo, solcato da rughe, come i consoli dei sarcofagi romani.

Lo aveva accompagnato nella palestra della scuola, trasformata per l'occasione in un'aula, gli studenti appollaiati sulle gradinate di legno; e lui aveva parlato a lungo con un tono pacato, gli occhi chiari rivolti al pubblico senza mai fissarlo. Rifletté per la prima volta che pacato significa in pace e questa era appunto l'immagine che lui suggeriva, di un uomo che aveva un rapporto di pace con se stesso e con gli altri.

Forse anche l'amore era pace. Ricordava un collega anziano che glielo aveva detto nel vano di una finestra, durante un intervallo, e lei aveva taciuto, sorpresa e incredula. Lui si era limitato a sorridere, senza sperare di convincerla, probabilmente perché gli bastava la propria convinzione – evento rarissimo. Spesso, quando si cerca di convincere gli altri, si tenta solo di placare i propri dubbi; e non c'è da stupirsi se si fallisce in entrambi gli intenti.

Ora le tornavano in mente quelle parole e capiva che potevano valere anche per la poesia. Forse non erano necessari rituali e rinunce. Forse più che la paura di non esistere contava il coraggio di essere.

Quel poeta, a differenza dei molti che l'avevano preceduto, non affrontava con presunzione irresponsabile i temi della morte e della vita, dell'eternità e della storia, per poi arrestarsi come un cavaliere davanti alla barriera, fallire il salto e aspettarsi gli applausi. Né percorreva le strade rassicuranti del gergo, condiviso da complici che non erano presenti e si sostituivano idealmente ai visi attoniti e assonnati dei ragazzi.

Parlava dei sobborghi che si incontrano prima di raggiungere il centro. L'attenzione agli aspetti artigianali dello scrivere non smentiva una vocazione visionaria cui accennava solo indirettamente, con cautela. Aveva infatti citato una frase di Nietzsche: "Non si ama più abbastanza la propria conoscenza, appena la si comunica". Ma la sua reticenza sull'essenziale aveva il potere di preservarlo: mentre gli altri poeti, nel tentativo di scioglierlo in parole, lo avevano dissolto.

Quella lezione, nel chiarore della palestra, aveva continuato ad agire nella sua mente. E le aveva dato per la prima volta la sensazione che lo "scrivere", come gli scacchi, fosse un gioco di cui si potesse apprendere la teoria, non sufficiente a vincere la partita, ma almeno a cominciarla. E il seguito lo si poteva scoprire a mano a mano che si procedeva. Una variante poteva favorire il successo delle combinazioni; né mancava una classificazione dei finali. Non era ancora il diagramma di una partita, ma un tracciato delle ipotetiche mosse. E si intravedeva anche una opportunità insperata, la possibilità di una verifica.

Quando riprese a scrivere, decise infatti di sottoporsi a una prova non meno ardua, il giudizio degli altri; e cominciò, come avviene in questi casi, dalla vittima più accessibile, il coniuge, colui che vive, dice l'etimologia, sotto lo stesso giogo.

Era, nel pomeriggio assolato di una domenica al mare, un momento di quell'ozio ottuso che è vacanza del corpo e della mente. E il coniuge, che dormiva su una sedia a sdraio semiaffondata nella sabbia, fu destato da una scossa lieve al braccio destro, mentre la voce di lei gli sussurrava, disperata e decisa:

«Posso leggerti quello che ho scritto?»

«Adesso?»

«Sì.»

Lui si era sollevato sulla sedia e il cappello di paglia gli era scivolato sul ventre. Aveva ascoltato una voce commossa, uniforme, di scolara trepidante. E alla fine, anche lui emozionato, aveva mormorato un "Non male" che l'aveva lasciata esterrefatta.

«Come, non male?» aveva balbettato, rossa in viso, gli occhi luccicanti.

«Ho detto non male» aveva insistito lui, assalito dal panico. «Io do ancora un valore alle parole.»

Ma questa sobria lezione di letteratura, fatta a chi aveva deciso di coltivarla, era caduta nel vuoto di una delusione sconfinata. E solo dopo anni di lodi inattendibili, di menzogne impavide e di adesioni ricattatorie, gli occhi negli occhi, lei avrebbe capito quanto quel "Non male", detto con la ragione e con il cuore, fosse prezioso e raro.

Convinta che il problema primo fosse di credere in sé, aveva poi scoperto che ce n'era un secondo, ossia che ci credessero gli altri. La clandestinità, ricercata dagli amanti e dai terroristi, le appariva nel mondo della letteratura una fase di angosce inenarrabili. E in ogni esordiente ritrovava le proprie reazioni. Seguito come un'ombra dal dubbio di non esistere, l'autore inedito che si rivolgeva a un critico o a un editore spesso si difendeva, da se stesso e dagli altri, dichiarando di scrivere solo per sé: intenzione smentita dalle circostanze in cui veniva rivelata. Altri chiedevano una risposta inesorabile a un quesito fatale: se continuare a scrivere o rinunciare. Nessuno, che si sapesse, aveva mai consigliato la seconda soluzione, anche perché nessuno l'avrebbe adottata.

Incoraggiato così a perseverare, l'esordiente oscillava tra l'allucinazione di essere Rimbaud e il panico di essere un illuso. I lettori più soccorrevoli, divisi tra la solidarietà e il disagio, commentavano il testo con un "bellissimo" seguito da un "ma" che avrebbe messo in crisi l'aggettivo, se solo non fosse stato cancellato dall'autore, sempre proteso a ricordare i sì e a dimenticare i no. Alla fine sopravviveva incontrastato il "bellissimo", che spesso non si concede neanche a un classico, accantonato con insofferenza. Ma l'indulgenza aveva il pregio di conciliare il desiderio di lode con il desiderio di quiete. E non stupiva perciò che i manoscritti arrivassero all'editore accompagnati dal viatico di un entusiasmo corale, improbabile quanto immancabile.

Stanca dell'adulazione più subdola, quella che finge dissensi marginali per avallare il consenso, Giulia si risolse ad affrontare quel pubblico della poesia che pareva inesistente, ma che riempiva minuscoli teatri, sale di conferenze, caffè e circoli. E la serata di poesia erotica al Piccolo Eden era una rivendicazione decisiva del suo diritto di esistere.

V

Za-Zen

Le luci in platea si erano appena riaccese quando Mario indicò a Giulia la poltrona alla sua destra, con quel sorriso che pareva ogni volta preludere a una frase ed era invece il modo di eluderla.

«Non dirmi che sei venuto per amore della poesia» gli disse lei, sedendosi con grazia e posando sulle ginocchia il manifesto della serata.

«Per amore di mia cognata» si inchinò Mario.

«Non ci credo. Però ne sono lusingata.»

Parlava con un garbo malizioso. E questo lo induceva a perdonare il limite della sua inappuntabilità, che era di non mancare a nessun appuntamento.

Aggiunse, gli occhi brillanti di una strana eccitazione:

«Che cosa pensi dei poeti che mi hanno preceduto?»

Mario allargò le braccia:

«Mi stai chiedendo un parere?»

«No, per amor di Dio» sorrise lei. «E invece sì. Vorrei proprio un tuo parere.»

«Tutto dipende dai termini di confronto» Mario le si accostò. «È meglio non paragonarli ai poeti che amo.»

«Quali poeti? Dante, Shakespeare?»

«Certo» annuì Mario. «Perché no?»

«Perché è il tuo modo di liberarti dei contemporanei» rispose lei, guardando il palcoscenico. «Proporre un modello irraggiungibile per farli apparire mediocri.»

«Allora dovrei preferire i mediocri?»

«Ma no! Tu sei libero di scegliere, non ti pare? È il privilegio del lettore.»

Mario la osservava titubante.

«Solo che la tua fortezza è inespugnabile» continuò lei. «Il ponte levatoio si abbassa quando lo decidi tu. C'è qualcuno che può attaccarti?»

«Ma io non devo difendermi.»

«Già» mormorò lei. «Tu ti difendi così bene che non te ne accorgi neanche. Non ti spiace se ti dico così, vero? Sto scherzando, non fare quella faccia, ti prego.»

Gli posò la mano sul braccio:

«Allora mi dici perché sei qui?»

«Per tuo marito. Sai dov'è?»

«Io?» Spalancò gli occhi. «E perché dovrei saperlo?»

«No, scusa, parliamo seriamente. Oggi dovevamo incontrarci e non si è fatto vivo.»

«Veramente?» chiese lei incuriosita. «Questo non è da lui. Io però non so dove sia. A me non dice più niente.»

Mario la ascoltava incredulo:

«Non puoi neanche immaginarlo?»

«Questo sì!» esclamò lei. «Sono l'ultima a sapere le cose, ma la prima a indovinarle. Sarà dalla sua amica.»

Mario cercò di sorridere e, con un tono che non si capiva se era di domanda o di conferma, disse:

«Ha un'amica.»

«Senti» gli si rivolse con pazienza. «Non mi pare il caso di recitare tra di noi. Lo sai che ha un'amica.»

«E se non fosse da lei?»

«Potrebbe avere un appuntamento di lavoro. Hai chiesto al nuovo socio, Campisi?»

«No, non ho il suo numero di telefono.»

«Te lo do io.» Frugò nella borsetta. «Vedrai che lui sa qualcosa.»

Guardò l'orologio e aggiunse:

«Puoi ancora telefonargli.»

Aveva estratto dalla borsetta una piccola agenda di pelle. Mario estrasse a sua volta dal taschino una penna stilografica, dorata, corta, di cui svitò il cappuccio con compiaciuta lentezza. Spianò sulle ginocchia un taccuino a righe.

«Dunque» riprese lei, impaziente. «Il numero è 28.58.260. Il suo nome è Luca.»

«Aspetta.» Mario corrugò la fronte. «Hai detto 28. E poi?»

«58.»

«58.»

«E 260.»

«E 260» disse Mario, rialzando la testa. «Sì.»

«E il suo nome è Luca.»

Mario ripeté:

«E il suo nome è Luca.»

Poi disse, sempre compitando, curvo sul taccuino:

«Cam-pi-si.»

«Dio mio, come sei calmo!» esclamò lei, simulando una sorta di orrore. «Lo sai che quasi ti invidio?»

«E avresti ragione» rispose Mario soddisfatto, ponendo a distanza la pagina come se contemplasse una miniatura. «Adesso vado.»

«Adesso che leggo io?»

«Vado e torno» si alzò. «Telefono dal bar.»

«Ah, così va meglio!» annuì lei. «Non te l'avrei perdonato.»

Silvia lo aspettava sul balcone pensile, orlato da colonnine di legno dipinto, che correva lungo le pareti del Bar del Teatro. Mario salì i gradini ripidi della scala a chiocciola, che lo costringevano a tenere curva la testa, finché emerse da un tappeto rosso come se sbucasse da una botola. Seduta a un tavolino circolare, Silvia si occultava dietro un giornale spalancato, che Mario le abbassò delicatamente.

«Neanche lei sa dov'è» le disse.

«Hai visto?»

«Calma» continuò Mario, sedendosi. «Non essere così apprensiva.»

Aggiunse:
«Nessuna nuova buona nuova. Non credi?»
«No! Non ci ho mai creduto. E dove sei stato tutto questo tempo?»
«Ascoltami» rispose Mario a voce bassa, come a suggerirle la tonalità. «Ho telefonato a Campisi, il suo socio.»
«E dimmelo, allora!»
«Ma neanche lui c'è. Ho parlato con sua moglie. Mi ha detto che è in una palestra qui vicino.»
«A quest'ora?»
«Anch'io sono stupito» rifletté Mario. «Ma pare che non si tratti di ginnastica, sono esercizi orientali, di Za-Zen. Possiamo incontrarlo.»
«Allora andiamo subito» si alzò.
«Aspetta un attimo» rispose Mario rimanendo seduto e sfilando il biglietto del conto dalla base della teiera. L'aveva avvicinato agli occhi, poi l'aveva allontanato. Lo osservava perplesso, quasi non riuscisse a decifrarlo.
«Quando ti deciderai a portare gli occhiali?» gli chiese lei, in piedi davanti al tavolino.
«Quando mi arrenderò all'evidenza» rispose Mario, estraendo il portafoglio dalla giacca. «È una cosa difficile.»

Quando scesero la scala di marmo nero e avanzarono in un corridoio con le pareti di vetro, videro a destra i tavolini rossi di un ristorante vegetariano, illuminati da semisfere di alluminio, e a sinistra, al centro di uno stanzone rettangolare, un gruppo di persone su due file, accovacciate davanti a un maestro con il cranio raso.

Immobile, le gambe incrociate su un cuscino, le spalle erette, il maestro guardava davanti a sé in dire zione di uno specchio che copriva la parete di fronte Indossava una tunica gialla, una cintura di stoffa azzurra, e il suo viso esprimeva una assenza concentrata. Gli altri invece faticavano visibilmente a imitare la sua posizione. Un uomo corpulento e madido di sudore, di fronte a lui, pencolava verso sinistra. Il maestro afferrò una riga posata ai suoi piedi e assestò un colpo sulla spalla del pericolante, che si rialzò. Una goccia scivolò sulle sue labbra tumide. Anche gli altri avevano il viso prostrato, gli occhi che fissavano il vuoto di una resa imminente.

Il maestro si levò in piedi e cominciò a camminare adagio, fermandosi davanti a ognuno. A volte, per correggere una posizione, usava la riga, a volte colpiva con la mano sinistra la spalla inclinata. Una donna con i capelli grigi, i lineamenti scarni, lo fissava con una espressione supplichevole, non si capiva se per timore o per desiderio del colpo. Lui la osservò a lungo, poi passò oltre.

«Quanto costano queste lezioni?» chiese Mario a bassa voce.

«Non lo so» rispose lei a voce altrettanto bassa. «Comunque, se si vuole una punizione, è giusto pagarla cara.»

A un tratto l'uomo corpulento si accasciò. Piegò la testa in avanti e appoggiò le due palme al pavimento di linoleum. Poi lentamente, ma inesorabilmente, cominciò a districare gli enormi polpacci. Il maestro si era fermato a fissarlo alla estremità della fila. Ma l'uomo non desistette. Il suo occhio, gravido, dilatato, esprimeva la felicità, amara e stremata, di rinunciare a una posizione troppo ambiziosa e di accontentarsi di una meno ardua, che lo salvava dal baratro. Respirava piano, la bocca semiaperta.

Il maestro riprese a camminare e, arrivato davanti a Campisi, che aveva girato il viso verso l'uomo corpulento, lo punì subito, colpendolo con la riga.

«Credo che finisca tra poco» disse Mario. «Non resistono più.»

Infatti il maestro batté due volte le palme, accompagnando il gesto con un suono gutturale. Allora i discepoli si afflosciarono come fantocci. Solo due non avevano abbandonato una rigidità innaturale e guardavano i loro vicini con affaticato disprezzo. Alcuni si toglievano la tuta, gli occhi socchiusi. Altri invece, il busto inclinato indietro, i gomiti sul pavimento, fissavano la luce al neon sul soffitto nella posizione sfinita di un atleta dopo il traguardo, quella in cui lo spettatore si riconosce.

Campisi accennò a un saluto. Si era finalmente sollevato e barcollando, gigantesco nella sua tuta nera, si avvicinò a piedi nudi alla parete trasparente. Appoggiò le palme contro il vetro e con una mimica vistosa delle labbra, come in una trasmissione per sordomuti, sillabò qualcosa di incomprensibile. Mario allora gli indicò la porta d'ingresso: lui annuì, passando il dorso della destra sulla fronte sudata e dirigendosi lentamente verso la sua sacca.

«Siete qui per iscrivervi anche voi?» chiese Campisi, mentre si avvicinavano alla piattaforma del bar sopraelevato.

«No, non per ora, almeno» rispose Mario.

«Ma allora dovete farlo. Che cosa aspettate?»

Si fermò per cedere il passo a un obeso in accappatoio.

«Non perdete tempo» aggiunse. «Fidatevi di me!»

In pochi metri aveva cambiato una stanchezza accattivante in una allarmante euforia.

«Credetemi, non sapete come faccia bene la ginnastica orientale.»

«Non l'avrei detto guardando» rispose Mario.

«Ma tu non puoi giudicare stando al di là del vetro» Campisi strinse il nodo della sacca e si arrestò ai piedi della scala. «Devi varcare la soglia, cioè devi superare te stesso.»

«Io riesco solo a farmi superare» rispose Mario.

«E non serve neanche leggere libri sullo Zen» continuò Campisi, come se non lo avesse sentito. «La pratica non la si può imparare dai libri. Però non c'è opposizione tra la pratica e lo studio, perché la pratica *è* lo studio, capisci?»

Mario lo ascoltava con un sorriso rassegnato. Non c'era, a farlo dubitare di una dottrina, come l'entusiasmo di un neofita, che ne incarnava i limiti. Soprattutto l'intempestività era rivelatrice. Difficile aspettarsi la salvezza da chi non aveva imparato neanche la discrezione.

«Scusa un attimo» disse Mario. «Devo chiederti una cosa.»

Ma l'altro non lo lasciò continuare:

«No, scusami, prima concludo io.» Gli strinse il braccio. «D'accordo?»

Sorrideva in anticipo, come spesso gli invadenti che si immaginano simpatici. A Mario ricordava uno di quei camerieri che trattano i clienti con confidenza eccessiva e li inducono a non ritornare.

«Anch'io al principio ero scettico come te» continuò Campisi. «Poi mi hanno persuaso i progressi. Mi sento un altro.»

«Già, capisco il sollievo» annuì Mario. «Ma tu dove saresti cambiato?»

«Ti rispondo subito. In tutto.»

«Basterebbe in qualcosa.»

«Ah, lo so!» Campisi gli batté una mano su una spalla. «Lo so come sei cauto. Tuo fratello mi parla spesso di te.»

«A proposito di mio fratello» Mario si staccò dalla parete. «Lo stiamo cercando. Tu non l'hai visto oggi?»

«No. Però so dove andava nel pomeriggio. Da Terragni. Tu non sai chi è Terragni, vero?»

Si guardò intorno come se stesse per rivelare un segreto:

«È *il* finanziere, capisci? Il trenta per cento del nostro lavoro ce lo dà lui. E anche tutto questo è suo.»

Alzò il viso verso il soffitto illuminato al neon.

«La palestra?»

«No, il grattacielo. L'ha acquistato attraverso una

sua finanziaria. E ai corsi di Za-Zen manda i suoi collaboratori.»

Mario aveva alzato anche lui il viso al soffitto.

«Per imparare a vivere?»

«No, per imparare a vendere, che per lui è la stessa cosa.»

Si pose la sacca sulla spalla:

«Oggi tuo fratello doveva andare nella banca di Terragni proprio per una lezione sulla psicologia della domanda» aggiunse. «Un intervento a un corso tenuto da Maderna. Tu non sai naturalmente chi è Maderna.»

«No.»

«È un maestro della formazione scoperto da Terragni. Un esperto della motivazione, se posso esprimermi così.» Posò di nuovo a terra la sacca. «È un uomo che ti sa dire perché lavori. E perché devi lavorare sempre di più e soprattutto meglio.»

Sorrise, guardando Mario sottecchi:

«E anche perché non lavori. Tu ne avresti bisogno. Devi muoverti, lo sai, prima di diventar vecchio!»

«È una vita che aspetto di diventarlo.»

Campisi si voltò verso Silvia:

«Lei lo conosce da tempo, immagino. Come fa a sopportarlo?»

«Non lo sopporto, infatti.»

«Perché non venite con me da Terragni?» esclamò Campisi. «Dà una festa nella sua villa. Lì potrete trovare il ricercato.»

Mario lo guardò incredulo:

«A quest'ora?»

«Sì, prima c'è un piccolo concerto nel parco, una mondanità di sua moglie. A me ha detto di arrivare pure tardi.»

Mario diede una occhiata a Silvia, poi chiese:

«Siamo sicuri di trovare mio fratello?»

Campisi alzò la mano:

«Di sicuro, lo sai, c'è una cosa sola. Ma intanto conoscerete Terragni.»

VI
La contabilità celeste

Nessuno – vedendo quel nano gonfiato da una obesità prepotente, che trasformava il ventre in una sfera e sollevava lo stomaco quasi all'altezza del mento – nessuno – mentre stringeva la sua mano gelida, lasciata inerte all'interlocutore come un relitto anatomico, le pupille vitree dietro le lenti – nessuno avrebbe immaginato che sotto quella apparenza si celava o meglio si manifestava Terragni, chiamato, con singolare convergenza di letteralità e di allegoria, "lo gnomo della finanza".

Eppure non era strana l'apparenza, quanto normale il suo fraintendimento. Certo un regista avrebbe scelto un attore diverso: ma avrebbe solo dimostrato la scarsa fantasia che nasce sempre da uno scarso realismo. Gli attori infatti che interpretano diplomatici e spie ricorrono a sorrisi maliziosi e a pause allusive; atteggiamenti che i diplomatici hanno visto solo al cinema e che nella realtà si guardano dall'adottare, per non cadere nella parodia di parti immaginarie. Quanto alle spie, nella vita cercano presumibilmente di confondersi con gli altri e di evitare quel riserbo discreto che si farebbe notare per la sua rarità. Il problema è quello cruciale dei modelli. La loquacità, ad esempio, di certi attori garruli, che ostentano una disinvoltura irreale, occulta alla sua origine l'ammirazione per un modello fuorviante. Generazioni di attori imitano la recitazione falsa ed è illusorio credere che i secoli salvino solo la tradizione del gusto. La tradizione del cattivo gusto non è meno tenace ed è certamente più diffusa.

In realtà l'aspetto di Terragni convergeva mirabilmente con i suoi scopi. E la pinguedine favoriva in lui la naturale tendenza degli uomini attivi: quella di stare fermi.

È un inganno ottico associare la mobilità all'efficienza. Il cameriere che, trafelato, volteggia tra i tavoli con i piatti in equilibrio, è più lento del cameriere impassibile che posa i piatti con cautela, tra gli sguardi carichi di diffidenza dei commensali. I pochi secondi che l'altro guadagna nella corsa vengono infatti persi nelle acrobazie per non cadere, nelle diversioni di rotta, nelle pause in cui riprendere fiato. E la simpatia dei clienti è originata solo dalla esibizione dello zelo e dalla abbondanza del sudore, irresistibile come quello dei cantanti da concerto con il fazzoletto in mano.

Terragni era mobile nel significato più proficuo: faceva muovere gli altri. Troppo voluminoso perfino per la sua poltrona, incarnava l'antitesi dei dirigenti, volitivi e scarni, divulgati dalla pubblicità: indossatori che appaiono quello che i più bramano, un ruolo, uno stipendio, un tipo; capi che elargiscono sorrisi gratificanti ai subalterni, covandoli con agile affetto; manager che scrutano, con simpatia rapace, l'interlocutore e gli offrono, attraverso sguardi fermi e solidali, una parità che li promuove.

Quei dirigenti di effeminata virilità, che sembravano condottieri del Rinascimento usciti dalle mani di un coiffeur, esistevano nella realtà: ma non era la pubblicità a imitarli, erano loro che la imitavano, scambiandola per la realtà del proprio tempo, per usare una espressione prediletta, con fede innocente, da molti. Rassicurati – quando il presentimento del ridicolo li faceva trasalire e dubitare per un attimo del loro valore – dal valore supremo che resisteva, nel declino conclamato di tutti gli altri: quello del denaro. Non c'è crollo di valori più catastrofico, per la maggior parte degli uomini, che quello della Borsa. E produce angosce più tenaci una inflazione, della sconfitta militare che l'ha preceduta.

Circondato da dirigenti che imitavano la propria immagine e seguivano la propria ombra, Terragni si divertiva a osservarli, ma non mancava di servirsene. Sapeva che una dose discreta di mediocrità è dote preziosa, come la volgarità nella seduzione; e che gli uomini, allo stesso modo delle donne, se apprezzano la finezza, non sono meno attirati dal suo contrario. Si aspira al meglio, ma ci si riconosce nel peggio; e questa percezione, se delude i pochi, rassicura i più.

Quest'ultimo particolare aveva, nel campo dell'economia, una importanza che Terragni era il primo a non sottovalutare. Perciò incoraggiava la recita dei suoi collaboratori come un capocomico quella degli attori più giovani. Per frenare la loro baldanza – temibile quando si compiaceva di sé più che dei risultati – ricorreva semmai a qualche frase sorniona. Diceva, ad esempio: "Mi fa piacere vedere che sei così ottimista". Per aggiungere a voce più bassa, sorridendo: "Tanto più che io non ne vedo le ragioni, ma tu certamente sì e me le dirai". E se qualcuno si abbandonava a un entusiasmo prematuro – e l'entusiasmo lo è sempre – Terragni fingeva dapprima di condividerlo, come fanno i maestri con le loro prede. La meta non è infatti di discuterlo, ma di sopprimerlo. E per raggiungerla non resta che assecondarlo, lasciando che il tempo lavori alla sua estinzione.

Contrastare invece l'entusiasmo con l'ironia era un gioco rischioso che lui evitava. Aveva notato, nei filmati televisivi sui rodei, che l'unico a non volare dal cavallo non era il cavaliere più robusto, ma il più duttile. E chi, scivolando dalla groppa, cercava di trattenere l'animale, otteneva solo di esserne trascinato, al contrario di chi, se l'animale saltava, saltava anche lui e, se si arrestava di colpo, fingeva di averlo voluto, anche se con un attimo di ritardo. Terragni addirittura, se il cavallo scalpitava, lo lanciava al galoppo, con un lampo di perfidia gioiosa negli occhi. Questo gusto maligno dell'avventura, alimentato dal presentimento di una catastrofe salutare, era il tratto più singolare e più occulto del suo carattere.

I concorrenti, che volevano scoprire le radici della sua ascesa, finivano invece per vederne solo i rami, nella selva degli operatori finanziari. E, cercando le cause fortuite dei suoi successi, immancabilmente le trovavano, come accade a chi cerca gli alibi degli insuccessi propri.

Terragni del resto alimentava le interpretazioni riduttive. Questo atteggiamento gli attirava la simpatia dei colleghi più modesti, lieti di innalzare chi scendeva al loro livello; ma gli conciliava anche l'apprezzamento dei colleghi più smaliziati, che lo attribuivano a una sua civetteria. In verità Terragni non scherzava quando circoscriveva i propri meriti. Si era effettivamente convinto, nel corso degli anni, che per affermarsi occorre, più che la presenza di qualità straordinarie, l'assenza di difetti comuni quali l'impazienza, la distrazione, la superbia e, caratteristica decisiva, la stupidità intermittente. Inoltre pensava che, per eccellere in una attività, non bisogna identificarsi con essa: occuparsene sì con serietà indefettibile, come se fosse l'unica, ma consapevoli al tempo stesso che non può esserlo. E come su una persona la seduzione più durevole la esercita chi non la dedica solo a lei, così Terragni, per intensificare un interesse, ne coltivava un altro. Non doveva comunque cercarlo, perché l'aveva già. Lo indicava con una espressione di luogo, ma di un luogo che non si sa se esista: l'aldilà.

Chi entrava nell'ufficio di Terragni vedeva, su una mensola nera del muro di destra – separata dai libri dedicati alle transazioni commerciali, alla Borsa, alla consulenza finanziaria – alcuni volumi di altezza disuguale, ma rilegati tutti in marocchino rosso con scritte in oro. Erano trattati sulla morte e sulla reincarnazione, sulla trasmigrazione delle anime, sulla comunicazione con gli spiriti, sull'occultismo. E se qualcuno glieli indicava, Terragni sorrideva: "Queste sono le cose importanti!". Nessuno naturalmente credeva a questa frase, pur rispondendo con quel "Certo!" che spesso esprime il contrario di quello che si prova. Ma a tratti lui intuiva che quella frase *tradiva* il suo pensiero nel duplice significato della parola, sia perché lo rivelava, sia perché lo alterava. Comunque nella sua mente l'invisibile sottraeva sempre più spazio al visibile.

L'idea dell'aldilà lo dominava. Non per la speranza o la paura che ci fosse. Ma per la costernazione che potesse esistere. Stentava infatti a immaginarlo in termini concreti. E non ne conosceva altri. Miliardi di uomini giudicati per l'eternità gli davano una sensazione di vertigine e di panico.

Non aveva più dimenticato, da quando l'aveva incontrata in un racconto, l'espressione "contabilità celeste". E fantasticava sui problemi – insolubili quanto per definizione risolti – dell'amministrazione cosmica, computer divino di sentenze inappellabili per tutti gli uomini che continuavano a morire su un minuscolo pianeta: ognuno responsabile non solo di ciò che aveva fatto, ma di ciò che aveva pensato. Pene eterne commisurate alla irrimediabilità dell'offesa, così spiegavano i trattati di teologia, che gli sembravano volumi di fantascienza. Ma quale offesa potevano arrecare al Creatore dell'universo i microscopici uomini, batteri abbarbicati su un granello di polvere nel silenzio degli spazi? Eppure per loro l'autore dell'esplosione originaria si sarebbe incarnato e fatto crocifiggere, mostrando un interesse che lui, Terragni, non solo non riusciva a condividere, ma neppure a capire. Nascere e morire per questi pitecantropi eretti. Non riluttava all'idea della immortalità solo se la riferiva a se stesso e a pochi altri; ma gli ripugnava estenderla ai più, a sua cognata che concepiva il Paradiso come il premio di una polizza o alla custode che gli apriva abusivamente la corrispondenza o al primo idiota che lo scrutava senza motivo in un vagone della metropolitana.

La sorte di tanti uomini condannati per sempre gli appariva mostruosa. Solo un Grande Maniaco poteva corrispondere al Dio in cui aveva creduto: un detective siderale, che spiava simultaneamente un numero sterminato di infelici e destinava loro una quota aggiuntiva di sofferenze, rispetto alle quali i tormenti escogitati dagli uomini sembravano pratiche di dilettanti. E questo era il Dio buono, il padre celeste.

Terragni aveva una immagine spaziale del destino. Concepiva l'esistenza come una rete di percorsi, di incontri fortuiti e di occasioni mancate; una mappa creata per suscitare speranze suicide, gioie labili e dolori durevoli. Soprattutto nel nodo inestricabile dei rapporti umani Terragni individuava il disegno del Nemico: nell'impegno assiduo con cui tanti genitori educavano i figli al disprezzo di sé, nella appagata ricerca dell'amore sbagliato, nella geometrica antitesi tra attitudini e ambizioni. Le relazioni tra gli uomini gli apparivano una laboriosa, accanita, stremante partita in cui tutti i giocatori perdevano e chi vinceva era lo spettatore occulto che li aveva spinti al confronto.

Le trasmissioni televisive che più lo attraevano erano i documentari sugli animali: ghepardi che addentavano gazzelle esanimi dal terrore o rospi ingigantiti dal teleobiettivo, gli occhi semichiusi nel buio, che inghiottivano cavallette vibranti. Questo inferno animale veniva presentato come provvidenziale per la selezione della specie: ma gli sembrava troppo simile a quello umano, dove la sopravvivenza, pagata a tale prezzo, era forse più atroce di una estinzione totale.

L'unica volta che aveva svelato queste sensazioni a uno studioso di teologia – nell'ora che diceva più propizia alle conversazioni metafisiche, quella post-prandiale – si era sentito rispondere, con un sorriso, che la sua visione era materialistica. E lui, arretrando improvvisamente di cinquant'anni, era ripiombato nell'infanzia, quando chiedeva informazioni circostanziate quanto indiscrete sull'atto che causava il concepimento umano. Ricordava visi imbarazzati, risposte elusive; e l'espressione di sua madre mentre gli accennava, socchiudendo gli occhi tra severità e disgusto, che l'atto poteva apparire un po' volgare, ma che la religione lo rendeva poetico: con tale fraintendimento di religione, poesia e sesso di cui solo a distanza di anni aveva potuto cogliere la portata, insieme con le conseguenze fatali su una psiche infantile.

Alla fine un amico di famiglia, invitato ad ascoltare i suoi quesiti, gli aveva risposto come ora lo studioso: che non doveva pensare alla materialità della cosa, ma al significato del processo, simile alla fecondazione dei fiori, attuata attraverso il concorso degli stami e dei pistilli. E lui si era confuso ulteriormente, non riuscendo a conciliare la volgarità con i fiori, il vento con il letto, il polline con l'uomo.

Vinto comunque dalla suggestione della similitudine, aveva rinunciato a capire che cosa significava. A rivelarglielo fu la vista, tra vergognosa e bramosa, del suo corpo, che reagiva in modo incontrollabile a desideri sconosciuti. Riuscì così, attraverso un fenomeno inesplicabile, a spiegarne un altro. E non fece più domande.

VII
Amori e profitti

«Chi debbo annunciare?» chiese il maggiordomo inchinandosi lievemente. Sembrava uno di quei domestici impeccabili, inventati dalla letteratura e dal cinema, esperti nell'arte di insegnare al padrone una educazione che non hanno appreso da lui: ed è il punto in cui si rivelano i limiti delle rispettive formazioni.

«Campisi. Siamo in ritardo?»

«No, signore» sorrise il maggiordomo. «Il concerto è finito da poco.»

Dalle finestre a pianterreno si intravedevano i pini del parco, rischiarati da piccoli fari disseminati nell'erba come funghi fosforescenti.

«Se vogliono proseguire per il viale» il maggiordomo lo indicò oltre la porta spalancata «arriveranno subito.»

Uscirono dalla foresteria neoclassica, trasformata in una portineria simile a un casello daziario, e si avviarono sulla ghiaia luccicante, nella sera fresca.

La gradinata della villa era illuminata da finti lampioni a gas. In cima allo scalone un cameriere in guanti bianchi aspettava gli ospiti, per accompagnarli fino alle vetrate sfolgoranti della sala a pianterreno.

«Oho, caro!» esclamò una signora opulenta, staccandosi con agilità immaginaria da un gruppo di invitati e dirigendosi verso Campisi, che aveva varcato la soglia. Teneva le braccia alzate con quella leggerezza di libellula in cui molte signore, che non lo avranno mai, identificano lo stile.

«La signora Terragni» mormorò Campisi con un sorriso preoccupato, rivolgendosi a Mario. «Dobbiamo fare buon viso.»

Instancabile, irresistibile e vagamente irreale, come molte signore che si scambiano per la propria controfigura, la signora Terragni reagiva con una mondanità vorace a una clausura prolungata. Fidanzata con un giovane che rispondeva a interiezioni, lo aveva conosciuto come un marito che assolveva il debito coniugale alla lettera e che evadeva, i giorni festivi, nel palazzo della sua finanziaria. Come le spiegava pacatamente la psicologa, aveva investito le sue attese in un uomo che aveva investito le proprie nella Borsa. Diverso era stato l'oggetto dell'investimento, non dissimile però l'aspettativa di un profitto.

Questa immagine dell'amore come di un capitale da cui attingere nel tempo gli interessi l'aveva sconcertata per la sua crudezza. Dopo una discussione imbarazzante, si era comportata come spesso si fa con i medici troppo scrupolosi: aveva cambiato la psicologa. Però la depressione continuava. La aumentava anzi uno spettacolo sconfortante, la serenità, ottusa e torpida, delle sue amiche. Si aspettavano tanto poco dal matrimonio, che finivano per averlo.

Così, senza accorgersene, cominciò a imitarle. E alla fine arrivò, in attimi abbaglianti, a intuire quel principio che i saggi riescono a estendere a tutta la loro vita e che gli altri si accontentano di circoscrivere a qualche esperienza: accettare la realtà. Questa maturazione tardiva produsse effetti visibili. La Borsa, che a suo marito ispirava metafore acquatiche – fonte di accumulazione, bacino di raccolta, diga contro l'inflazione – si trasformò per lei in un fiume di denaro da incanalare in acquisti, beneficenze, viaggi e riti mondani. Suo marito divenne ai suoi occhi quello che già era per gli altri: uno "gnomo della finanza". E Terragni, accettando l'appellativo, si rassegnò ad apparire anche a lei quello che appariva a tutti tranne che a sé.

«Lei sa che nessuno è simpatico come suo fratello?» disse la signora Terragni, perentoria. «E lei lo è altrettanto?»

«Evidentemente no, signora» sorrise Mario.

«E posso sapere qual è la sua attività?» incalzò la signora Terragni, che scambiava l'invadenza per disinvoltura.

«Quasi me ne vergogno, signora» rispose Mario, sconsolato. «Faccio un mestiere in cui non credo più, il critico cinematografico.»

«Ma certo!» esclamò la signora Terragni battendosi la fronte e fingendo di ricordare quello che non aveva mai saputo.

Non paga, aggiunse il particolare superfluo, di quelli che suggellano e svelano la menzogna:

«Ho appena letto un suo articolo.»

«Lo prendo come un augurio, signora.»

«Perché, non scrive?» chiese lei, impavida.

«Troppo poco.»

«Guardi che il poco, quando si scrive, non è mai troppo» disse lei rinfrancata.

«È quello che si pensa sempre dei colleghi» rispose Mario, mesto. «Ora li sto accontentando.»

«Non esageri però» si congedò lei. «Non deluda i lettori affezionati come me.»

Lieta della battuta si staccò da loro e si diresse, librando le braccia, verso un altro gruppo.

«Ora andiamo dal padrone di casa» disse Mario.

Si volse verso Campisi che, sovrastando gli invitati, li guardava letteralmente dall'alto in basso:

«Ci conduci tu?»

«Certo» rispose Campisi.

La statura gli apriva un varco tra le persone come

una prua tra le onde; e loro due seguivano la sua scia, sussurrando parole di scusa a chi si scostava in ritardo.

«Il mio sogno sarebbe stato di crescere come lui» disse Mario.

Erano entrati in un salone decorato da stucchi, specchi, arazzi. A Mario sembrava di averlo già visto. Forse perché era una imitazione minuziosa di un interno pittorico del Settecento e realizzava quello che per molti architetti, come per molti scenografi, è il vertice della novità.

«Oh, finalmente!» disse Terragni a Mario, dopo le presentazioni. «Suo fratello mi ha parlato tanto di lei. Pare che lei abbia molti talenti.»

«E che non li metta a frutto.»

«Già» annuì Terragni. «Così mi dice suo fratello. È un peccato mortale, lo sa?»

«Allora mi toccherà l'inferno.»

«Forse lo espia già» sorrise Terragni. «Anche se probabilmente ne teme un altro. Ma una paura scaccia l'altra.»

Mario lo ascoltava con una curiosità divertita.

«Mi piace scherzare un po' su queste cose» aggiunse Terragni. «È il mio modo di prenderle sul serio.»

«Allora per lei la finanza sarà un gioco.»

«No, la prego, non creda ai luoghi comuni.» Terragni gli posò la mano sul braccio. «Non si gioca mai con il lavoro. Si gioca con le cose più importanti, come i sentimenti, la religione, il tempo.»

Aggiunse, senza staccare la mano dal braccio:

«Ne ho parlato in un corso che abbiamo cominciato proprio oggi.»

«Sì, lo so» annuì Mario. «Ci è venuto mio fratello.»

«No, suo fratello non si è visto.» Terragni lo fissò al di sopra delle lenti. «Doveva intervenire anche lui, ma l'ho sostituito io.»

«Come?» mormorò Mario. «E non vi ha avvisato?»

«No. Francamente mi ha un po' stupito. Doveva presentarsi alle quindici e parlare quarantacinque minuti.»

«È strano» disse Mario, perplesso. «Non è da lui.»

«So che alle diciassette e trenta aveva un altro appuntamento» continuò Terragni. «Mi aveva preannunciato che non poteva rimanere. Lei sa chi doveva incontrare?»

Mario, vedendo il viso contratto di Silvia, esitò:

«Era un appuntamento privato, credo.»

Terragni abbassò la testa:

«Potrebbe essere sopravvenuto un imprevisto.»

«Però avrebbe telefonato!» intervenne Silvia, turbata.

Terragni la osservò con un interesse nuovo:

«Non sempre è possibile farlo, mi creda. Mi è successo più volte.»

Si voltò verso Mario:

«E la moglie?» chiese con aria allusiva. «Che cosa dice la moglie?»

Mario scosse la testa:

«Non sa niente.»

«Normale» disse Terragni.

Restò un po' in silenzio. Poi aggiunse:

«Io non credo sia successo qualcosa di grave. Aspettiamo a preoccuparci.»

«Aspettiamo che cosa?» chiese Silvia.

Terragni la guardò:

«Aspettiamo domani.»

VIII
Che cosa significa aspettare

Etimologicamente significa guardare verso. *Ad-spectare*.
È un verbo che può rendere sopportabile o insopportabile la vita.

L'attesa della felicità è un inganno, l'attesa del dolore non può essere ingannata. È solo un altro inganno del linguaggio.

Gli uomini lo sanno così bene che paventano l'incertezza dell'attesa più che la certezza del male. E ci sono quelli che, alla paura di precipitare, preferiscono l'abisso del vuoto.

Aspettare significò per Terragni aspettare il sonno. E poiché il sonno non arrivava, pensò al significato della parola arrivare. Si alzò cauto dal letto, per non svegliare sua moglie, e incespicò in una sedia, che cadde sul pavimento. Lei balzò in avanti, le braccia carnose sul lenzuolo, gli occhi dilatati:

«Che cosa fai?»

«Niente. Vado a cercare una parola.»

«Come?» chiese lei, esterrefatta.

Aveva già assunto un tono teatrale, convinta che la recitazione la rendesse interessante.

«Cerco una parola sul dizionario.»

«Quale parola?» Era ripiombata sul letto.

«Arrivare» rispose Terragni in corridoio.

Entrò nello studio semibuio, le librerie a vetri che incombevano dalle pareti. Si sedette alla scrivania e accese la lampada liberty, con le sue ghirlande di bronzo.

Il dizionario era il libro che leggeva più spesso. L'origine delle parole lo affascinava, soprattutto il mistero delle radici, legate ai primi passi dell'uomo, così remoti, ma anche così vicini. Il rammarico per il tempo che non vi aveva dedicato era mitigato dal presentimento che non sarebbe stato sufficiente. E il coraggio di ammetterlo non capiva se era una conquista o una resa. Doveva morire tra poco e ancora non sapeva l'essenziale.

«Che cosa hai trovato?» gli chiese sua moglie, completamente sveglia, dalla stanza.

«Portare a riva» rispose Terragni, alzandosi dalla scrivania.

Aspettare significò per Mario accendere il televisore, nel salotto in penombra sopra la città illuminata, e premere continuamente il pulsante per passare da un programma a un altro: automobili che precipitavano in mare da una scarpata precedevano interni minuscoli dove lei, accucciata in un angolo, diceva: "Tu non mi hai mai capito". Cantanti violetti che si dimenavano tra zaffate di vapori si sfocavano in una strada lungo il fiume dove lui abbassava lo sguardo dicendo: "Il problema è un altro". E famiglie euforiche ballavano intorno a un tavolo, un budino al centro, sotto gli occhi ilari di un idiota anziano in poltrona. Aveva letto in una rivista sulla comunicazione che premere continuamente il pulsante era un sogno di onnipotenza; invece per lui era un segno di impotenza di fronte allo spettacolo della stupidità.

Stanco di esercitare quel potere illusorio spense il televisore e, a occhi chiusi, vide suo fratello che si gettava da un ponte altissimo su una distesa marina, per poi librarsi con le braccia e le gambe aperte, il paracadute pubblicitario che si spalancava sopra di lui. Forse aveva voluto una vacanza insolita, una infrazione liberatoria. Suo fratello gliene aveva parlato poco tempo prima. Si erano incontrati in un bar di largo Treves, al tramonto, e mentre aspettavano le bibite, davanti al banco di alluminio, gli aveva confessato, il viso affaticato:

«Non ne posso più.»

«Anch'io» gli aveva risposto. «Ma di che cosa?»

«Di tutto» gli aveva detto suo fratello. «Vorrei fermarmi.»

«Una vacanza?»

«No, non proprio una vacanza, che lascia tutto come prima» gli aveva risposto. «Ti ricordi che cosa dicevamo da ragazzi, per interrompere il gioco? *Arimorta*. Io vorrei dirlo adesso.»

Forse era stanco di definire insensata la propria vita, come si fa solo per poterla accettare, e si era preso improvvisamente un giorno insensato.

Cercò il telecomando sul tavolo di cristallo, ma non lo trovò. Cercò a tastoni sul pavimento. Da quanto tempo continuava a smarrire gli oggetti. Era accanto a lui, sul divano. Quando spense l'apparecchio, vide fuori dai vetri il chiarore che saliva dalla città. Poi il viso di suo fratello che sorrideva come lui, nel buio.

Aspettare significò per Giulia *non* pensarci; dove il *non* stava semplicemente per il *non*, senza il coraggio di quei verbi servili (come *non volle* o *non poté* o *non seppe* pensarci) che la psicologia chiama in soccorso per mitigarne la durezza. *Non ci pensò* è semplice e impenetrabile. *Non volle* o *non poté* o *non seppe pensarci* è distraente e familiare. Ma l'illusoria voragine del profondo ci fa apparire più profonda la seconda versione, mentre è solo più rassicurante.

Così l'inconscio si è trasformato da luogo del delitto

in un luogo diverso, cioè in un *alibi*. E l'abuso di un avverbio come *inconsciamente* rivela, più che la percezione dell'occulto, la paura dell'evidenza.

Quante volte, nei rapporti d'amore, il più debole preferisce sostituire alla minaccia del *non* la spiegazione del servile. Ma quante volte, dietro alla distrazione o alla amnesia, non c'è altra motivazione che la loro presenza. Come dietro al silenzio non c'è solo l'omissione o la rinuncia, ma il vuoto.

Aspettare significò per Silvia telefonare: prima al pronto soccorso di sei ospedali, poi alla sede centrale della polizia. Ogni volta scandiva in modo chiaro nome e cognome e ogni volta le chiedevano di ripeterli: non per evitare uno sbaglio, ma per imporre una distanza. A una nuova richiesta di chiarimento riappese il telefono, con una aggressività più esplicita, ma non meno intensa, di quella del suo interlocutore.

Allora telefonò a una amica.

Una delle funzioni più antiche dell'amicizia è di ingannarci su noi stessi. Essa ci rassicura che le speranze sono legittime e i timori infondati. A essa tanti malati devono, contro ogni evidenza, un viso sano, un'aria sollevata e un miglioramento lento, ma costante, che culmina non poche volte con il decesso. A essa devono una sopravvivenza immaginaria tanti scrittori, cui il viatico di amici soccorrevoli dà l'illusione che non saranno dimenticati nei secoli. A essa tanti amanti delusi devono la consolazione di meritare un amante diverso. Non importa che questa sorte sia più odiosa di quella che *non* si erano meritati. L'importante è il verbo meritare, non il suo complemento, che spesso viene differito a un'altra vita.

L'amica le rispose quello che lei sperava. Suppose infatti, mentre guardava la sveglia che segnava le tre e cinque, un incontro di affari improrogabile. E l'appuntamento mancato con Terragni? La spia di una frattura iniziale. E quello mancato con lei? Una reazione di fuga, naturalmente inconscia, quanto più forte il pericolo.

La parola "inconscio" affiorava benefica, salutare, amica. E lei, dopo averla ascoltata, si sentì placata, gli occhi gonfi di pianto e di stanchezza.

Dopo avere chiesto scusa due volte, riattaccò il telefono. E chiuse gli occhi senza accorgersene, inconsciamente appunto, convinta e sfinita. Pronta però a impegnare tutte le energie, come accade quando la prova ne viene differita.

IX

La seconda memoria

La porta si aprì appena di pochi centimetri e nello spiraglio si affacciò il viso malizioso di una ragazza.

«Ah, è lei» disse. «Ora le apro.»

Aveva i capelli bruni sciolti sulle spalle e un vestito bianco con un nastro di velluto. Era alta, snella, gli occhi mobilissimi. Sembrava una bambina cresciuta precocemente. Ai piedi portava due scarpette senza tacco.

«So che cosa cerca» aggiunse. «Intanto si accomodi, signora.»

Le indicò un divano a fiori in un soggiorno rettangolare, le cui pareti erano ricoperte di stampe di animali esotici. I vetri colorati di una finestra piombata, di fronte all'ingresso, filtravano la luce dorata del mattino.

«Torno subito» disse la ragazza, aprendo la porta di una stanza.

Quando riapparve, in punta di piedi, era nuda e sorrideva eccitata, impudente.

Lei la guardò in silenzio, attonita. Ma la sorpresa più grande era che la desiderava, con un tremore che la pervadeva in tutto il corpo.

«Corrisponde a quello che si aspettava?» chiese la ragazza.

«Credo di sì» mormorò.

«Ho saputo che lei voleva una prova» disse la ragazza, dirigendosi verso di lei. «Ma ce n'è ancora bisogno?»

Si era seduta sul bracciolo del divano, lasciando dondolare una gamba con grazia infantile.

«Lui è d'accordo» aggiunse. «È scritto nella sua agenda.»

«È questo che mi stupisce.»

Chiuse gli occhi e l'altra, attirandole delicatamente il viso verso di sé, le disse con dolcezza, passando al tu:

«Perché continui a pensarci?»

Vedeva i suoi occhi scuri vicinissimi e la lingua che le schiudeva le labbra e vi penetrava, morbida e mobile. Non aveva mai provato un piacere così intenso.

«No, ti prego» disse, ritraendosi a fatica. «Non sono venuta per questo.»

«Lo so» l'altra si sollevò. «È per lui.»

Balzò agilmente dal bracciolo e prendendola per mano le disse:

«Vieni.»

La condusse fino alla soglia di un'altra stanza, rischiarata debolmente da una finestra con le persiane accostate. Sul pavimento erano accatastati cassetti vuoti. Scatole di cartone vuote erano appoggiate contro le pareti.

«Non badare al disordine» sorrise la ragazza. «Non si dice così?»

Nell'angolo un paravento arrivava quasi al soffitto. La ragazza lo scostò, mostrando una cassapanca di legno, nera, bassa, addossata al muro.

«Cose vecchie» disse, sollevando il coperchio.

Allora lo riconobbe sul fondo, le braccia lungo i fianchi, cereo, immobile, irreale come tutti i cadaveri che aveva visto.

Mentre cercava di uscire dal sogno, Silvia udiva un gemito fievole, prolungato, finché si accorse che era il suo. Poi riconobbe il telefono sul comodino, le persiane che filtravano la prima luce. Allora si rannicchiò e, tentando di ricordare i dettagli del sogno, li andava dimenticando a uno a uno. Alla fine restò solo lui sul fondo della cassapanca. La ragazza non aveva più viso né corpo. La riudì che diceva: "È scritto nella sua agenda" e d'improvviso ricordò che l'agenda, la sua piccola agenda rossa, lui l'aveva dimenticata l'ultima volta sulla scrivania, nella mansarda, quando si era rimesso la giacca. La consultava ogni volta, diceva che gli era indispensabile.

Scese dal letto e si avviò verso la cucina. Barcollando si appoggiò allo stipite della porta, con liberazione angosciosa.

Quando entrò, un'ora dopo, nella luce calda della mansarda, ebbe l'impressione, guardando il letto, che qualcuno vi avesse dormito. Ma doveva essere stata lei a lasciare quelle impronte. Si sedette sull'orlo, sforzandosi di ricordare. Si vedeva sdraiata, gli occhi al soffitto, e poi in piedi e in bagno. Poi ritornava verso il letto. Non ricordava le scale, l'ascensore. Rivedeva solo alcune immagini e forse le confondeva con altre. L'agenda era sull'angolo della scrivania. Alla data del giorno prima era scritto: "T alle 15".

Terragni. Mancava l'appuntamento con lei, ma era l'unico che non segnava mai. Non ne aveva bisogno, glielo aveva detto ridendo, un giorno che si era messo a sfogliarla, mentre lei si rivestiva. E aveva aggiunto che quella agenda era la sua seconda memoria, la prima l'aveva in ufficio, in un dischetto del computer.

«E la tua memoria personale?» gli aveva chiesto.

«Quella dimentico spesso dove sia» le aveva risposto, guardando dal letto il lampadario.

Lei si era voltata incredula:

«Perché esageri sempre?»

«Forse perché ho paura della verità» le aveva risposto. «Così non so mai qual è.»

E mentre lei gli voltava di nuovo le spalle, davanti alla specchiera, aveva aggiunto, con una voce che le era parsa turbata:

«La sto perdendo veramente.»

«Ma smettila» aveva esclamato lei. «Alla tua età!»

«Per ora sono segni piccoli, ma preoccupanti» aveva aggiunto lui.

«Senti» aveva esclamato impaziente. «Non mi va di seguirti su questo terreno.»

«Lo so» si era girato su un fianco, a osservarla. «Ma non è tutto negativo, sai? Ci si libera del passato.»

Lei aveva continuato a rivestirsi, senza rispondere.

«Ci alleggeriamo di tante colpe, non credi?»

Lei si era diretta verso il bagno, mentre lui continuava:

«Pensa se mi dimenticassi di tutto. Forse sarei felice.»

«Hai finito?» Si era fermata sulla soglia. «Non mi piace quando fai così. Non sei più tu.»

«È quello che vorrei» le aveva risposto.

Fu solo quando tornò a concentrarsi sull'agenda e i contorni della pagina ridivennero nitidi, che vide, in grafia minuscola, a sinistra della data, un numero: 6151. Forse il telefono di un ente, di un istituto. Provò a comporlo sul quadrante. «Credit Bank» rispose una voce metallica.

Riappese adagio il telefono.

Non le aveva mai parlato di quella banca. Cercò sulla guida. Il numero corrispondeva a una filiale di via Como, non lontana da lì.

Aspettò un minuto.

«Attenda, prego.»

La voce femminile, suadente, morbida, sembrava lieta di interrompere, con una spontaneità meccanica, la melodia. Finché una voce cordiale quanto autorevole si inserì:

«Buongiorno, signora. Sono il direttore.»

«Il dottor Zerbi?»

Ricordava il cognome che le aveva detto l'impiegato.

«Certo, signora.»

«Mi scusi se la disturbo.» Si accorse che la voce era

incrinata dall'emozione. «Forse il suo collaboratore le ha già accennato.»
«Mi dica, signora.»
«Mio marito è venuto in banca ieri mattina, vero?»
Provava, quando mentiva dicendo "mio marito", una sorta di orgoglio momentaneo.
«Sì, signora.»
«Mi può dire verso che ora?»
«Presto, signora, poco dopo l'apertura.»
Lei esitò:
«E per fare quale operazione?»
«Mi dispiace, signora, ma questo non posso dirlo.» Il tono indulgente era di chi confidava che la propria ragione sarebbe stata condivisa. «Lei lo sa.»
«Siete così segreti?»
«Ci lasci questi ultimi meriti, signora. Comunque suo marito l'ho appena intravisto, quando entrava in agenzia.»
«È questo che mi premeva sapere» esclamò lei, con una disinvoltura tardiva. «E mi scusi per il disturbo.»
«Al contrario, signora, è stata l'occasione per conoscerci. Potrebbe aprire anche lei un conticino, le farei condizioni particolari, come a suo marito. Oppure pensare a una cassetta di sicurezza. Serve a molti usi, lo sa?»
«Per esempio?»
«A custodire gioielli, valuta, lettere, documenti.»
«Seguirò il suo consiglio.»
«Si ricordi, signora, che la sicurezza è il bene più raro nella vita.»
«Anch'io lo penso.»

Nel suo ufficio aereo di vetro, al primo piano della filiale, il dottor Zerbi credette, alle 10 e 45 di quella mattina, a una allucinazione. Vide, vicino all'agave di plastica a destra dell'ingresso, il marito di una possibile cliente invecchiato di colpo: si guardava intorno titubante, la borsa di pelle sotto il braccio, e aveva i capelli più radi e un ventre prominente, che sembrava rimpicciolirlo di statura. A un tratto sollevò lo sguardo verso il suo ufficio, su indicazione di un impiegato. Solo allora intuì che poteva essere suo fratello. Con un gesto timido della destra l'altro gli accennò che avrebbe voluto salire. Lui gli indicò il tragitto lungo gli sportelli, fino alla curva del banco e all'ascensore. Poi gli andò incontro nell'anticamera del primo piano.

«Lei è il fratello del nostro grande amico, non è vero?» disse il dottor Zerbi, tendendogli la mano. «Vi assomigliate molto.»

«Sono venuto proprio per cercare lui.»

«Ho capito» rispose il dottor Zerbi, interdetto. «Se vuole seguirmi.»

Lo introdusse in un salottino di juta verde, un cubo senza finestre, con tre quadri astratti alle pareti.

«Posso contare sulla sua discrezione?» chiese l'altro sedendosi.

«Totalmente.»

L'altro indugiò, pensieroso, poi disse:

«Mio fratello da ieri è sparito, non si sa dove sia.»

«Qualche guaio?» chiese il dottor Zerbi, pentendosene subito.

«Speriamo di no, forse è partito per un viaggio breve, senza poterci avvisare.»

«Naturale» si affrettò a dire il dottor Zerbi. «Succede tante volte.»

«No, poche» rispose l'altro preoccupato. «Perciò le chiedo la sua collaborazione.»

Il dottor Zerbi si portò la mano al petto:

«Sono qui per questo.»

L'altro fece una lunga pausa.

«Io so che mio fratello ieri mattina è stato qui.»

«Glielo ha detto la signora.»

«Già.»

«Ma allora sa già tutto» esclamò il dottor Zerbi. «Che cosa posso dirle di più?»

«Che operazioni ha fatto.»

«È un segreto bancario» disse il dottor Zerbi, serio. «L'ho già spiegato alla signora.»

«Lo so» l'altro abbassò la testa. «Ma questo è un caso eccezionale. Le do la mia parola d'onore che nessuno, le ripeto, nessuno, saprà mai di questo colloquio.»

«Neanche la polizia, naturalmente.»

«Soprattutto la polizia.»

Il dottor Zerbi rimase in silenzio, finché a un tratto si decise:

«Ha aperto la cassetta di sicurezza.»

«Per prendere che cosa?»

«Ah! Questo proprio non lo so» rispose il dottor Zerbi con sollievo. «Non so neanche se sia stato un deposito o un prelievo. Lo può dire soltanto l'interessato.»

«E non sa neanche il contenuto della cassetta?»

«Ci mancherebbe altro» esclamò il dottor Zerbi, sempre più animato. «Altrimenti che sicurezza sarebbe?»

Aggiunse, facendo cenno di alzarsi:

«Ha altre domande?»

L'altro indugiava e allora il dottor Zerbi disse:

«Non mi sembra per ora preoccupante. Che cosa può essere un giorno nella vita di un uomo?»

L'altro mormorò:

«Molto.»

X

Decima Musa

Un uomo che in una camera blindata viene lasciato solo davanti a una cassetta metallica posta su un tavolo. L'uomo la fissa in silenzio, infila una minuscola chiave nella serratura e, sollevato il coperchio, vi immerge le mani. Ne estrae qualcosa che nasconde in una borsa. Poi, affacciatosi sul corridoio, si rivolge all'impiegato che è rimasto ad attenderlo e dice:

«Ho finito.»

Era questa la scena che lei rivedeva senza averla mai vista.

«Non è detto che le cose si siano svolte così» le disse Mario, posando il bicchiere di birra sul tavolino. «Tu pensi che in banca sia andato per prelevare e magari ha fatto il contrario.»

Vagava con lo sguardo sui passanti, oltre la tenda del bar, nella mattina già calda:

«Io cominciò a essere stanco di presentimenti, di illazioni, di ipotesi. Teniamoci ai fatti.»

«Appunto. Non è tornato neanche questa notte.»

«Questo pare sia accaduto spesso negli ultimi tempi» Mario si voltò a guardarla. «Me l'ha detto sua moglie poco fa. È un particolare rassicurante.»

«Come rassicurante? E dove passa la notte?»

«Ah, non si sa. Forse nell'appartamento dove vi incontrate.»

«No. Non l'ha mai fatto.»

«Sei sicura?»

«Sì. Ritrovavo sempre l'appartamento come l'avevamo lasciato. Stavo attenta ad alcuni particolari, proprio per controllare.»

Mario annuì:

«Tu dubiti di lui.»

«Non è questo che conta» esclamò lei. «Conta che adesso abbiamo scoperto un'altra cosa negativa.»

«Ti sbagli» disse Mario, facendo un cenno al cameriere. «Sapere che dorme spesso fuori casa è importante. Vuol dire che si prende più spazi di quanto pensiamo, più libertà di movimento, non ti pare?»

«E con questo?»

«Chi naviga incontra maltempo» rispose Mario, estraendo il portafoglio. «Forse tu rimani male perché non ne eri al corrente, però è una conferma che lui ha qualche segreto fuori casa. Accontentiamoci.»

«Ma di che cosa?»

«Ne riparliamo, cara» la guardava con il suo sorriso compiaciuto, già assente, che escludeva ulteriori domande. «Se non dà sue notizie entro questo pomeriggio, ne riparliamo.»

«Tu vuoi eludere i problemi! Ti conosco.»

«È vero» ammise Mario. «Invece tu li crei.»

«Ma tu sragioni! Non puoi lasciarmi così!»

«No, ti fisso semplicemente un appuntamento.» Si era alzato e guardava il suo orologio da taschino. «Ci sentiamo al telefono fra qualche ora.»

«E io che cosa faccio?»

«Tutto fuorché altre ricerche. Vedrai che lui si farà vivo, anzi magari ha già telefonato.»

«Ma tu sei pazzo!» Si era alzata anche lei. «Diventi impaziente, non si riesce più a parlarti.»

Mario la precedeva tra i tavoli.

«E poi che cosa devi fare di così urgente?» Lo raggiunse sul marciapiede. «Come se non ti conoscessi!»

«Ti telefono nel pomeriggio» le disse Mario, stringendole una mano fra le sue. Poi si allontanò tra le piante.

Se in quella mattina di giugno, ventilata, fresca, mentre tornava a passi rapidi verso casa, il viso alzato ai vetri luccicanti; se in quel momento avesse voluto rispondere alla domanda di lei, che cosa doveva fare di così urgente, avrebbe detto:

«Niente.»

Niente era finalmente la rinuncia a sperare e a fare; era quella mattina trasparente, quella strada, quel sole, era camminare sul marciapiede tra le piante. La felicità durò fino all'incrocio con viale Umbria. Poi il niente si trasformò nel vuoto che gli era familiare.

Quel vuoto lo ritrovava ogni volta che sedeva alla scrivania. Scovato il suo manoscritto sotto la corrispondenza inevasa e, risoluto a scrivere per due ore almeno, caricava la sveglia perché lo interrompesse nel lavoro. E intanto, per non cominciare, rileggeva una lettera a cui avrebbe dovuto rispondere un anno prima. Pensava le scuse dell'esordio, la denuncia, desolata e amara, del disordine, l'autoaccusa generosa di espressioni denigratorie; e poi riponeva la lettera nel cumulo.

A quel punto si alzava, si accostava agli scaffali, gonfi di libri prossimi a precipitare, e scorreva con gli occhi quelli che non avrebbe mai letto: classici del sapere orientale, storie delle religioni, trattati di etnografia, ricerche sulle origini del cosmo. Dopo averli accumulati con ingordigia, ora capiva con angoscia che avrebbe dovuto liberarsene. L'illusione era stata di sperare dai libri quella salvezza che si può sperare da uno solo. E poiché nessun libro poteva ormai offrirgliela, l'unica salvezza era di rinunciare.

Sognava una stanza spoglia, senza più libri. Solo la sedia, il tavolo, la finestra. Ma anche questa era l'immagine di un film che aveva visto da ragazzo e che non era più riuscito a rintracciare nei suoi repertori.

Allora ritornava alla scrivania ingombra di carte. Era convinto che per ritrovare la determinazione a scrivere occorresse una disperazione quasi totale: dove il "quasi" rendeva attendibile l'imperiosità dell'aggettivo e insieme apriva uno spiraglio sul futuro. Scrivere come se dovesse morire entro breve tempo e gettare finalmente la maschera della vanità.

Questa angoscia che lo confortava, perché la immaginava feconda, si svelava invece sterile non appena cominciava a lavorare. Colpito da accessi ricorrenti di impotenza creativa, ne aveva colto analogie con l'impotenza sessuale. E come, per vincere quest'ultima, si consiglia, contro ogni verosimiglianza, di pensare ad altro, così lui si accaniva ogni volta a pensare ad altro. Il pericolo era che quasi sempre ci riusciva e non scriveva nulla.

Iniziando sette anni prima un'opera ambiziosa sul cinema italiano tra le due guerre, sapeva che non doveva essere né una cronaca, né un repertorio, né un quadro di costume, né un contributo sociologico. Come accade a molti spiriti dotati, più che di forza creativa, di forza distruttiva, aveva chiaro quello che non doveva fare, ma non altrettanto quello che avrebbe fatto. E se la rotta solitaria era stata per anni il miraggio del suo orgoglio, dando una luce allusiva ai suoi occhi e un timbro pacato e grave alla sua voce, ora si trasformava in un viaggio di ritorno, senza che quello di andata fosse stato compiuto. Questo presentimento finiva per avvelenargli l'esercizio, sempre più tetro e stanco, della sua attività. Abituato a considerarla secondaria rispetto a quella immaginaria che coltivava in segreto, riluttava a riabilitarla ora che l'altra dileguava. Né lo soccorreva il coraggio sordido di quei coniugi che, abbandonati dall'amante, tornano, come usano dire, all'ovile e si illudono di tramutare lo strame in un giaciglio.

Glielo impediva un senso superstite della decenza, che era prima di tutto rispetto di sé. E quell'orgoglio che lo aveva aiutato a celare le sue ambizioni, quando vi credeva, era lo stesso che lo induceva a confessarle, ora che ne dubitava.

La sua lealtà gli attirò odiose simpatie e quel corteo di consolazioni sapienziali che accompagna il procedere dell'insuccesso. Ma proprio la paura di quella sinistra compagnia lo faceva resistere alla tentazione più diffusa e appagata, che è quella della resa.

Perciò, quando parlava del suo "lavoro", alludeva sempre a quello che non faceva e, quando parlava dello scrivere, non alludeva mai alla sua attività di critico. Quest'ultima, che era la fonte principale del suo reddito, oltre che della sua notorietà, stava diventando fonte di amarezza, perché gli ricordava il fallimento dell'altra. Inoltre, a mano a mano che invecchiava, ne coglieva sempre più i limiti e la labilità. E il successo, anziché ripagarlo, otteneva l'effetto contrario. Aveva letto che non c'è come essere amato da chi non si ama per rimpiangere la lontananza di chi si ama.

Da ragazzo, quando era un catecumeno delle mostre di cinema, un fedele delle cineteche, un devoto dei cineclub, accedeva alla sala di proiezione come un iniziato ai templi della sua divinità. Immaginava la funzione del critico come un sacerdozio profano, che doveva consacrare il valore di un'opera o condannarla per l'eternità. E il pubblico partecipava muto al rito, ascoltando il sermone dell'officiante.

Questa visione patetica durò a dissolversi. Per capire che il mondo non è come lo si immaginava può bastare a un adolescente qualche mese decisivo. Ma per capire che non è come lo si è visto occorrono decenni. La seconda maturità è un frutto amaro e tardivo, a volte tossico, ricco di acidi che hanno il potere di trasformare una fotografia a colori in una radiografia.

Ricordava con stupore retrospettivo l'entusiasmo che in anni lontani avevano provocato in lui i dibattiti sull'estetica del cinema, nelle catacombe dei convegni.

La ricerca dello specifico filmico lo aveva appassionato, senza che vi sospettasse l'influenza di una moda. Come tutti quelli che la subiscono, credeva semmai di concorrere a promuoverla. E l'eterna illusione degli intellettuali, di camminare sul crinale dei tempi per arrivare al culmine della storia e ai crocevia dell'eternità, gli faceva sentire come definitivi i termini di un dibattito di cui nel contempo si proclamavano i limiti. Liberandosi dai contatti promiscui con le altre arti, il cinema doveva svelare la sua essenza cristallina di Decima Musa. Mineralogia, culto della purezza e della razza ispiravano il lessico di quelle discussioni, dove si sfiorava anche il tema del destino e dove le parentesi che si aprivano nel discorso volevano racchiudere, brevemente, tutto. C'erano sempre spettatori che, frementi di timidezza e di orgoglio, alzavano pallidi la mano e lanciavano, con una serie di suoni articolati, la loro sfida all'universo. Alcuni, sopraffatti dall'emozione, uscivano subito dopo dalla sala sotterranea e, incespicando nei gradini, sbucavano su una strada notturna invasa dalle automobili in sosta.

Era successo anche a lui.

Altre volte i dibattiti si prolungavano fino a quel limite che, insieme con l'orario della sala, è capace di interromperli: la spossatezza. Provati da vertigini logiche che ambivano alla precisione del linguaggio matematico e illusi da analisi capziose la cui perfezione durava finché un altro non interveniva a confutarla, gli spettatori abbandonavano la sala svuotati di energie, esausti e insoddisfatti. Non c'è come accanirsi in una discussione per scoprirne l'inutilità. E *toccare il fondo* suscita un unico desiderio, risalire alla superficie.

Era arrivato a quella età che viene detta dei bilanci e in cui invece i bilanci si fanno sempre meno. È l'adolescenza semmai che meriterebbe tale definizione quando gli auspici vengono tratti dai giudizi degli altri e dagli oracoli di occasionali indovini. Ogni volta si rimette in discussione il proprio futuro e si gioca la propria vita. E qualche volta, come in ogni gioco che *non* si rispetti, si finisce per perderla.

La sua età gli consentiva meno spazio per gli errori – o meglio meno tempo per ripararli. E se ripensava al cinema e a quello che era stato per lui nel corso di trent'anni, gli pareva di essere un pagano al crepuscolo della mitologia, in un mondo popolato di dèi che esistevano solo nella sua mente. È vero che l'interesse per la storia del cinema produceva mostre, convegni, articoli, libri e rassegne in una quantità maggiore che in passato. Ma per lui era una curiosità ormai ipotetica, una passione vetrificata.

Guardava stupefatto i poster cinematografici che aveva appeso alle pareti con la stessa percezione dell'assurdo che si prova davanti a un volto quando si è cessato di amarlo.

Staccare i poster dalle pareti era stato il primo gesto di un distacco progressivo. Presagiva un processo di conversione, anche se non sapeva a che cosa.

Ricordava, di un libro che aveva letto molti anni prima, un capitolo dedicato ai sacerdoti che avevano perso la fede, ma non l'abito. Preti già anziani, incapaci di ricominciare una vita, quanto impreparati a finirla. Custodi di una catastrofe silenziosa, avevano continuato ad amministrare i sacramenti, a predicare ai fedeli. Mai si sarebbe scoperta la loro crisi, se non l'avessero rivelata, dopo la morte, diari angosciati. Alcuni l'avevano confessata a un parente o a un amico, che ne aveva poi parlato a distanza di anni. E lui li immaginava nella loro stanza, tra i libri di una religione morta, tra le reliquie di una fede che era diventata una finzione.

Quanti tormenti dovevano avere preceduto la decisione di non credere; quante lacrime per rassegnarsi non solo al futuro, ma al passato, a una vita dedicata a un dio che non esiste, a un aldilà che non oltrepassa l'esistenza.

Lui rammentava, con la precisione che hanno i sogni, immagini che aveva visto leggendo il libro, colloqui al tramonto sulla terrazza di un convento oppure parole gravi nella penombra di uno studio. Queste immagini si sovrapponevano a quelle della sua vita e non sapeva quali fossero più reali. E in quei segreti che non aveva mai ascoltato ritrovava il suo, in quei destini di disperazione muta il suo destino.

XI
Parole e dilazioni

Prima di salire per le scale buie, Mario si fermò nell'an drone a ritirare la posta. Aprì con una piccola chiave lo sportello di vetro e ne estrasse un pacco di buste, carto line, fogli di pubblicità, riviste, fascicoli. Questa operazione era diventata delicata e ansiosa, da quando l'arretrato della corrispondenza non era più quantificabile e concorreva al caos del suo studio. Quella mattina per fortuna c'erano solo la lettera di un regista, presumibilmente di ringraziamento, una cartolina di suo figlio, spedita da Avignone un mese prima, una rivista di provincia: «Fuochi fatui», due inviti identici per il medesimo cocktail e il cartone di una mostra di naïf.

Richiuse lo sportello.

Compiva questi gesti con lentezza, come se avesse avuto trent'anni di più. Aveva in mente la sapienza dei grandi vecchi del cinema, la loro recitazione rallentata, la loro gestualità quasi statica. Invidiava il senso di intimità con cui si dedicavano, indugiando compiaciuti, ad atti della vita quotidiana. Era come uno spiraglio aperto su una felicità segreta quanto accessibile a tutti. Ma ogni volta che nella realtà cercava di scoprirla, si accorgeva di provarla solo al cinema.

Salì le scale con la mano sulla ringhiera e, arrivato al pianerottolo del terzo piano, suonò due volte il campanello del suo appartamento. Era un segno convenzionale che, concordato all'origine per aprire più rapidamente, evitando il controllo attraverso lo spioncino, consentiva ora di aprire più lentamente, sapendo di chi si trattava. Dopo avere aspettato altri nove secondi, contati come sempre sul suo cronometro, Mario suonò ancora due volte.

«Vengo!» gridò sua moglie dal fondo del corridoio. «Un attimo di pazienza!»

Mario si appoggiò allo stipite, sospirando. Tipico gli sembrava quell'appello alla pazienza, una virtù che vogliamo imporre agli altri quando l'abbiamo persa noi.

Lei oscurò il vano della porta:

«Si può sapere dove sei andato all'improvviso?»

«Che cosa è?» rispose lui staccandosi dallo stipite. «Una domanda o una accusa?»

Poi aggiunse, mentre lei si scostava per lasciarlo passare:

«Niente, ho fatto due passi per sgranchirmi le gambe.»

Era avanzato in corridoio fino alla porta del suo studio, con aria distratta, consapevole di aumentare la sua curiosità.

«Quando ti decidi ad andare alla polizia?» gli chiese lei.

«Ma figuriamoci!» era entrato nel suo studio. «Un uomo della sua età non è libero di assentarsi quando vuole!»

«No, se ha dei legami. Deve tenerne conto, capisci?»

Il tono preannunciava una di quelle discussioni ipotetiche in cui, parlando di altri, si parla di se stessi. Ed è il momento in cui si dedica agli altri il massimo spazio.

«Insomma, dovrebbe chiedere il permesso» rispose Mario.

«Certo! Altrimenti avrebbe fatto meglio a non sposarsi.»

«Deve scontare tutta la vita questo errore.»

«Naturale, finché non si separa! Perché non lo fa?»

«Forse perché non l'ha mai fatto.» Mario strinse tra le dita la gomma posata sulla scrivania. «Difficile deve essere la prima volta. Credi di fare crollare tutto, mentre tutto è già crollato.»

Aggiunse, voltandosi verso di lei:

«Per questo chi ha divorziato una volta non esita a rifarlo.»

«È questa la tua idea del matrimonio?»

«No, è la mia idea del divorzio.»

Lei taceva, le braccia incrociate, il petto che si sollevava.

A un tratto disse:

«Ti riferisci a qualcuno?»

«No.»

Non c'era come mentire per riportare la loro conversazione alla normalità.

Lei rialzò la testa e con un tono mutato disse:

«Adesso che cosa fai? Lavori?»

«Ci provo.»

Afferrò la macchina e, spostando libri e riviste, la avvicinò a sé.

«A che punto è il libro?»

«A un punto morto» rispose, guardando gli scaffali. «Devo sbloccarmi.»

«Ti lascio lavorare» disse lei, staccandosi dalla porta e ritornando in corridoio.

Rimasto solo, gli occhi socchiusi verso la finestra aperta, Mario posò le palme sulla tastiera della macchina, come un pianista prima del concerto. Poi la sospinse davanti a sé, nell'unico spazio sgombro della immensa scrivania, e collocò al suo posto una cartella verde, raccolta da terra, piena di ritagli, fogli, appunti. Vi immerse le mani, sollevando fino all'altezza degli occhi un pacco di carte che scivolavano ai lati. Provava vergogna e angoscia. Non poteva, ancora una volta, fare ordine. Altrimenti non avrebbe scritto neanche quella mattina.

Allora afferrò il foglio cominciato il giorno prima e lasciò cadere la cartella vicino alla scrivania, con un tonfo sordo cui seguì la voce di lei dalla cucina:

«È successo qualcosa?»

«No.»

Rimase qualche secondo immobile, nel timore che si affacciasse.

Poi riavvicinò la macchina e, inserendo il foglio, cercò di ricordare le ultime parole che vi aveva scritto il giorno prima. Non le ricordava.

Lesse:

«Accettare di girare quel film fu per lui...»

Accettare di girare. Due infiniti in are.

«È più difficile, a distanza di anni, giudicare il valore di quel film.»

Ma che cosa stava dicendo. A distanza di anni. Perché più difficile?

Lesse il seguito:

«Ma non è questo il punto che ci interessa veramente. L'importante è che il film conservi la sua attualità.»

Ma quale attualità. Chiuse gli occhi.

Aveva una nausea crescente delle parole. Rispondevano sempre meno a quell'interrogativo, tra elementare e illuminante, che il suo insegnante di ginnasio consigliava di porsi dopo – o possibilmente prima – di ogni frase: "Ma è vero?". E il linguaggio gli appariva una immensa spiaggia di gusci vuoti.

Un tempo le parole avevano racchiuso la vita, l'avevano celata e protetta prima che erompesse all'aperto. Ora vedeva soltanto conchiglie fossili e uova schiacciate dalle zampe dei predatori e perforate dai loro becchi. E lui si sentiva ormai come un cacciatore attardato, arrivato alla fine del saccheggio, quando la vita aveva abbandonato quegli involucri ed era emigrata altrove

Cancellò le due frasi con una serie di X maiuscole. L'unico momento in cui si sentiva sicuro. A cancellare non si sbaglia mai, aveva detto in un dibattito, suscitando una ilarità che lo aveva dolorosamente sorpreso.

Scrivere era diventato cancellare, e cancellare la meta dello scrivere.

Non poteva continuare così. Si alzò dalla scrivania e

si avvicinò alla finestra. Dalla strada salivano le grida di un mercatino rionale. Si intravedevano tra i platani le bancarelle di frutta, le tende colorate, i furgoni.

Scrivere non era indispensabile. Ma troppi parevano non saperlo e agivano come se lo fosse.

Questa vocazione illusoria, questo appello udito per errore e purtroppo ascoltato gli sembrava una conferma che, a modificazione del detto evangelico, pochi erano i chiamati, ma molti quelli che rispondevano. Però gli appariva goffo, oltre che ingeneroso, infierire su questi sbagli di percorso, come facevano taluni che, ironia della parola, si sentivano invece arrivati: e con questo attestavano la distanza che li separava, più che dal traguardo, dalla consapevolezza dei suoi limiti.

Non lo persuadevano neanche i cultori del silenzio, gli asceti dell'insuccesso, i monaci della impopolarità. Alcuni avevano rapporti intimi con la Storia, che consideravano una amante fedele, anche se, almeno in apparenza, non si negava a nessuno. Era lei che suggeriva quando scrivere e quando non scrivere.

Altri ritenevano che niente fosse leggibile, tranne i libri che *non* scrivevano loro.

Altri ancora, che non avevano più il conforto del pubblico, scambiavano il calo dei lettori con il declino della civiltà occidentale.

Così, se non si riconosceva nei molti, finiva per non riconoscersi neanche negli eletti. Il limite di questi ultimi non era di affermare che la verità è di pochi – asserzione più credibile del suo contrario – quanto di sapere in anticipo chi erano: loro e qualche amico.

«Non hai lavorato, vero?» gli disse sua moglie, affacciandosi sulla soglia.

«Non molto.»

Aprì un cassetto traboccante di cataloghi.

«Però anche non lavorare è un lavoro» aggiunse. «È un segno meno che moltiplicato per un altro meno dà un segno più.»

«Tu trovi sempre il modo di quadrare i conti» disse lei senza spostarsi. «Non so se invidiarti o compiangerti.»

«Compiangimi» annuì Mario. «È meglio per te come per me.»

Inserì un foglio bianco nella macchina:

«Adesso riprovo.»

«No, adesso c'è una notizia.» Fece una pausa. «Andrea ha visto tuo fratello.»

«Quando?»

«Ieri mattina. L'ha incontrato davanti all'air-terminal di piazza Tripoli.»

«E dov'è Andrea?»

Lei accennò con il viso alla porta d'ingresso:

«È uscito poco prima di te. Quando ha saputo delle tue ricerche ha detto che aveva lui un'idea.»

«Ma è incredibile!» Mario si alzò, le mani sulla scrivania. «Non mi hai neanche chiamato. Tu lo fai apposta!»

«Tu non sai quello che dici» rispose lei sprezzante.

«Almeno trattenerlo!»

«Come se fosse facile.»

«E perché non ha parlato con me?»

«Perché con te preferisce non parlare» lo guardava con aria di sfida. «Hai dimenticato anche questo?»

«Ah!» esclamò Mario. «È lui che preferisce non parlare.»

«Tu non ti accorgi di schiacciarlo.»

«No. Non me ne sono mai accorto.»

«E invece è così. Vuoi sapere perché?»

Lo fissava come se si accingesse a una rivelazione e allora lui le disse:

«Risparmiami altri dettagli. Vorrei solo sapere dove è andato. Questa è l'unica risposta che mi preme.»

«Non lo so» disse lei.

XII
L'infelicità domestica

Sceso sul marciapiede deserto, sotto i platani, nell'angusto passaggio lasciato dalle automobili in sosta, Andrea si voltò per vedere se qualcuno l'aveva seguito. Ma chi avrebbe potuto farlo. Non suo padre, più lento a mettere a fuoco una idea che un fotografo dell'Ottocento una immagine. Né sua madre che, uscendo dalle sue crisi depressive, affermava ogni volta di essere cresciuta e suo padre diceva che l'aspetto lo confermava. Aggirandosi per l'appartamento con il naso in alto e la vestaglia nera a strascico, sembrava una foca che scivolasse a colpi di pinna.

Camminò a passo veloce fino all'angolo e attraversò il viale senza più voltarsi. Ogni volta che usciva di casa si sentiva un evaso, felice e insieme timoroso di essere libero. Per questo cercava di aumentare la distanza, anche se intuiva che il problema, più che di uscire, era di non rientrare.

Quella casa di pietra grigia, il portone di ferro sempre chiuso, i balconi con i vasi di fiori disseccati, gli sembrava il nido della follia. Definirla era stata la liberazione da una angoscia covata a lungo, dandole la certezza di un nome.

Suo padre che avanzava in corridoio a passi lenti, quasi fosse appesantito dagli anni e sperasse che l'età gli desse l'autorità che non aveva mai avuto. E sua madre che, quanto più era impacciata dall'adipe, tanto più voleva muoversi e, come diceva, vivere.

Quando li vedeva in corridoio, a gara l'uno a camminare più tardo, l'altra più veloce, che si urtavano a vicenda, incapaci di superarsi o di cedere il passo, gli sembravano due animali preistorici. Gli ricordavano quei rettili sopravvissuti nelle isole Galapagos, che aveva osservato in televisione mentre si accoppiavano immobili, senza sussulti, l'occhio vitreo rivolto altrove, le palpebre che si abbassavano lentamente quando i corpi si distaccavano, le gole che deglutivano aria. E se pensava al frutto della loro unione, provava la paura che assale chi ha troppo paura dei mostri, cioè di esserlo lui. Animali indifferenti e torpidi, che brancolavano sulle rocce prima di sparire nelle fenditure.

Quello che continuava a stupirlo non era che si fossero sposati, ma che non si fossero divisi. E che un errore nato dalla inesperienza trovasse poi alimento nella convivenza. Non riusciva a capire questo paradosso finché pensò che forse non si trattava di un errore. Non era paradossale la realtà, quanto il suo modo di interpretarla.

L'odio che teneva avvinti i suoi genitori era un legame più tenace, e certamente più affidabile, di qualsiasi altro. Perché un predatore può lasciarsi sfuggire la sua vittima. Ma due predatori si dilaniano, in una presa atroce, fino all'estremo. Né scelgono la salvezza riservata alla intelligenza dei deboli, la fuga. Così si scarnificano finché morte non tanto li separi, come dice la formula sacramentale, quanto finalmente li unisca.

Pensarli divisi era per lui ancora più difficile che pensarli uniti. E l'odio che ciascuno suscitava nell'altro dava un nome e una causa a quel sentimento, senza nome e senza causa, in cui probabilmente erano stati allevati: l'odio di se stessi.

C'era una inflessione rassegnata e cupa nel tono con cui suo padre, quando indugiavano per strada davanti a una vetrina, diceva improvvisamente: "A casa". Quasi una fretta ansiosa di abbreviare i tempi, di affrontare al più presto una lotta sordida, senza speranza, non per prolungare il giorno, ma per finirlo.

A casa bastava qualsiasi motivo per scatenare le aggressioni. Ma chiamarlo motivo era già una falsificazione linguistica, una mistificazione verbale. Gli tornava alla mente l'episodio biblico di Esaù, che aveva ceduto la primogenitura per un piatto di lenticchie, e solo adesso ne capiva le premesse. Non era assurda la sproporzione tra la causa e l'effetto, come gli aveva insegnato il professore di filosofia, protetto, nella sua stupidità assorta, dal fumo della pipa che lo avvolgeva sulla cattedra. Perché era stato l'effetto a creare la causa, il disprezzo a trovare il pretesto per rivelarsi.

Sua madre conosceva perfettamente, con la precisione di un entomologo, i temi che turbavano suo padre e li sceglieva con una rotazione paziente. Bastava citare un collega ostile o evocare il fisco o nominare una rivista che l'aveva confinato nelle file della vecchia guardia. Per non tradirsi lei ricorreva a un alibi infallibile, tanto che riesce a ingannare anche chi lo adotta: la buona fede. Ogni volta che il viso di lui si alterava e acquistava quella calma irreale che ne annunciava la perdita imminente, lei cadeva, così asseriva, dalle nuvole. Ed era una caduta piena di stupori, di interrogativi, di esclamazioni, interrotta solamente dall'urto frontale.

Qualche anno prima lo coinvolgevano nelle loro discussioni. Ed era il momento più penoso, in cui avrebbe voluto piangere o fuggire. Gli domandavano chi, secondo lui, avesse ragione o torto e ognuno faceva appello alla sua obiettività, nel tentativo di aggirarla. E lui, con un nodo alla gola, dava torto a tutti e due.

Nell'età che viene chiamata evolutiva – come se qualcuna non lo fosse – aveva sognato la fuga: dapprima in uno di quei luoghi da cui si sogna di fuggire, un collegio, un convento, una caserma; poi in una università lontana; poi in un'altra nazione o in un altro continente, continuando ad aumentare il raggio dell'orizzonte, che è poi l'alibi per restare. Infatti era bastato l'incontro con una ragazza per circoscrivere improvvisamente l'universo a poche strade, in cui passeggiava con lei alla sera: marciapiedi e case che l'amore trasformava in paesaggi, felicità vissuta come ricordo, estasi di cui aveva coscienza quando era sparita.

Scorgendola a distanza sotto il portico, volta nella sua direzione, gli occhi maliziosi, aveva la sensazione allucinatoria che il mondo si dilatasse e insieme si racchiudesse in una persona. Si sentiva investito da ondate di tenerezza che, più che rapire lei, sommergevano lui. E scopriva i poteri magici delle parole sia quando le diceva, sia quando vi rinunciava. Quei vuoti inattesi, quelle intermittenze del discorso, quei silenzi commossi creavano un linguaggio parallelo, eclissi di parole che ne suscitava l'eco.

Non aveva del resto mancato, cercando la parola giusta, di trovare quella sbagliata; e di avere, attraverso il linguaggio, aperto voragini e spalancato abissi, alimentando equivoci inesauribili.

La parola che schiudeva l'accesso alla felicità era la stessa che, pronunciata un attimo prima, poteva precluderla. Perciò aveva imparato la cautela e cercava di eludere quella loquacità, sui temi dell'amore e del sublime, che è spontanea non meno che imbarazzante. Se voleva apparire sincero doveva non esserlo e scopriva così alla fine di esserlo stato: principio non solo dell'arte di amare, ma dell'arte.

Anche la metamorfosi della sua voce, quando le parlava al telefono, l'aveva sorpreso, perché aveva rivelato agli altri il suo legame. Bastava il tono sommesso, emozionato e allusivo, con cui pronunciava la parola "Ciao". Indifferente fino allora alle inflessioni della propria voce, ne aveva per la prima volta ascoltato, fantasticando su quelle di lei, le risonanze.

Paragonando il suo "legame" a quello tra i suoi genitori, si accorgeva che la parola cambiava significato. Perdeva i suoi connotati di laccio morbido, di sicurezza avvolgente, di rete occulta e indissolubile, per trasformarsi in un vincolo che impediva loro di staccarsi.

Avversava, insieme con le idee di suo padre, anche le sue predilezioni. Quello studio reso impercorribile dai libri, con i poster appesi alle pareti come fotografie di ricercati, era un santuario in rovina da cui rifuggiva. E i lamenti di suo padre sul tramonto della cultura gli risuonavano come echi che echeggiavano altri echi, frasi che gli uomini ripetono a un punto variabile, ma inevitabile del percorso, quando scambiano il loro approdo a un porto ignoto con il naufragio dell'umanità. Quello che per suo padre era un tramonto per lui era un'alba. E la onnipresente eclissi dei valori, cui suo padre alludeva come a una catastrofe, gli appariva una salvezza, considerando quali valori riguardava.

Angosciato che il mondo non finisse insieme con lui, suo padre ne prediceva lo sfacelo. Scambiava per paura l'inconfessata speranza, per delusione l'illusione temeraria. E gli amici che ne condividevano la fede formavano una confraternita minacciata dalla barbarie, che si ritrovava in conventi laici per dedicarsi, più che alle preghiere, alle deprecazioni.

La cosa strana era che suo padre gli attribuiva, per rimproverargliele, le proprie reazioni. Quante volte gli aveva detto che i giovani come lui non sapevano più vedere, ascoltare, amare. Giaculatorie che ogni generazione trasmette all'altra nella tradizione della stupidità.

Una volta però, cercando in un cassetto un certificato di nascita, aveva trovato una vecchia fotografia dei suoi genitori. Erano arrampicati su una roccia, dentro una pineta, e ridevano in direzione del fotografo, che li riprendeva dal basso, tanto diversi da essere irriconoscibili. Quello che lo aveva turbato non era il decadimento di oggi, ma la gioventù di ieri. Credeva non l'avessero mai avuta. L'aveva confessato a lei, in una di quelle passeggiate serali in cui, per liberarsi dell'ombra dei genitori, non trovava di peggio che parlarne. Li aveva definiti vecchi "da sempre", usando una espressione che suo padre, quando gli correggeva i temi, gli censurava: "Che cosa significa *da sempre*?". E aveva anche così sfidato la sua presenza invisibile.

Quando uscì dai vetri scorrevoli dell'air-terminal e sostò davanti a una vetrina con il manifesto "Visitate la Grecia", Andrea sapeva dove non andare: a casa.

Già udiva i passi di sua madre in corridoio, il suo "Chi è?" riluttante al di là della porta. E il successivo "Ah, sei tu", diviso tra uno stupore che fingeva di rinnovarsi ogni volta e un principio di delusione altrettanto immancabile. Suo padre invece si sarebbe affacciato all'uscio del suo studio, non tanto per salutarlo, quanto per interrompere quel lavoro che non riusciva a fare. Lo avrebbe seguito in cucina con una indolenza svagata, chiedendo nel contempo a sua moglie di preparargli un caffè. Questa richiesta gli avrebbe consentito di riproporre un residuo di autorità e a lei di negarglielo. Non avrebbe accennato alle sue ricerche sullo zio, né lui avrebbe ceduto al ricatto del silenzio.

Sua madre si sarebbe limitata a chiedergli: "Come è andata?", senza aspettarsi una risposta che del resto lui avrebbe differito. Solo alla fine suo padre, curvo sulla macchina del caffè, gli avrebbe fatto una domanda distratta: "E allora, hai saputo qualcosa sullo zio?". "Niente" avrebbe risposto lui e avrebbe aggiunto un commento, nella certezza che non sarebbe stato condiviso. Suo padre infatti avrebbe scosso la testa. Versandosi il caffè nella tazza, avrebbe chiesto: "Come fai a dirlo?". Lui avrebbe reagito e avrebbe dato l'avvio alla partita. Si sarebbero logorati in una discussione estenuante, l'unica occasione in cui la famiglia riscopriva la sua unità. Sua madre sarebbe intervenuta difendendo ora l'uno ora l'altro e trovando così l'alibi per attaccarli tutti e due.

Nuove linfe affluivano da conflitti remoti, nuove accuse riaprivano processi già conclusi con sentenze inappellabili. Le liti senza fine conoscevano solo tregue, il cui merito ciascuno accreditava a se stesso, addebitando all'altro il torto della mancata iniziativa e aggiungendo una nuova colpa alla lista.

No, non poteva ritornare subito in quella cripta, le luci sempre basse in tutti i locali, le plafoniere grigie in corridoio, che diffondevano un chiarore da acquario. E poi in sala il lampadario con i lapislazzuli di vetro e le lampadine bruciate, mentre l'unica che funzionava proiettava sul soffitto una ragnatela di luce. Suo padre aveva parlato una volta, con voce grave, delle penombre giapponesi, ma a lui venivano in mente i loculi di un colombario. Si era imbattuto qualche anno prima, consultando il catalogo della biblioteca rionale, nel titolo di un'opera di Dostoevskij, *Memorie da una casa di morti*, e subito aveva pensato alla sua famiglia. Scoprire più tardi che si trattava di un carcere siberiano non era bastato ad annullare l'associazione, anzi le aveva dato nuovi significati.

La camera matrimoniale rischiarata da due lucerne liberty posate sui comodini gli ricordava i bronzi delle tombe, viatico per un sonno eterno. E il lampadario di alabastro emanava una luce diafana, rosata, irraggiandola attraverso screziature e macchie che per lui erano state nell'infanzia immagini precise: un ponte sospeso sull'abisso, il profilo di un viso femminile.

Anche la luce del sole era temuta e filtrava attraverso cortine, tende, velari. E quando due imposte rimanevano socchiuse, favorendo quel fenomeno paventato quanto inavvertibile che veniva chiamato "corrente d'aria", subito i suoi genitori si precipitavano alla finestra più vicina, per troncarne l'azione letale. C'era nei loro gesti rapaci una difesa così accanita della vita, che la si poteva scambiare per odio. E forse più che paura della corrente era paura dell'aria. Era quello il mondo in cui i suoi genitori sognavano di vivere: un mondo vetrificato, immobile, indolore, dove neanche il tempo passava, perché si era già fermato.

Quando suonò il campanello di casa, venti minuti dopo, non fu sua madre ad aprire la porta, ma suo padre. Non differì la domanda, ma gli chiese, con un'aria inaspettatamente disinvolta:

«Novità?»

«Nessuna» rispose.

«Ma è vero che hai visto ieri lo zio?»

«Sì, davanti all'air-terminal di piazza Tripoli. Però non ha prenotato nessun aereo, l'ho controllato ora.»

Suo padre esaminò nello specchio il nodo della cravatta. Aveva l'aria assorta di chi segue un pensiero, ma non al punto di non accorgersi che lo stanno osservando.

«Adesso vado dalla zia» disse. «Comincia a preoccuparsi, mi ha parlato al telefono di cartelle che sono sparite.»

Arretrò di un passo e prese il cappello dall'attaccapanni. Mentre se lo aggiustava sul capo, con lentezza rituale, continuava a controllarsi nello specchio, il mezzo sorriso che adottava quando recitava una parte, anche se non si sapeva quale.

«Ha chiesto di vedermi con urgenza» disse. «Deve avere qualche novità sullo zio.»

Aprì la porta:

«Ti racconterò tutto.»

E mentre Andrea lo guardava stupefatto, aggiunse:

«Ciao, caro.»

XIII
Palcoscenici

La prima immagine della serata di poesia che le era tornata alla memoria, mentre cercava vanamente di riaddormentarsi, era stato il viso patibolare di uno sconosciuto che, la barba ispida, le vesti sdrucite da straccione di teatro, aveva chiesto, durante il dibattito, di salire sul palcoscenico. E tra il disagio dei poeti e il divertimento della platea era avanzato ciondolante fino al proscenio e qui aveva improvvisato un discorso, ammiccante e sconnesso, sull'erotismo in poesia. Alternava sarcasmi su se stesso, che gli conciliavano la simpatia del pubblico, ad affermazioni sulla poesia tanto perentorie, quanto labili. Si intravedeva dietro alle sue parole una cultura disordinata, una intelligenza intermittente, di quelle che attraggono perché sembrano originali e poi allontanano perché sono ripetitive.

Presto il suo discorso era diventato maligno. Le allusioni ai poeti lasciavano trapelare un miscuglio di disprezzo e di invidia, che è l'ingrediente più velenoso di una complicità mancata.

Sentendo affievolirsi la sorpresa, insidiata dalla delusione, si era aggrappato a qualche battuta greve, nella speranza di emergere dall'anonimato affogandovi. A quel punto era diventato un personaggio tipico, cioè il contrario di quello che voleva contrapporre ai poeti: e il gioco delle parti che imputava a loro era lo stesso che gli faceva recitare la sua.

I poeti, imbarazzati, trovavano una solidarietà muta

e crescente negli spettatori. Solo alcuni mostravano di divertirsi; ed erano probabilmente di quella specie che vede nei guastafeste quelli che le salvano. Alla fine era intervenuto il presentatore che, con il pretesto dell'ora, aveva dichiarato chiusa la serata. E, mentre gli spettatori si alzavano, l'uomo, nel tentativo estremo di trattenerli, aveva cominciato a insultarli sommessamente.

Gli spettatori erano sfollati con sollievo e i poeti li avevano seguiti con un disagio espresso da sorrisi uniformi. Lei invece era rimasta con una di quelle sensazioni di vuoto che il medico chiamava cali di pressione e lo psicologo perdite di identità. L'aspetto più inquietante era che mai come in quei momenti si sentiva lucida. E quando finalmente rientrava in sé, aveva l'impressione di uscire dal suo essere.

Le allusioni beffarde dello sconosciuto l'avevano ferita. E quelle frasi che nella loro precarietà inducevano a correzioni mentali non mancavano comunque di gettare luce sulla serata. Ricordava l'espressione "parata di poeti". Inoltre il ricorrere di un aggettivo come "comico" l'aveva turbata. La percezione forse più dolorosa per chi parla – e l'aveva constatato insegnando – è di suscitare il riso senza saperne la causa.

Aveva scoperto che niente può sottrarsi al comico tranne il distacco. Ma ogni distacco era stato cancellato quando, alla fine delle letture, si era dibattuto sull'erotismo. Nessuno era scampato all'errore fatale di parlare di sé come soggetto erotico. E il goffo impegno di ognuno nel confessare la propria esperienza era pari alla incredulità di chi ascoltava. Seduzioni e perversioni, febbri, tempeste emotive, associate a quelle persone appollaiate sul palcoscenico, suonavano stranamente incongrue e irreali. Soprattutto la vanità maschile sfidava l'impudenza, nella brama di trovare soddisfazione, oltre che nell'amore di una donna, nell'amor proprio.

La prima sensazione dello spettatore era la sproporzione tra la causa, incarnata dalla persona, e la grandiosità degli effetti. Altrettanto deludenti per i poeti erano gli impliciti confronti tra di loro. Non c'è come l'equiparazione con gli altri per umiliare chi aspira alla unicità. E constatare che l'onnipotenza amorosa è alla portata di uomini modesti ha spesso diminuito, agli occhi dei vanitosi più esigenti, gran parte del valore che prima le attribuivano. Eppure neanche lei aveva resistito alla provocazione delle domande personali, evocando – in un deserto di astrazioni concettuali – fantasmi di amanti, amarezze coniugali, appuntamenti clandestini ed estasi riparatrici.

«Io comincio a preoccuparmi» disse Giulia, precedendolo nel corridoio a volta, sul quale si affacciavano, tra una stanza e l'altra, nicchie di finto marmo, occupate da mensole di libri. «Non è una assenza come le altre.»

Appena entrata nello studio, ordinato, luminoso, si era diretta alla finestra, indicandogli intanto la poltrona davanti alla scrivania. Aveva aperto a metà i vetri e un vento caldo faceva ondeggiare le tende trasparenti.

«Ma quelle cartelle le aveva lasciate a te?» le chiese Mario, mentre lei gli si sedeva di fronte.

«Erano buste e non cartelle» lo corresse. «E non le aveva lasciate a me. Forse non mi hai ascoltato, come al solito.»

Batté due volte le palpebre, ostentando la pazienza squisita di cui amava dare prova con lui.

«E a chi erano destinate?»

«A nessuno. Erano due grandi buste, piene di lettere, di diari e di appunti, che teneva nel primo cassetto di questa scrivania.» Lo aprì parzialmente, senza richiuderlo. «E su ciascuna era scritto, me lo ricordo perfettamente: *Da distruggere in caso di mia scomparsa*.»

«Di solito si scrive il contrario» osservò Mario. «*Da aprire in caso di mia scomparsa*.»

«Dipende dal contenuto, ovviamente. Queste erano troppo intime.»

«Come fai a saperlo?»

«Perché le avevo aperte, ovviamente.»

Da quando frequentava i letterati – Mario l'aveva notato – era l'avverbio che usava di più.

«Senti» le rispose. «Tuo marito tiene diari da distruggere dopo la sua scomparsa e tu li leggi a sua insaputa. Che cosa ci trovi di ovvio?»

«Tutto!» esclamò lei. «Tranne che le buste sono sparite e contemporaneamente è sparito anche lui. Non è una coincidenza casuale.»

«Quando sono sparite?»

«Questa settimana. La settimana scorsa c'erano.»

«Tu le controlli spesso.»

«Sì, non stupirti.» Si era alzata. «Perché mi guardi così? Mi prendo qualche libertà, sempre piccola rispetto a quelle che si prende lui. E le sue le vengo a sapere proprio dai diari.»

«Magari se ne sarà accorto» disse Mario. «E avrà portato le buste nel pied-à-terre.»

«Quale pied-à-terre?»

Mario fissò prima lei, poi la lampada sulla scrivania.

«Non lo so. Potrebbe averne uno, faccio solo una ipotesi.»

«No, tu hai detto *il* pied-à-terre.»

«Ti prego, non facciamo il processo agli articoli.» Anche Mario si era alzato dalla poltrona. «Quello che so l'ho detto.»

Si era avvicinato alla finestra e guardava la terrazza sottostante:

«E poi non mi hai ripetuto tante volte che non sei più gelosa? Che non puoi più permettertelo?»

«Credimi, non c'entra la gelosia!» esclamò lei. «Non posso più continuare tra le menzogne! Devo sapere come stanno le cose, non voglio più vivere al buio, capisci?»

«Certo.»

«Che lui abbia altre relazioni è meno importante. Chi non ne ha?»

«Certo» si affrettò a ripetere Mario.

Lei gli si avvicinò con quella familiarità un po' imbronciata che lo inteneriva:

«Come interpreti questa sparizione delle buste?»

Mario si appoggiò al vano della finestra, tra le pieghe della tenda.

«Per me non è un segno negativo» rispose. «Chi nasconde qualcosa sta nascondendosi, non ti pare?»

«Sì, ma allora?»

«Può avere bisogno di segretezza, di sparire momentaneamente. Vedrai che ce lo chiarirà lui stesso. Magari i conti all'estero.»

«Tu lo credi veramente?»

Gli aveva stretto il braccio.

«Io sì.»

«Io invece non sono più tranquilla» mormorò lei. «Dobbiamo porci questa sera come scadenza, poi avvisiamo la polizia.»

Camminarono sotto la volta bianca del corridoio. Quando arrivarono nell'anticamera, rischiarata da un lucernario quadrato, lei disse:

«Mi dispiace di averti interrotto nel tuo lavoro. Anche se non lavori molto.»

«Già.»

«E adesso che cosa fai? Torni subito a casa?»

«Non lo so.» Mario staccò il cappello dall'attaccapanni. «Forse faccio due passi.»

«Telefoni alla tua» fece una pausa e sorrise «giovane amica?»

«Può darsi» annuì Mario, tenendo con una mano il cappello e schiacciando il tasto dell'ascensore. «Mi hai dato una idea.»

XIV
Re di denari

Affacciata al balcone di ferro del suo appartamento, sotto la grondaia che correva lungo il cornicione, nell'unica casa non restaurata di via Gran Sasso, aspettava di vederlo apparire.

Le aveva telefonato da una cabina di viale Abruzzi, per chiederle se poteva salire. Ma il tono non era quello allusivo delle altre volte. Le aveva detto, dopo una pausa: "Vorrei parlarti un momento" e lei, mentre gli rispondeva "Ti aspetto" aveva pensato, come le accadeva spesso con lui: "Ma che cosa vuole?".

Guai se lui lo avesse immaginato. Una volta indirettamente si era tradita e lui aveva trasalito, il sorriso amaro: "Tu pensi a me con queste parole?". "Mai" gli aveva mentito. "È la prima volta, scusami." Ma non aveva dimenticato la sua espressione dolorosa, il viso smorto appoggiato sul suo busto. Eppure quell'uomo minore diciannove anni di lei la metteva a disagio. Le chiedeva di stare ferma, vestita, sdraiata sul letto, nella camera semibuia, mentre lui la contemplava dalla poltrona nell'angolo, senza dire una parola, gli occhi che luccicavano. Qualche volta si alzava e si sdraiava accanto a lei, come un grosso bambino in preda a una eccitazione confusa. Le sfiorava con le dita una parte del corpo, con una delicatezza esitante, quasi fosse una reliquia. Non capiva che cosa volesse veramente.

Con gli altri, quando lei era giovane, non aveva mai avuto dubbi, né troppe esitazioni a concederlo o almeno a differirlo. Ed erano molti gli uomini che potevano testimoniarlo, generosità che non le causava rimorsi, ma nostalgie. Una mattina, poco dopo il risveglio, aveva provato a farne il conto: non troppi da impedirlo, ma neanche pochi da permetterlo. Ogni volta infatti che arrivava alla fine della lista, di quelli almeno che aveva incontrato più di una volta, ne compariva un altro, magari da una vacanza in collina o da un fine settimana su un lago. Intanto dubitava di avere conteggiato i primi e doveva ricominciare da capo. Alla fine aveva desistito: che alla sua età ormai tarda era diventato il modo più sicuro e più indolore di risolvere i problemi.

Aveva letto da ragazza, in una rivista femminile, che le donne più fedeli sono quelle che hanno difficoltà a dire di sì e quelle che ne hanno altrettanta a dire di no. Le une e le altre pronte a commutare il no o il sì riservato ai molti nel sì riservato a uno solo. E subito si era riconosciuta nel gruppo più arrendevole, solo che l'uno non era mai apparso, anche se per tutta la vita l'aveva cercato con una applicazione assidua. Né poteva concludere la sua ricerca con l'uomo che aveva sposato per un errore irresistibile, una di quelle tentazioni fuorvianti a cui rispondiamo dando il meglio di noi stessi.

Capocommesso in un negozio di tessuti, quell'uomo mite, affabile, garbato, facile agli inchini, le era parso l'incarnazione di una maschilità servizievole e devota. L'aspetto deludente del suo matrimonio non era che deludesse le attese, ma che le confermasse. E che in casa lui mantenesse quella mobilità discreta e irreprensibile che sembrava celasse un segreto e con il tempo ne svelò l'assenza. In quel periodo le veniva spesso alla mente, e qualche volta alle labbra, una espressione che prima non aveva mai usato, "morire di noia"; e ne constatava la parziale verità, considerando che, se non moriva, non poteva neanche dire che vivesse.

Uno scontro frontale d'auto, con trapasso del coniuge, l'aveva però restituita alla precarietà degli incontri: anche se il problema della fedeltà era già stato risolto, in altre occasioni, all'insaputa di lui. Non erano infatti mancate da parte sua quelle piccole inadempienze che legittimano unilateralmente il tradimento e lo trasformano alla fine in una compensazione paritaria.

A quella morte era seguita la ricerca di un uomo al quale valesse la pena, in senso letterale, di essere fedele. Ma gli anni a poco a poco avevano circoscritto l'orizzonte. E adesso era veramente fedele a quest'uomo strano, che veniva a trovarla periodicamente, portandole dolci, scialli, fiori, libri di cinema. Una fedeltà basata sulla condizione più sicura, la scarsità di alternative: non tanto per la diminuzione della domanda che, contro ogni aspettativa, non si estingueva, quanto per la riluttanza dell'offerta, stupita di provocarla ancora. Perché, se provava un desiderio sempre più perplesso per gli uomini – ai quali imputava, oltre che la vanità, la monotonia – ne provava altrettanto poco per il proprio corpo: due desideri che, quando si alimentano a vicenda, producono l'ebbrezza e, quando diminuiscono, la depressione.

Questo amico le suscitava molte sensazioni, tranne l'unica che avrebbe voluto provocare: condizione tipica di tanti matrimoni riusciti, che fondano la loro durata non sulla aleatorietà del desiderio, ma sulla continuità della sua assenza; e fonte però per lei di insoddisfazione ricorrente. La compensavano solo in parte certi piccoli *cadeaux* che lui mensilmente le offriva, versandoli con contabilità discreta sul suo conto corrente, a integrazione della esigua pensione del defunto. E che aveva più esitato lui a offrire, chiamandoli così, che non lei a ricevere.

Già in passato, accettandoli da altri uomini, li aveva interpretati non come un contributo, ma come un tributo. E questa levità nel dare e nel ricevere le veniva invidiata dalle altre donne, insieme con la varietà delle esperienze.

Non si trattava solo della curiosità, ovvia quanto taciuta, per la conoscenza cosiddetta intima di tanti uomini. È vero che l'accesso immediato alla intimità finiva spesso per precluderla e per sostituirla con una esteriorità rituale; ma questa non era troppo diversa dalla intimità tetra che molte sue amiche avevano il malinconico privilegio di condividere con uno solo.

C'era una attrattiva più occulta esercitata da questi incontri, in cui la fisiologia sembrava prendere il sopravvento sulla psicologia: ed era l'apparente eclisse di quest'ultima. Il sogno erotico dell'uomo di decapitare la donna, per ridurre la molteplicità temibile dei suoi desideri a uno solo, che coincida con il suo, finiva per diventare anche il sogno della donna. Il denaro era l'alibi che consentiva di realizzarlo e insieme di negarlo.

Altra ragione di invidia era la professionalità, mito universale, anche se in quel caso si esplicava in un mondo clandestino. Ma in compenso era confermata esclusivamente dalla legge della domanda e dell'offerta, senza le adulterazioni che ricorrono nei giudizi ufficiali di valore.

Dietro questi pensieri inespressi, che intuiva negli sguardi delle donne di ogni età, nelle loro esitazioni, nei loro sospiri, non mancava mai di ritrovare le stesse premesse: l'insicurezza, il dubbio radicale sul proprio valore, quel disprezzo insuperabile di sé che induceva alcune di loro ad arrendersi ai seduttori più volgari, la cui superiorità consisteva nel sottovalutarle. Richiamo questo irresistibile, senso di essere nel peggio improvvisamente capite, complicità con chi intuisce appetiti correnti (e sgomento di fronte a chi immagina aspirazioni celesti).

Spesso l'abilità dei seduttori, che ottenevano una disponibilità subitanea, era solo di averla immaginata, ignorando ogni ostacolo. E quella semplificazione della psicologia, fatale nei rapporti prolungati, era invece provvidenziale in quelli effimeri.

Ogni donna, all'appellativo mai tramontato di angelo, provava una legittima apprensione. Ed era rassicurata, perché finalmente non fraintesa, quando veniva chiamata con appellativi antitetici, purché venisse rispettata la tempestività. Del resto quegli appellativi si chiamavano audaci solo perché avevano l'audacia di non mentire.

Gli equivoci nascevano semmai dalla letteralità di quelli osceni. Perché tutte la volevano non meno di quanto la temessero. Alla fine la soluzione più rassicurante era di credere alla letteralità, a patto che fosse una finzione. Certo non arrivavano, come aveva fatto lei, a trasformare la finzione in realtà e perciò a dissolverla; ma che ne avessero il desiderio – che qualcuna si ostinava misteriosamente a chiamare inconscio – le bastava per sentirsi, a modo suo, superiore.

E poi la sua attività veniva esercitata in modo intermittente e poteva convergere con quella che i francesi chiamano *en amateur* e gli italiani di dilettante: aggettivi che sfumano la nozione della continuità a favore di quella del piacere.

Ma c'era un ultimo aspetto, nei suoi amori venali, che infondeva una sicurezza ineguagliabile. Ed era appunto che fossero venali.

La ricompensa precisa del denaro aveva un vantaggio incolmabile sulle parole e sui gesti: escludeva la simulazione. Inoltre, per la maggior parte delle donne, l'amore continuava a essere un inconfessato concedersi: percezione atavica che nessuna riusciva a soffocare. E che la ricompensa si limitasse al piacere dell'uomo appariva in genere insufficiente. Che poi l'uomo pensasse di ricompensare con il piacere che magari suscitava, sembrava, oltre che indelicato, un raggiro della natura.

Quanto alla ricompensa delle parole, non c'era donna che non ne vedesse, alla lettera, la gratuità. Quanto valevano i riconoscimenti verbali rispetto alle valutazioni in denaro, il mezzo di scambio più antico, più diffuso e più serio? E la merce svalutata che erano le parole rispetto a un metro perennemente rivalutato?

Dubbiose ciclicamente della propria seduzione, timorose in perpetuo di essere desiderate per quel corpo che pure erano le prime, e talora le uniche, a considerare la parte più desiderabile, le amiche attribuivano alle sue arti amatorie poteri magici.

Sono del resto sempre state le donne, più che gli uomini, a ignorarne i limiti, appunto perché non li verificano.

Quando vedeva le sue amiche arrovellarsi sulle argomentazioni tortuose dei loro amanti, che differivano appuntamenti, viaggi, matrimoni, separazioni, divorzi, trovava confortante e liberatoria la linearità dei suoi rapporti. Quante menzogne risparmiate, quanti equivoci elusi. Era giusto che gli uomini pagassero in denaro quanto non volevano pagare in altro modo.

Anche il suo ultimo, tardivo amico assolveva in fondo un suo dovere, rendendole più agiato il declino della vita. Ed era forse uno dei rari casi in cui il piacere si accompagnava al dovere: perché lui acquistava potenza regalandole denaro e da figlio diventava quello che un figlio sogna, il padre. Tanto che, in cambio di questo piacere suppletivo, si prendeva lei stessa ricompense supplementari dalla giacca appesa all'attaccapanni in anticamera, sicura che lui non se ne accorgesse.

XV
L'infanzia irraggiungibile

Mentre saliva i gradini di granito, lungo le pareti scrostate e la ringhiera di ferro, sostando a ogni pianerottolo davanti alla finestra aperta, Mario sorrideva tra sé. Gli accadeva tutte le volte che entrava in quell'androne e ascendeva le scale nella luce che spioveva dall'alto. Era come se ritornasse a casa sua. E quando varcava la soglia dell'appartamento, nella penombra odorosa di cera dell'anticamera, sulle piastrelle ottagonali, tra mobili scuri di noce e porte con i vetri smerigliati, rinasceva nel mondo decrepito della sua infanzia.

Ritrovava la credenza con le fenditure annerite, le cifre in corsivo dell'orologio a pendolo, le stampe con le vedute dei laghi; e il merletto sul tavolo rotondo, sotto le frange del lampadario di seta che frastagliavano l'ombra sulle pareti. Anche le sedie con gli schienali imbottiti, la tenda che occultava l'angolo di cottura erano i fondali di un mondo povero che aveva conosciuto da ragazzo durante la guerra, in un paese dove erano sfollati. Persino il televisore su una mensola, vicino a una radio con le manopole di legno, era diventato un apparecchio di un'altra epoca.

Quando poi penetrava nella camera da letto – le imposte semisocchiuse sul balcone, l'armadio ondulato con lo specchio, il ripiano di marmo del cassettone – aveva la certezza di averla già vista. Non sapeva però dove aveva avvicinato i dettagli di quel quadro: se in un quadro, appunto, o in un sogno che, dimenticato, acquista i contorni della realtà.

Quel locale sospeso sopra la metropoli era la tana dove lei aveva celebrato con altri i riti che concedeva solo parzialmente a lui. Perché solo la prima volta gli aveva veramente ceduto, quando l'aveva sospinta verso il letto e aveva cercato di slacciarle la gonna non tanto per spogliarla, quanto per simulare di farlo, contando sulla resistenza di lei. E lei invece lo aveva accolto con quella disponibilità che, nella età più tarda, appare rassegnata non solo all'inevitabile, ma all'evitabile.

L'attesa indifferente lo attirava, almeno quanto lo turbava il suo contrario. E convergeva con quello che lui si aspettava da se stesso: quasi niente. Troppe volte era stato deluso non da quello che un'altra gli offriva, ma da quello che le offriva lui. Perché nella bilancia del dare e dell'avere, che misura gli scambi nei rapporti affettivi, era lui spesso a essere accusato – come la maggior parte degli uomini – di ricevere; mentre da lei ora riceveva solo una attenzione distratta, una partecipazione sopita, una curiosità intermittente. Ed era lui a dedicarle l'adorazione di un adolescente.

Quando la guardava sul letto, immobile, sorridente, avvolta nel suo scialle traforato, che lo scrutava ironica, perplessa, provava una tenerezza misteriosa. E appoggiando la testa sul suo ventre, sentiva sopravvenire una gioia quieta e tacita, come di morire.

Suo fratello, una sera che passeggiavano sotto i portici aspettando l'apertura di un cinema, aveva indugiato sulla assurdità di quel rapporto, mentre lui annuiva sorridendo, che era il suo modo educato di non ascoltare. Gli aveva parlato di ritorno al grembo materno, di immersione nell'oceano delle origini, e a un tratto, non ricordava come, aveva detto "incesto". E a lui l'angoscia aveva velato gli occhi.

C'era un segreto che condivideva con lei, senza che lei lo sapesse: i suoi piccoli furti di denaro.

Le prime volte non se ne era accorto o meglio se ne era accorto nel ricordo. Aveva ripensato a percezioni fulminee e labili di scomparsa, mentre cercava il denaro nel portafoglio. Era come se il suo udito avesse captato ultrasuoni, ma non sapesse come decifrarli.

Il portafoglio gli dava ogni volta una strana vertigine, un malessere, una sensazione di vuoto, quasi che il denaro corresse più velocemente e gli sparisse sotto gli occhi. Abituato a reagire al linguaggio più che alle esperienze, dovette aspettare che quella frase, "sparire sotto gli occhi", si formasse nella sua mente, per capire quello che un altro avrebbe notato prima.

Allora decise di ricordare, andando da lei, quanto denaro aveva nel portafoglio. Ma tornando temette, anzi sperò, di averlo dimenticato. La somma gli sembrava diminuita, però la differenza, se c'era, non era rilevante e forse era stato lui a sbagliare. Fece una seconda volta la stessa prova e ancora l'amnesia lo soccorse con qualche dubbio, anche se probabilmente gli costava, in senso metaforico quanto letterale, sempre di più.

La terza volta segnò la cifra su un pezzetto di carta, che infilò nella tasca della giacca. E uscendo dall'appartamento di lei, sulle scale, al primo pianerottolo, mentre una bambina, salendo i gradini, lo osservava con curiosità, estrasse il pezzetto di carta dalla tasca e fece il controllo. Mancava esattamente un quarto della somma.

Riprese a scendere le scale, la mano che scivolava sulla ringhiera, gli occhi lucidi. Provava per se stesso una pena sconosciuta.

«Che cosa c'è?» gli chiese lei in anticamera, mentre Mario si chinava a sfiorarle con un bacio la guancia. «Qualche brutta novità?»

«Perché, ne conosci di belle, alla nostra età?» sorrise lui, ansimando per la salita.

«Io sì. E non solo le conosco, ma le aspetto. Dammi il cappello intanto.» Glielo posò sull'attaccapanni. «E non dire alla nostra età. Alla tua, semmai.»

«E che differenza c'è?» chiese lui titubante, sulla soglia del tinello.

«Enorme» rispose lei, sopraggiungendo alle sue spalle. «Che tu sei giovane e credi ancora nel passato. Io non me lo posso permettere.»

Lui si era seduto davanti al tavolo circolare, nella luce calda che entrava dai vetri.

«Giovane io?»

«Rispetto a me lo sei. Tu non sai che cosa vuol dire essere vecchio. Si impara a vivere.» Si era seduta di fronte a lui. «Quello che non sai fare tu.»

Mario accennò quel mezzo sorriso con cui cercava di attenuare, se non altro con se stesso, l'aggressività di lei.

«E quando imparerò, secondo te?»

«Mai.» Aveva incrociato le braccia, appoggiandole al tavolo. «Per questo vieni da me.»

Lui la guardava con una espressione indecisa tra l'ammirazione e lo sgomento.

«Io ho una mia idea sui rapporti tra le età» continuò lei. «Perché credi che una giovane scelga un uomo anziano?»

«Per trovare un padre.»

«Sì, questa è una faccia della luna, quella che vediamo tutti. L'altra è che trova un uomo che sa giocare. È una cosa che molti imparano da vecchi. Vuoi bere qualcosa?»

Mario si scosse:

«No, grazie.»

«E lui, che cosa credi che provi? Spirito paterno?»

«Non ci penso nemmeno.»

«E invece è vero» esclamò lei, accarezzando la tovaglia. «Solo che ci sono altre ragioni. Una è che ridiventa adolescente. Gli tornano le paure che aveva da ragazzo.»

«Ma se hai detto che sa giocare.»

«Sì, ma con il cuore in gola. Può anche perdere.»

«E quei vecchi che vogliono fare i giovani?»

«No, quelli non li considero.» Aveva abbassato la voce, quasi non meritassero di più. «Quelli sono stupidi.»

Mario la guardava, in attesa che continuasse. Ma lei esclamò:

«Basta. Ho finito.»

Aggiunse:

«E poi ci sono gli uomini come tuo fratello. Quelli non pensano all'età.»

«E tu come lo sai?»

«Lo so.»

«Sai quello che ti ho detto io.»

«E perché, non ho gli occhi? Non ci sei solo tu al mondo, anche se lo pensi.»

Mario sorrideva a disagio:

«Ti ha fatto qualche proposta?»

«Scherzi?» esclamò lei, ridendo. «Ma sei maniaco! Non è uno come te.»

Lo guardava con un compatimento solidale.

«E poi l'ho visto poche volte» riprese, ritornando seria. «Altrimenti, chissà.»

Mario la seguiva sempre più a disagio. In quei momenti avrebbe voluto un gesto decisivo, magari uscire con dignità dall'appartamento. Invece rimaneva immobile a subirla, sognando quello che suo fratello avrebbe fatto al suo posto. Mai lui le avrebbe consentito di parlare così, né mai lei avrebbe avuto la tentazione di farlo. Suo fratello però non sarebbe mai entrato in quella casa e questa era la differenza che impediva a lui di uscire.

Lei aggiunse:

«Comunque, non potremmo cambiare argomento?»

«No, sono venuto proprio per parlare di mio fratello.»

Fece una pausa.

«Lo sai che è sparito?»

«Sparito?» Lo guardò con una attenzione incredula. «Da quando?»

«Da ieri.»

Lei alzò le spalle:

«Troppo poco per preoccuparsi. Sarà in viaggio.»

«Senza avvisare in ufficio?»

«Non sarà per lavoro. Del resto lo detesta.»

«Sei la prima a dirlo.» Mario la ascoltava stupito. «Tutti credono che pensi solo al lavoro, se ne lamenta sempre.»

«Appunto. Se lo amasse non gli basterebbe mai. Io sono convinta che lo odii.»

«Però non l'ha mai detto.»

«E ti stupisci? Proprio tu?» Gli aveva posato una mano sulla sua. «È duro parlare delle cose che ti angosciano. Pensa a te, per esempio. Tu ne parli?»

«Io sì.»

«Bugiardo!» Ritrasse la mano. «Tu non parli mai di due cose. Eppure sono quelle che fanno infelici.»

«Sentiamo» disse Mario rassegnato, appoggiando il viso sulla mano.

«Una è la donna sbagliata.»

Lo fissava.

«L'altra è il lavoro sbagliato.»

Mario abbassò la testa:

«Forse è sbagliato anche l'aggettivo.»

«Già» sorrise lei. «Continua a nasconderti dietro un dito.»

«Parliamo di mio fratello» mormorò Mario.

XVI
Il dottor Colucci, analista

Al penultimo piano del più alto grattacielo abusivo, che saliva come una torre cilindrica vicino agli alberi del parco, i muri forati dai riquadri delle finestre, il dottor Colucci – in un appartamento minuscolo a temperatura costante e aria pressurizzata – riceveva solo "dietro appuntamento".

Era improbabile che qualcuno osasse ascendere senza preavviso a quello studio aereo, i doppi vetri separati da una intercapedine, che limitavano la vista della metropoli in basso e schiudevano lo spettacolo dell'aria e delle nuvole. E altrettanto improbabile era che qualcuno, passando sul marciapiede che circondava la base del palazzo, fosse tentato di salire al terrapieno fiorito, per cercare nell'immensa portineria, rilucente di marmi e di cristalli, il nome di chi potesse curare i suoi disturbi. Il dottor Colucci del resto non figurava nell'albo dei medici, perché non lo era, né in quello degli psicanalisti, perché non esisteva. Eppure la parola appuntamento, che escludeva i visitatori casuali, gli sembrava essenziale non tanto per respingerli, quanto per attirarli. Aveva notato l'efficacia dell'aggettivo "esclusivo" nella pubblicità dei Grandi Magazzini. E aveva provato a sperimentarlo nel suo campo, che era la terapia dell'anima: fingeva di trovare a fatica spazi liberi nelle pagine bianche dell'agenda e frapponeva diaframmi invisibili a pazienti che lo erano altrettanto, ma che a poco a poco, dopo le prime telefonate, cominciarono a materializzarsi.

Erano persone che ricorrevano a lui per la stessa ragione per cui lui ricorreva a loro: bisogno di aiuto.

La prima era stata una studentessa di scienze naturali, che lo aveva incontrato in uno di quei luoghi dove, secondo il linguaggio degli esperti, la comunicazione è più "fitta": le pagine gialle della guida telefonica. Rassicurata dalla frase: "riceve dietro appuntamento", era stata sedotta dalla espressione che la accompagnava: "riabilitazione psicologica". Scelto con cura sagace dal dottor Colucci, il termine riabilitazione evocava, oltre al ricupero di una funzione, il ripristino di una dignità. E adombrava una fierezza ferita, ma non domata, un riscatto tra civile e militare. È vero che nel caso specifico si alludeva, più che alla cancellazione di una macchia, alla fine di una emarginazione. Ma le conseguenze convergevano.

La riabilitazione inoltre scivolava dalle menomazioni fisiche a quelle psicologiche. E questo slittamento di significato poteva, come ogni slittamento, associarsi a due immagini: a una caduta di gusto, per i più difficili, o a una accelerazione euforica su una superficie liscia, per i più facili. E siccome questi ultimi formavano la maggioranza, si spiegava così il successo di slittamenti e annunci come quelli del dottor Colucci.

La studentessa aveva mostrato, fin dalla prima seduta, non solo una varietà di sintomi preoccupante, ma una preoccupante conoscenza della psicanalisi. Ne aveva, per usare le sue parole, divorato i testi e ora rivelava, più che i benefici della assimilazione, la fretta che l'aveva impedita. Convinta che classificare significasse conoscere e conoscere guarire, era la prima a stupirsi dell'aggravamento dei sintomi. L'aumento della sua infelicità aveva spinto i congiunti, che ne condividevano le conseguenze, a suggerirle il contatto con uno specialista. E lei si era rivolta a uno sconosciuto come il dottor Colucci con l'idea non di seguire una cura, ma di insegnargliela.

Aspirazione più diffusa di quanto sembri, la stessa che induce molti intervistatori a rispondere, in un rovesciamento di ruoli cui la controparte aderisce con minore entusiasmo. Il dottor Colucci aveva comunque un atteggiamento comprensivo e la ascoltava con quella disponibilità sorridente che di solito viene definita "paterna", anche se non si manifesta quasi mai con i figli. Ne sono una conferma gli insegnanti che, se esercitano la pazienza con i clienti privati, la perdono però con i congiunti che non pagano. Reazione che viene nobilmente spiegata come conflitto emotivo.

Alla studentessa questa disponibilità pareva un sogno, anche perché i sogni, che interessano solo chi li fa, diventavano oggetto di analisi, mete di appuntamenti e fonti di rivelazioni sul soggetto che più ci eccita, noi stessi. Il dottor Colucci li commentava con sobria discrezione, interpretando le sorprese come conferme e insieme alludendo a misteriosi quanto indispensabili passi ulteriori. A volte, ascoltandola, precipitava in vuoti di pensiero, anche perché pensava ad altro. E alle puntigliose, accanite richieste di chiarimento non sapeva letteralmente che cosa rispondere. Per quei casi aveva escogitato una diversione infallibile, che consisteva nell'annuire, pensoso e grave, dicendo: "Infatti", ma aggiungendo: "Però è vero anche il contrario".

Funzionava sempre. L'altra restava interdetta, trafitta da un pensiero che non capiva, come una mosca paralizzata dal veleno di un ragno. Allora ne approfittava per riordinare le idee, ovvero per trovarle, e avvolgerla in quella rete da cui per prima non voleva uscire. Del resto non si trattava di una mosca, ma di milioni, anzi di miliardi di mosche. L'epoca aveva scoperto il modo di eludere le domande fondamentali ed era di affrontarle di continuo.

Alcune formule ricorrevano nel suo repertorio con la funzione di non evocare l'ignoto, ma di circoscriverlo e renderlo così inoffensivo: "crisi di identità", "dubbio permanente", "ricerca senza fine". Le parole che un tempo inquietavano ora acquietavano, erano diventate lo scongiuro con cui esorcizzarle, la giaculatoria che, ripetuta per difendersene, diventava alla fine incomprensibile. Diceva di perdersi in un labirinto (altra parola prediletta), ma ne padroneggiava ogni strada. La selva oscura si era trasformata in un parco all'inglese. E il suo riso riconosceva la retta via, anche perché ignorava le deviazioni in cui smarrirsi.

Il dottor Colucci fingeva di accompagnarla in queste passeggiate, ma in realtà la lasciava proseguire da sola. Tanto era certo che, come in ogni labirinto, sarebbe prima o poi tornata al punto di partenza. L'unica differenza era che tornava rassicurata, mentre proprio il punto di arrivo avrebbe dovuto turbarla.

Anche la cura, come il dubbio, non aveva fine. Il problema era di scandirla in tempi opportuni, in modo di non toccare i due poli della sazietà e della carenza, tra cui corre la spola di ogni tessitura amorosa. La passione infatti, che passa da un polo all'altro, produce effetti devastanti, anche se involontariamente provvidenziali, visto che riesce intollerabile persino a chi la prova. E la simbiosi che sognano gli amanti è il modo più naturale per soddisfarla e insieme il più efficace per estinguerla.

Il dottor Colucci non correva questi rischi e accoglieva la sua paziente con quel sentimento che la nevrosi non suscita mai, la simpatia. Anzi, a mano a mano che la cura si trasformava in sinecura, la covava con gli occhi, con lo sguardo tenero e dolce che solo gli adulatori sanno simulare, perché in realtà è sincero. Amano talmente lo scopo per cui fingono di amare, che alla fine amano; e tanto basta per giustificarli, se non agli occhi altrui, almeno ai propri.

La studentessa era stato il primo di quei malati che, grazie alla terapia del dottor Colucci, erano diventati cronici. Lei stessa gli aveva procurato il secondo, una signora ricca – aggettivo che per lui era qualificativo come nessun altro – la quale, per attenersi alla sua stessa diagnosi, aveva problemi di comunicazione. Comunicazione con il marito, invaghito, con banalità fatale, della sua segretaria. Comunicazione con la figlia, dedita al turismo mistico in India. Comunicazione con il figlio, anche perché lui non voleva più comunicare con lei. E comunicazione con l'amante, che assomigliava sempre più all'uomo per fuggire il quale lei lo aveva scelto.

Il dottor Colucci sapeva che quando una paziente crede di conoscere la diagnosi, cioè sempre, non resta che ribadirla con altre parole, in modo che risulti sorprendente. Disse perciò che era fuorviante parlare di incomunicabilità, quando si trattava solo di interruzione delle comunicazioni. Il problema era di ripristinarle come se si ovviasse al guasto di un circuito. Questa diagnosi, tecnologica e fiduciosa, le aveva illuminato il buio dove brancolava.

Mai in realtà le comunicazioni – nel suo piccolo inferno familiare – erano state inequivocabili e continue come in quel periodo. Ma pensarle interrotte era talmente consolante, che presto riuscì a ristabilirle.

Il dottor Colucci aveva la percezione che l'epoca gli consentisse di affermare e contemporaneamente di negare la stessa cosa e così di non sbagliare mai. Nelle incursioni dentro i suoi pazienti provava spesso l'ebbrezza della onnipotenza: poteva dire tutto e l'antitesi di tutto, trasformare il padre in figlio e il figlio in padre, il nemico in amico, la perdita in acquisto, il naufragio in salvezza. E sperava di accedere presto a quel limbo intellettuale dove gli uomini che hanno meritato il successo per le loro idee dimostrano di non averne più il diritto, ma ne ottengono ancora di più.

Appoggiato, nella calura pomeridiana, alla balaustra del grattacielo, sull'anello che circondava il cilindro della piscina, il dottor Colucci sentì improvvisamente un boato sordo, seguito dal sussulto del terremoto. Aggrappandosi al parapetto inclinato, vide oscillare le case nell'aria elettrica, come su un mare in tempesta, finché il cornicione si staccò e lui precipitò nel vuoto, senza fiato, il sangue che gli scoppiava nel cervello, le strade che salivano verso di lui e il grido che non gli usciva dalla gola, mentre si svegliava ansimando.
Un aereo passava silenzioso al di là dei doppi vetri.

Richiuse gli occhi, le mani strette ai braccioli della poltrona. Respirava a fatica e il cuore gli batteva in modo irregolare, mentre cercava di dimenticare le immagini del terremoto. Sapeva che potevano bastare venti secondi. Non aveva alcun interesse per i sogni, tranne che per quelli delle sue clienti.
Quando riaprì gli occhi, guardò sulla mensola l'orologio di granito. Aveva dormito dieci minuti circa. Non poteva calcolarlo con precisione, perché sul quadrante non erano segnati i minuti e neanche le ore, aspetto che, secondo la donatrice, ne costituiva un pregio. Comunque aveva dormito quanto gli bastava per riprendersi da una seduta e prepararsi a quella successiva. La noia era la reazione che doveva dissimulare più spesso, sostituendola con quell'interesse partecipe che i clienti consideravano naturale. Solo ora capiva gli sguardi dei suoi insegnanti di liceo quando, insieme con pochi alunni, non partecipava agli scioperi e consentiva loro di fare lezione. Sguardi in cui credeva di leggere solidarietà e gratitudine.

Si era appena alzato dalla poltrona, quando suonò il campanello dell'ingresso. Controllò l'orologio al polso: erano le sedici e ventitré, un anticipo di sette minuti.
La puntualità nel cominciare e nel concludere una se-

duta era una delle condizioni cui teneva maggiormente, come i suoi colleghi. La cosiddetta analisi infinita corrispondeva probabilmente al desiderio delle sue pazienti, ma, se era una prognosi attraente per la durata complessiva, andava opportunamente scandita in segmenti brevi.

Il dottor Colucci indossò la giacca di lino e, dopo essersi aggiustato il nodo della cravatta, aprì adagio la porta.

«Ah, è lei» mormorò. «In anticipo, se non sbaglio.»

«Sì, di cinque minuti. Termineremo prima.»

«Prego.»

Lei entrò in sala e si guardava intorno, con il suo sorriso fanciullesco, esitante. Accaldata, rosea, nella sua giacca bianca, mai gli era apparsa così desiderabile.

«Che freddo, qui.» Si era stretta nelle spalle, come assalita da un brivido.

«Sì, anche troppo.» Le aprì la porta dello studio, scostandosi per lasciarla passare. «Quassù non ci si accorge delle stagioni.»

«E le dispiace?»

«No» rispose il dottor Colucci dopo una pausa, alla quale poteva seguire con altrettanta convinzione un sì. L'astuzia era di rispondere il contrario di quanto l'altro presumibilmente si aspettava.

Lei si sedette sul divano.

«E le piace vivere a questa altezza?»

Il dottor Colucci rifletté:

«Sì, si è più soli. O per lo meno se ne ha la sensazione. E questo è molto bello.»

Aveva detto l'ultima frase con un assorto rapimento, che riservava a poche clienti. L'aveva imparato da grandi sarti, letterati in deliquio, intervistatori.

Prese posto dietro la scrivania, nell'angolo in penombra.

«Come sta?» le chiese cambiando tono, affettuoso e paterno. «Superfluo chiederlo, a giudicare dall'aspetto.»

«E invece male» mormorò lei. «È scomparso. Lo so che per lei è incredibile. Ma è scomparso.»

Il dottor Colucci annuì. Era sua convinzione che le pazienti fossero testimoni inattendibili sia di quanto accadeva in loro, sia fuori di loro.

«Lei sa che vive un rapporto sbagliato, non è vero?» le chiese confidenziale.

«Lo so, ma resta il fatto che è scomparso. È questo il problema.»

«No, mi creda, il problema è altrove.»

«Ieri dovevamo incontrarci nel pomeriggio e non si è presentato» continuò lei. «E non si è visto neanche a casa, in ufficio.»

«Già» sorrise il dottor Colucci. «Lei ha usato una parola chiave, scomparso. E scomparsa è sinonimo di morte. Tutto questo non è casuale, non le pare?»

Lei alzò gli occhi, turbata:

«Che cosa vorrebbe dire?»

«Procediamo con calma» disse il dottor Colucci, curvandosi sulla scrivania e posando le palme sulla superficie di cristallo. «Lei prova sentimenti antitetici verso quest'uomo.»

«Anche lui verso di me.»

«D'accordo, ma non sia così appassionata. Prenda le distanze. Solo allontanandosi dal problema potrà avvicinarlo.»

Il dottor Colucci ricorreva spesso a queste immagini, che avevano il potere, se non di fare pensare, almeno di impedirlo per qualche istante. E lui ne approfittava per scegliere la direzione.

«Non si chiede perché usa questa parola, scomparso?»

«Gliel'ho già detto. Perché lo è.»

«O perché lo vorrebbe?»

«Ma se sono sconvolta al solo pensiero» esclamò lei. «Non lo voglio affatto.»

Il dottor Colucci rimase in quel silenzio che chiamava attivo. I no delle sue pazienti non lo turbavano, perché si sapeva autorizzato a trasformarli in sì. Quanto ai sì li accettava.

«Lei vuole farmi dire quello che io non penso» continuò lei. «Che sia un rapporto distruttivo e che io sia destinata a perdere.»

«È lei che lo dice.»

«Sì, però lei lo pensa.»

«Questo non è giusto» disse il dottor Colucci, pacato. «Io non uso mai parole come vincere o perdere.»

«Ne usa altre che significano la stessa cosa.»

«Non ne esistono» disse il dottor Colucci senza esitare, fidando nella sua divinazione dei contrari.

Aggiunse:

«E lei lo sa benissimo.»

Attribuire all'interlocutore il contrario di ciò che aveva appena detto era una delle sue risorse peculiari; e vi ricorreva quando era in difficoltà e solo l'altro poteva salvarlo dall'imbarazzo in cui si era cacciato.

«D'accordo» rispose lei disorientata. «Io comunque cerco di fuggire dai rapporti sbagliati.»

«Ed è questo il suo errore.»

Il dottor Colucci aveva assunto un'aria grave.

«Secondo lei sbaglio sempre» disse, confusa.

«Non è questo il punto.»

«Dovrei abbandonare la partita prima ancora di perderla.»

«Come fanno i giocatori di scacchi» annuì il dottor Colucci. «Perché aspettare la conclusione, se la immaginiamo?»

«Perché può sempre esserci una sorpresa.»

«Io gliela auguro.» Il dottor Colucci alzò la destra, magnanimo. «L'uomo è l'animale più imprevedibile del pianeta.»

«Quindi lei ha previsto il suo comportamento.»

Il dottor Colucci non rispose subito. Aspettare la propria risposta era uno dei rari momenti in cui la professione riacquistava un significato. E perciò temporeggiava, anche perché presagiva che, rispondendo, l'avrebbe perso di nuovo.

Lei continuò:

«Mi dice allora che scelta farà, in una situazione come la nostra?»

«Niente» sospirò il dottor Colucci. «Non farà niente.»

«Come, niente?»

«Un uomo così non cambia» rispose con una espressione delusa, non si capiva se dall'altro o da se stesso. «Lascia le cose come stanno. Del resto neanche lei si deciderebbe mai ad abbandonarlo.»

«Io l'ho già minacciato di farlo.»

«Quando?»

«Due settimane fa. Glielo ho taciuto perché non volevo che mi influenzasse.»

Aggiunse:

«E poi a volte non so se lei mi sia amico o nemico.»

«Nemico, naturalmente» assentì con un sorriso amaro. «E lui come ha reagito?»

«Glielo ripeto. È scomparso.»

Il dottor Colucci restò in silenzio. Era abituato a pazienti che cercavano accanitamente di stupirlo, nel tentativo altrettanto disperato di stupire se stessi. Lui però non li assecondava mai, per un principio terapeutico: non dovevano farsi illusioni sui propri limiti, se volevano superarli. E dovevano espiare la monotonia delle proprie fissazioni, se volevano liberarsene. Perché niente per lui era più noioso della nevrosi e più sorprendente della naturalezza.

Le chiese con pazienza:

«Che cosa intende per scomparso?»

«Sparito. Come posso spiegarle? Lei pensa solo ai significati simbolici.»

«Ce ne sono altri?»

«Sì, quelli letterali. Sono ventiquattro ore che non si sa dove sia. Come lo definirebbe un uomo così?»

«Assente. È una differenza decisiva. L'assenza è temporanea, la scomparsa non si sa.»

«E come può escludere che sia scomparso?»

«Andiamo» rispose il dottor Colucci con un tono di

ovvietà. «Un uomo non scompare da un giorno all'altro. Che cosa dice la polizia?»

«Non l'hanno avvisata.»

«E come mai? Questa è la prima cosa che si fa.»

«Non i suoi» rispose lei sprezzante. «Non sembrano troppo preoccupati. Anzi, secondo suo fratello, sono io che esagero.»

Il dottor Colucci meditò. Uno dei suoi metodi preferiti, nel fare una diagnosi, era di lasciarla fare agli altri: congiunti e amici, addotti dai suoi clienti come testi fuorvianti, diventavano invece punti di riferimento.

«E sua moglie?»

Aveva fatto la domanda con noncuranza, sapendo quanto il riconoscimento mancato degli amori clandestini invidia la formalità di quelli ufficiali.

«Già, sua moglie» rispose lei senza guardarlo. «Non sembra angosciata. Pare sia abituata alle sue sparizioni.»

«Dunque non è la prima volta.»

«Ma è la prima volta che accade con me.»

«Ah!» esclamò, con un sospiro di sollievo, il dottor Colucci. «Siamo arrivati al cuore del problema. Lei non è preoccupata per lui, ma per sé. Perché interpreta la scomparsa come abbandono.»

«No, si sbaglia.» Era arrossita. «Non posso credere l'abbia fatto di proposito. Non agirebbe così per troncare un rapporto.»

«Vede, mia cara» disse a voce più bassa il dottor Colucci. «Il problema è proprio questo.»

Usava quell'epiteto affettuoso quando la paziente era prossima a cedere e lui cercava di accelerare la resa.

«Lei ha usato un altro verbo molto significativo» continuò. «*Non posso* credere. Non ha detto non credo, ma *non posso* credere. Lei ha bisogno di credere che sia sparito, altrimenti sarebbe un segno di abbandono. Lei così viene, senza volerlo, dalla mia parte.»

«Ma io non scelgo una ipotesi!» esclamò lei, le mani sulle ginocchia. «È lei piuttosto che pensa a una ipotesi sola!»

Il dottor Colucci sorrise. Lo scambio delle responsabilità gli era familiare, troppe volte l'aveva ritrovato nei litigi delle sue pazienti, raccontati con dettagli maniacali. Per superare quello che chiamava "il punto di paralisi" sosteneva che il più intelligente dovesse cedere.

«D'accordo» disse. «Lei mi ha accennato a una crisi di poco tempo fa, a una possibile fuga.»

«Di chi?»

«Di tutti e due. Questa è la trama occulta del vostro rapporto. Lei vuole abbandonarlo perché già si sente abbandonata.»

«E lui?»

«Ah, lui» mormorò il dottor Colucci. «Non credo sia uomo che rompa il matrimonio, anche perché non vuole ripetere un errore. Quindi è pronto a essere abbandonato, cioè ad abbandonare.»

Lei lo ascoltava sgomenta.

«Perché lo avrebbe lasciato, due settimane fa? Lei gli ha chiesto di scegliere, non è vero?»

«Sì.»

«O questo o quello» continuò il dottor Colucci, afferrando una penna sulla scrivania. «E invece la risposta è stata questo *e* quello.»

«Proprio così.»

«E poi vi siete rivisti e avete fatto la pace.»

«No, ci siamo sentiti per telefono. Dovevo rivederlo ieri e lui è sparito.»

«E lei mette in rapporto le due cose.»

«Perché, lei non lo farebbe?»

Il dottor Colucci rifletté.

«Non lo so» disse. «Gli uomini sono strani, soprattutto quelli normali. È difficile immaginare che cosa gli è accaduto.»

«E invece era proprio quello che le chiedevo.»

«Mi dispiace di non poterla aiutare» mormorò il dottor Colucci, abbassando la testa.

Poi la rialzò, dicendo:

«E rivolgersi alla polizia?»

XVII

La società Aurora

Chiuso nella cabina di vetro della portineria, alla confluenza di tre scale che scendevano dalle ali del palazzo, davanti a un pannello di telefoni, citofoni e tasti, il custode del condominio n. 21 di viale dei Mille si sentiva un comandante alla guida di un transatlantico. Imponente nella livrea gallonata culminante in un berretto da ammiraglio, gli occhi vividi sopra due baffi neri che scendevano ai lati della bocca, incarnava la sua funzione con orgoglio trasparente. Questa personificazione del destino infondeva timore agli estranei, ma sicurezza ai condòmini, fieri delle piccole attenzioni che lui distribuiva con parsimonia. Era uno dei pochi professionisti che credono in una missione provvidenziale. Simile a quei maggiordomi leggendari che nella vita si incontrano al cinema, era altrettanto dissimile da quei *sommeliers* sacerdotali che purtroppo si incontrano nella realtà: sdegnosi se la scelta del cliente è diversa dalla loro, ma contrariati se coincide o addirittura la precede, sono ugualmente infastiditi dalla incompetenza e dalla competenza; e accompagnano con malinconica arroganza i loro consigli, difendendo fieramente una funzione che agli altri non appare più indispensabile come a loro. Patetica condizione che gli uomini sperimentano spesso, quella di inseguire credendo di essere inseguiti.

Il custode aveva invece una tale *coscienza della professione* che i due termini in lui coincidevano, come un tempo si auspicava per i medici e per i militari. Si sentiva perciò innaturale – come accade appunto a certi ufficiali – quando si toglieva la divisa: e provava una pena oscura per le proprie carni bianche, per una nudità non più protetta dai paramenti. Solo con la divisa diventava se stesso, unico di una serie. Del resto la maggioranza degli uomini aspira, e spesso vanamente, alla originalità di una copia.

Questa metamorfosi dell'io in una livrea irradiava una soddisfazione pacata. Agli occhi dei condòmini appariva come un nume di altre epoche sopravvissuto in un mondo di macerie. Però la sua autorità eludeva la superbia, ovvero la forma più comica che può assumere una certa idea di se stessi. E ignorava la petulanza di quelli che in pubblico si dichiarano *realizzati*: facendo dubitare che, considerati i risultati, ne valga la pena.

Quel pomeriggio il custode, assiso sulla sua poltrona girevole, stava scrutando il suo regno di cristallo, quando individuò una sconosciuta. Alta, elegante, i capelli raccolti dietro la nuca, mostrava una disinvoltura esitante nel dirigersi verso l'ascensore della scala centrale. Il custode fece scorrere il pannello trasparente:

«Dove va, signora, mi scusi?»

«Ah!» esclamò lei, distratta. «Cerco la società Aurora.»

«Non esiste la società Aurora» rispose il custode, fissandola con un sospetto sereno.

Lei ribatté:

«Eppure ho le chiavi.»

Alla vista di un piccolo mazzo di chiavi, estratto dalla borsetta, il custode trasalì:

«Chi gliele ha date?»

«Il proprietario, naturalmente.»

«E a che piano sarebbe?»

«Credo al settimo, qui c'è un numero.» La donna era arrossita. «Stavo appunto per chiederlo a lei.»

«Mi dispiace, signora» disse il custode, gravemente. «Lei non mi sta dicendo la verità.»

La donna lo guardò disorientata:

«Che cosa intende dire?»

La domanda era di quelle che vorrebbero, più che un chiarimento, una rettifica: estremo appello che lanciano le persone già offese per illudersi di non esserlo state.

«Quello che ho detto, signora» ribadì il custode. «C'è qualcosa che non è chiaro in tutto questo.»

«Insomma, lei dubita di me.»

«Me ne guardo bene, signora.» Alzò il palmo della destra. Poi aggiunse, sobrio: «Però io debbo sapere chi entra nel palazzo e a che scopo».

«Visitare un appartamento.»

Il custode indugiò perplesso:

«A me nessuno ha detto niente. E lei non ha nessuna autorizzazione scritta.»

«Però ne ho il diritto.»

«E perché mai, signora? Posso sapere almeno questo?»

La donna cercò di assumere un tono convinto:

«È un fatto personale, non vedo perché dovrei dirglielo.»

Il custode allargò le braccia:

«E allora io non vedo perché dovrei venirle incontro. Chi mi assicura che lei sia in buona fede? Lei vuole da me un aiuto, ma non è disposta a collaborare.»

La donna lo fissava sconcertata, come se non avesse previsto tante obiezioni:

«Come posso spiegarle che si tratta di una situazione particolare?»

«Anche la mia lo è» rispose lui con dignità.

«Guardi che io saprei come ricompensarla.»

Il custode sospirò, gli occhi socchiusi. La donna stava sbagliando tutti i tempi, posticipava quello che doveva anticipare e non c'è come la mossa giusta al momento sbagliato per compromettere una partita. Ma il custode sapeva che il compito delle persone che hanno intelligenza è di esercitarla anche per conto degli altri.

«Signora» disse con serietà. «Siamo d'accordo. Ma questo è un altro discorso.»

Considerava un dovere, oltre che un diritto, accettare le mance, non meno che per gli altri darne.

«Io vorrei esserle di aiuto» aggiunse. «Ma deve darmene la ragione. Si metta nei miei panni.»

La donna alzò gli occhi con una improvvisa fiducia:

«Va bene» disse. «Io le faccio vedere chi mi ha dato le chiavi.»

Frugò nella borsetta e ne estrasse un portafoglio rosso. Il custode si guardò intorno:

«Si accomodi un attimo.»

Nella cabina luminosa, seduta vicino a lui che aspettava tranquillo, la donna gli mostrò una fotografia minuscola:

«Lo riconosce?»

Il custode avvicinò la fotografia agli occhi, poi la allontanò. Aveva teso il braccio, ma non bastava per metterla a fuoco. Vedeva una figura confusa su uno sfondo rosso.

«Un attimo» mormorò.

Ricorrere agli occhiali, per lui che aveva fatto della sovranità dello sguardo una supremazia silenziosa, era l'umiliazione più amara che aveva dovuto pagare al progredire degli anni. Per questo, come accade a molti uomini, cercava penosi patteggiamenti con i propri limiti, fingendo di decifrare quello che non riusciva a distinguere e di capire quello che non riusciva a leggere.

Quando infilò i grossi occhiali di tartaruga, vide un uomo che sorrideva a metà di un pontile, in un tramonto che riverberava riflessi rossi sulla superficie del lago.

«Ma è il dottor Campisi!»

«Campisi?» mormorò lei pallida.

«Ma certo! Viene saltuariamente, al settimo piano.»

«Ed è suo l'appartamento?»

«No, è di suo cugino, che ha lo stesso cognome. Anche lui viene saltuariamente.»

La donna lo ascoltava smarrita. Il custode aggiunse:
«Lei conosce il dottor Campisi della fotografia, suppongo.»

Era intimamente soddisfatto del suo tatto. Fingere di non capire quello che è evidente gli sembrava, in certe situazioni, il vertice del garbo.

«Sì, lo conosco.»

«E perché non mi ha detto subito il suo cognome?»

«Perché non è il suo.»

Il custode sorrise, imbarazzato:

«Signora, a chi devo credere?»

«A me.» La donna ripose la fotografia nel portafoglio. «Comunque non ha importanza. Io le vorrei chiedere altre informazioni.»

Il custode vide la mano scivolare sul tavolo di vetro, con la banconota sotto il palmo, fino all'agenda verde dei numeri telefonici. L'agenda, sollevata rapidamente, coprì la banconota. Lui assisteva impassibile, come se controllasse l'esecuzione di un rito che si svolgeva finalmente secondo le regole.

«Non vorrei apparirle indiscreta» riprese la donna. «Non parlo per curiosità.»

«Non ne dubito, signora» rispose il custode, certo del contrario.

«Riceve visite?»

«Qualche volta, signora. Una ragazza.»

«E da quanto tempo?»

«Non lo so, signora. Due anni.»

«Due anni!» commentò la donna, sgomenta.

Si era avvicinata alla porta. Indicò l'ascensore:

«Posso salire a vedere l'appartamento?»

«No, signora, allora non ci siamo intesi» rispose il custode, paziente. «Non posso lasciarla passare.»

«Ma dopo quello che le ho detto!»

«Appunto. Io non posso ignorarlo, signora. Pensi a quello che potrebbe obiettare il dottor Campisi.»

«E che rischi corre?»

«Gliene dico solo uno.» Il custode alzò il pollice. «Violazione di domicilio.»
«Ma se ho le chiavi!»
«Sì, ma non mi vuole dare le generalità. E questo chiude ogni discorso, mi creda.»
Le aperse maestosamente la porta di cristallo, ma la donna non si decideva a varcare la soglia.
«Mi dica che cosa posso fare, la prego.»
«Signora, non toccherebbe a me, però voglio aiutarla» rispose il custode, richiudendo adagio la porta. «Lei può, in un altro momento, passare inosservata, mi spiego. Questo risolverebbe il problema. E si ricordi che non mi ha mai visto. Lei non mi conosce.»
La donna sollevò uno sguardo riconoscente:
«Sì, io non la conosco.»

Quando il custode la rivide, un'ora dopo, era in compagnia di un uomo di mezza età, pallido, con un cappello bianco, un viso stranamente familiare, lo sguardo sornione che vagava sopra le lenti abbassate sul naso. La donna si era fermata vicino all'ascensore centrale, fingendo di cercare qualcosa nella borsetta, mentre l'uomo si dirigeva verso di lui. Il custode fece scorrere il pannello:
«Vado dal dottor Campisi, al settimo piano» disse l'uomo.
«Chi debbo annunciare?»
«Sono suo fratello, ma è inutile che lei citofoni. Non è in casa, gli ho telefonato prima.»
Il custode lo ascoltava annuendo.
«Però eravamo d'accordo che salissi» aggiunse l'uomo. «Ecco le chiavi.»
E gliele mostrò, estraendole dalla tasca della giacca.
Il custode disse, solenne:
«Prego!»
La donna, a distanza, gli fece un cenno con il capo.

«Ti ha fatto molte difficoltà?» gli chiese Giulia nell'ascensore, mentre Mario schiacciava il tasto del settimo piano.

«No, mi avevi spianato la strada.»

Le spie rosse dei piani si accendevano sul quadrante.

«Sei stata molto abile a scoprire le chiavi» sorrise Mario.

«E l'indirizzo e il numero di telefono» aggiunse lei. «Erano scritti in caratteri microscopici nell'angolo della busta.»

«E come mai non l'avevi notata prima?»

«Perché era in fondo a un cassetto.»

«Lo vedi» mormorò Mario. «Non bisogna avere mai niente nel cassetto. Io non corro questo pericolo.»

I battenti si schiusero su un pianerottolo quadrato, dove si affacciavano tre porte. Lei si diresse subito a quella centrale.

«Come fai a sapere che è quella giusta?»

«È l'unica che non ha nome.» Gli indicò il cartellino bianco. «Che cosa c'è di più anonimo?»

Entrarono in una anticamera buia, fresca. Sulla destra si intravedeva un piccolo soggiorno con le tapparelle abbassate, che lasciavano filtrare in alto strisce di luce.

Quando le alzò, Mario vide un balcone semicircolare, con la ringhiera di ferro e la città che, nei vapori caldi del pomeriggio, dilagava oltre le sbarre fino a una periferia nuvolosa.

«Il pied-à-terre tipico» disse lei alle sue spalle.

«Ne hai visti molti?»

«No, solo quello dove incontravo tuo fratello. Era simile a questo.»

Si diresse a una porta semiaperta.

«Vediamo il locale per il quale hanno finto di arredare gli altri.»

Erano passati in una camera occupata da un letto matrimoniale basso, fiancheggiato da due comodini neri. Una lampada a cupola in un angolo diffuse una luce votiva su una tappezzeria a fiori rossi.

«Riconosco il suo gusto» mormorò lei con disprezzo.

In quel momento, sul telefono di un comodino, si accese una spia verde, in coincidenza con un suono quasi impercettibile.

«Rispondi!» esclamò lei.

«Sei pazza? Che diritto ho di farlo?»

«Lo stesso per cui siamo entrati.»

«Appunto.»

«Ma è una emergenza!» Lei congiunse le mani. «Stiamo cercando una persona che è scomparsa!»

«E se fosse lui?»

«Tanto meglio! Io non ho intenzione di nasconderglielo. Un'altra volta impara!»

Mario avvicinò la mano al telefono che emetteva un segnale soffocato.

«Rispondi!»

Mentre alzava il ricevitore, lo sentì riabbassare all'altro capo.

«Pronto?»

Finse di aspettare una risposta. Poi, scuotendo gravemente la testa, rimise a posto la cornetta.

«Ma perché sei sempre esitante?» Gli si avvicinò. «Così abbiamo perso una occasione!»

«Ma quale occasione?» chiese Mario, sedendo sul bordo del letto.

«Di sapere chi è in contatto con lui a questo recapito Potrebbe darci informazioni utili.»

«E si fiderebbe di uno sconosciuto?»

«Macché sconosciuto! Tu hai la stessa voce di tuo fratello. Mi sbaglio anch'io tante volte.»

Lo guardava contrariata, quando suonò di nuovo il telefono.

«Questa volta rispondi, hai capito?»

«Sì» sospirò lui, allungando la mano verso il comodino.

«Deciditi!»

Quando Mario alzò la cornetta e, avvicinandola all'orecchio, disse, dopo una pausa, un "Pronto" pacato, udì una voce femminile, giovane, concitata, che gli rispondeva: "Scusami, non posso venire lì adesso, ho premura, poi ti spiego. Ci vediamo questa sera alla solita ora". E senza aspettare risposta aggiunse "Ciao!" e riattaccò.

Mario si voltò verso di lei con imbarazzo:

«Hai sentito?»

«Tu ti fai trovare qui questa sera.»

«Io?»

«Al posto di tuo fratello.»

«Ma non credi di esagerare?»

«No. È lui che esagera. Ricordalo.»

Mario la ascoltava preoccupato.

«Così raccogliamo altri elementi» aggiunse lei. «Voglio andare fino in fondo. Te l'ho detto.»

«Già.»

«E conto su di te. D'accordo?»

«D'accordo» mormorò Mario.

Lei si era avvicinata a una piccola porta, dissimulata dalla tappezzeria a fiori.

«Ma qui c'è un altro locale.» La aprì. «Questo non è un pied-à-terre, è un appartamento!»

Scaffali di bambù, completamente vuoti, salivano fino al soffitto di uno studio disadorno, una scrivania nera al centro, di eleganza funeraria, tra divani d'occasione e poltrone di vimini.

«Sembra uno studio finto» disse lei, guardandosi intorno. «Che funzione può avere?»

«Quella di uno studio vero» rispose Mario.

Aveva aperto un cassetto della scrivania:

«Qui c'è un indirizzario, una agenda, un annuario economico.»

Aprì un cassetto:

«C'è la carta intestata alla società Aurora.» Le diede alcuni fogli azzurri. «Non c'è indirizzo, solo la casella postale.»

«Ecco perché il custode non la conosceva» esclamò lei, esaminandoli. «E adesso capisco perché l'hanno chiamata così.»

«Cioè?» chiese Mario con curiosità.

«Perché il loro studio si chiama Eos, che in greco significa Aurora. È una specie di duplicato clandestino.»

«Qui c'è una fattura del telefono. È intestata a Campisi.»

«Sempre lui!» Si era seduta sul divano, pensierosa. «Ti ho detto che non mi è mai piaciuto.»

Aggiunse:

«È un complice!»

«Di che cosa?»

«Di tante cose. Affari, amicizie femminili. È uno che mente sempre.»

Mario si era lasciato cadere in una poltrona.

«Se è per questo» disse, asciugandosi la fronte con il fazzoletto.

«No, tu menti in un modo diverso.»

«Ah!»

«Di lui non ci si può fidare. È nato bugiardo.»

Mario finse incredulità:

«Addirittura.»

«Sì, anche questa mattina, quando gli ho telefonato, non ha accennato a Terragni.»

«E perché?»

«Perché mente per principio. Magari non voleva turbarmi.»

Mario ascoltava immobile, gli occhi socchiusi, nell'espressione di assorta assenza in cui si riconosceva al proprio meglio.

«Adesso comunque non abbiamo alternative» gli disse. «Andiamo da Campisi e lo facciamo parlare. Altrimenti denunciamo la scomparsa alla polizia.»

«Ma che cosa ti aspetti da un mentitore?»

«Non lo so.» Si era alzata. «Forse la verità.»

XVIII
La scala di Giacobbe

Ad ammettere di essere un mentitore Campisi era arrivato tardi, vinto dalla convinzione degli altri più che dalla propria. Perché erano stati loro – soprattutto quelli che, ironia del lessico, si chiamano congiunti – a definirle menzogne. Ma, se ripensava ai tempi in cui erano considerate verità, ne rimpiangeva ancora la virtù prodigiosa, capace di suscitare sorrisi, carezze, mutamenti di umore, e di modificare, se non la realtà, almeno la sua interpretazione, che non è poco.

Il viaggio a un albergo solitario in cima a una collina, in compagnia di un'altra – e per lui era sempre un'altra, anche se non sapeva rispetto a chi – diventava, senza quella presenza, una tetra trasferta di lavoro in una località di provincia, dove pareva difficile fare telefonate e impossibile riceverne. Lo accompagnava il viatico delle donne che abitavano con lui, liete della partenza: il viso non più contratto di sua moglie e lo sguardo dimissionario di sua suocera, che di solito si aggirava per casa con occhio impavido e fisso. E lo seguiva anche il benestare degli altri, cioè di quelli che non avevano alcun titolo per accordarlo o negarlo, ma che non mancavano occasione per usurparne il diritto. A tutti Campisi si mostrava prostrato dal lavoro. Aveva constatato, in anni di dura esperienza, che niente è più impopolare della felicità e niente più accattivante del contrario, purché sopportato con pazienza, senza toccare il limite, giudicato universalmente invalicabile, della noia. Campisi si lamentava con misura, prodigo della sola ironia che tutti apprezzano, quella contro se stesso, e desolato della sua esistenza quel tanto che bastava a consolare gli altri della propria. Quando non aveva mali li inventava ed era una menzogna solidale che pochi contraccambiavano. E quando non aveva motivi di preoccupazione cercava di scoprirli e, scoperta che veramente lo preoccupava, ci riusciva ogni volta.

Questo lo autorizzava idealmente a mentire, perché si sentiva in credito con la vita e doveva pur mitigarne le offese. Non aveva creato lui l'universo, ma poteva correggerlo. E nel cosiddetto mondo degli affetti si industriava a farlo.

Aveva sperimentato che la sincerità è dolce quando i desideri convergono e amara quando divergono. Perciò continuava a mostrarsi fedele e innamorato quando non lo era più. Dividendo infatti con un'altra l'infelicità l'avrebbe solo raddoppiata.

Come tutti i grandi mentitori aspirava alla sincerità. E da bambino non le aveva conosciuto alternative.

Adorato da una madre che, rimasta vedova, vedeva incarnarsi in lui un ideale di maturità disatteso dal marito, non aveva dovuto come i coetanei spodestare il padre, perché sua madre l'aveva già fatto. Ma, al contrario di quanto accade nei finali delle favole, aveva dovuto fare i conti con il mutamento. E il mutamento aveva preso corpo in un'altra figura femminile, che aveva seguito a distanza in un tramonto estivo, per le strade del suo quartiere. Il miope rapimento con cui ne aveva parlato a sua madre era stato non meno intenso della delusione di lei, così che in pochi minuti aveva conosciuto la simmetria dei contrari. Il giorno dopo le aveva taciuto di averla attesa. E il successivo di averla avvicinata.

Alla omissione della verità era seguito fatalmente il gradino successivo, quello della sua alterazione, nella interminabile scala di Giacobbe che sale al paradiso della bugia. Neanche allora però aveva avuto la sensazione di mentire. Se voleva sottrarre sua madre, oltre che se stesso, a una gelosia minacciosa, non poteva che sopprimerne la causa e lo aveva fatto nel mondo del linguaggio.

Mai come in quella occasione le parole gli erano sembrate puri suoni, che potevano creare universi con la stessa rapidità con cui potevano dissolverli. Era bastato sostituire una *a* con una *o* perché la ragazza si trasformasse in un coetaneo, con cui faceva verso sera partite di ping-pong, in una sala sotterranea di piazzale Susa.

Dapprima ne sapeva solo il nome, poi erano state le domande di sua madre – che si era liberata dei sospetti, ma non della curiosità – ad arricchirlo di particolari. L'amico aveva acquistato due genitori separati, una casa in via XX Settembre, una collezione di dischi, una corporatura robusta, una lieve balbuzie, un carattere compiacente.

Campisi scoprì nel mentire una prontezza che gli era preclusa quando cercava di evitarlo. E non aveva dubbi sulla responsabilità di lei. Aveva ascoltato al cinema, nel dialogo inesorabile tra due coniugi, inferociti da una convivenza di quarant'anni, una battuta che gli era parsa definitiva: "Vuoi la verità? Non fare domande!".

Dove la risposta all'interrogativo era data dalla stessa persona che lo poneva, come accade nella fase più concitata e più sincera del cosiddetto dialogo.

Campisi inventava dettagli a mano a mano che vi era costretto. E non aveva mai la percezione di tradire la realtà, quanto di integrarla. L'amico era diventato una presenza invisibile, su cui poteva aggiungere particolari nuovi, ma non revocare i precedenti. Si era accorto che il pericolo del mentitore non è la discrepanza tra i racconti e la realtà, quanto tra i diversi racconti. E che le insidie si celano nella memoria.

A volte, anziché le immagini delle sere *non* passate in compagnia dell'amico, gli restavano nella mente solo le parole che le avevano descritte. E se questo l'aveva aiutato a capire la verità delle finzioni, l'aveva nel contempo illuminato sulla aleatorietà dei ricordi.

Si sorprendeva a pensarlo come un essere che poteva sia salvarlo sia perderlo. E cominciò a temere quella dipendenza che prima gli era parsa provvidenziale: come accade nella evoluzione delle coppie, quando scoprono con sgomento nel legame reciproco quello che l'espressione significa, un legame doppio.

Alla fine la curiosità di sua madre aveva reso l'altro troppo ingombrante. La conseguenza era stata che Campisi aveva perso l'amico, partito per un'altra città con genitori non più separati, ultima svista del destino e della memoria. E l'aveva sostituito con un altro poco loquace, con il quale giocava meditative partite a scacchi.

Dopo il matrimonio, causa diretta e immediata della poligamia, gli amici invisibili si erano moltiplicati. Entravano nella sua vita e ne uscivano con intermittenza distratta, alternandosi per non destare sospetti. Talora li coinvolgeva senza necessità e forse proprio per questo. Preferiva prolungare il soggiorno in un mondo accogliente, fatto di coincidenze tempestive, di incontri fortunati, di partenze serene.

Tante invenzioni gratuite le aveva però pagate. Era stato colto in contraddizione proprio quando non era necessario l'*alibi*, l'essere *altrove*, e poteva impunemente essere lì. Del resto sognava di essere altrove anche quando lo era e il difetto che gli rimproveravano le sue amiche era di esserlo sempre.

Niente era stato più malinconico che il suo arrendersi all'evidenza. Se ripensava alla sua esistenza di adulto la vedeva come una lunga, logorante, impari lotta contro quell'avversario imprevedibile che è la verità. Mentre le sue controfigure stavano morendo, sentiva che la sua vita le seguiva. Erano esistite come se esistessero. E ora, per colpa della verità, non esistevano più.

XIX

Perquisizioni

Campisi alzò il viso grondante d'acqua allo specchio, prima di asciugarsi con il telo che pendeva dal rullo. Poi spalancò la bocca in uno sbadiglio e restò con le mascelle spalancate, come il felino che aveva visto su un settimanale. In quarantacinque anni non si era ancora rassegnato al suo viso e, ogni volta che si guardava allo specchio, lo deformava.

Era appena rientrato nel suo studio, quando la segretaria lo chiamò al telefono.

«Sì?» chiese senza sedersi.

«C'è la moglie del dottore, insieme con il fratello.»

«No!» esclamò Campisi. «Dica che sono uscito.»

«Stanno già salendo, non hanno aspettato.»

Campisi afferrò la borsa sulla scrivania e si diresse alla porta nel momento in cui si apriva.

«Scusa l'intrusione» gli disse lei, con fermezza, sulla soglia. «Ma dovevamo parlarti.»

«Certo» rispose Campisi, ritraendosi riluttante e indicando a lei e a Mario, che gli aveva fatto un cenno di saluto, le poltrone. «Ci sono novità?»

«Sì, ma solo per noi.»

Aveva gettato una occhiata a Mario, mentre Campisi continuava a guardarla con viso inespressivo. Esperto del linguaggio allusivo, il più facile da smentire, fingeva di non accorgersene quando vi ricorrevano gli altri.

«Prima però mi interessa il tuo parere» aggiunse lei.

«Dimmi.»

«Tu non immagini dove sia andato.»

«No.»

Campisi si sedette di fronte a lei.

«Possibile? Tu, suo socio, suo amico, che lo vedi tutti i giorni, non hai una ipotesi.»

«Ma certo, più di una.»

«Per esempio?»

«Un viaggio imprevisto. Un incontro che ha voluto mantenere segreto.»

«Di che genere?»

«Professionale, naturalmente. Tu a che genere pensi?»

«Non professionale, naturalmente.»

Campisi corrugò la fronte, quasi stentasse a decifrare le sue parole. Nella simulazione dello stupore eccelleva in finezze che nessuno, tranne lui, poteva apprezzare.

Disse con fermezza pensosa:

«Questo lo escludo.»

«Già» esclamò lei. «Proprio tu che lo conosci bene.»

Aggiunse:

«Giochiamo a carte scoperte.»

«Sì» rispose lui volonteroso.

Altre volte aveva udito questo appello patetico, cui avrebbe magari aderito se solo avesse capito che cosa significava.

«Tu sai molto di più di quello che vuoi far credere» cominciò lei. «Però anch'io, tienine conto. E sai che sono sincera e dico le cose come stanno.»

Non c'era per Campisi un modo più ripugnante di avvicinare i problemi. Quante volte, in nome della sincerità, aveva subito le aggressioni più subdole e, mentre veniva colpito a tradimento, era stato invitato alla gratitudine.

«Perciò non cercare di difendere il tuo amico» proseguì lei. «Lo posso capire, e perfino apprezzare, ma con me è inutile.»

«Finora non ho detto niente.»

«Sì, ma so dove vuoi arrivare.»

Ecco un'altra intenzione che si sentiva spesso attribuire, lui che di solito non voleva arrivare da nessuna parte.

«Partiamo da questa premessa» riprese lei. «Che il tuo amico abbia una vita intensa, mi capisci?»

«Chi non l'ha?» chiese Campisi, sollevato.

«No, non fingere di non capire. Allora diciamolo in un altro modo. Che la fedeltà non sia una sua virtù, sei d'accordo?»

«Se lo dici tu.»

Mario sorrideva in silenzio, mentre lei continuava:

«Lo so da troppo tempo perché mi faccia illusioni.»

A questa frase, tipica di chi non le ha perse, Campisi non fece commenti.

«Ora a me lo puoi dire.» Fece una pausa. «Lui aveva ultimamente una relazione importante?»

«No» rispose Campisi.

La sua prontezza nel negare non era il frutto di una valutazione, ma la precedeva.

«Guarda che è essenziale, perché secondo me può spiegare la sua sparizione. Una donna che gli creasse dei problemi.»

Campisi fissò *La zattera della Medusa* che campeggiava sulla parete. Lo rivide mentre gli confessava prostrato, al termine di una telefonata troppo lunga: "Le donne vogliono tempo!".

«Ti sembra il tipo che si crei problemi?» le chiese.

«Non lo so. Potrebbe essere invischiato in qualche storia.»

Campisi si concentrò come un saltatore prima di spiccare il salto. Poi disse:

«No. Non mi risulta che abbia nessuna storia.»

Lei allora si decise:

«Senti, io so che ha un pied-à-terre.»

«Ah.»

«E che lo condivide con un altro.»

«Ah» ripeté Campisi.

Pensò la frase: "Negare il sole a mezzogiorno". Aveva dimenticato l'autore, ma non le parole.

«E se ti dicessi che l'altro sei tu?» continuò lei, con lo sguardo rivolto a Mario.

«Direi che è una menzogna» rispose Campisi, fissandola impavido.

«E allora ti dico che veniamo da quel pied-à-terre.»

«Dove sarebbe?»

«In viale dei Mille 21, settimo piano, di fronte all'ascensore.»

«Non è un pied-à-terre» disse immediatamente Campisi. Una delle sue risorse, se i fatti lo smentivano, era di smentire il lessico. «È un ufficio.»

«Con il letto matrimoniale?»

«Era già arredato, è stato un affare» rispose Campisi senza esitare.

Quando inventava, si sentiva un nuotatore sul filo della corrente.

«E non vi bastava questo ufficio?»

«No. Non per una attività nuova.»

«Che genere di attività? Finanziaria?»

Campisi la scrutò per capire se chiedeva o se sapeva. Gli accadeva spesso di domandarsi quale risposta si aspettasse l'interlocutore e addirittura, per non commettere un errore, di chiederglielo. Impudenza che non mancavano di rimproverargli, ma alla quale raramente rinunciava. Nel dubbio ricorse a quella espressione che aveva ascoltato tante volte da un letterato suo cliente:

«In un certo senso.»

«Quale senso? Spiegati.»

«Non ci limitiamo a consulenze finanziarie. Offriamo aiuti concreti.»

Lei guardò un'altra volta Mario, che cercava di non mostrare alcuna reazione e ci riusciva.

«È una attività lecita?»

«Mah!» Fece una lunga pausa. «Al limite del lecito.»

Quando ammetteva la verità, Campisi lo faceva con

riluttanza. Forse per non abituare se stesso e gli altri a una situazione innaturale.

«Abbiamo bisogno di discrezione» aggiunse. «Capisci?»

«No.»

«Non dobbiamo dare nell'occhio, soprattutto della finanza. Ma è una attività che potrebbe darci qualche soldino.»

Questo termine apparentemente riduttivo l'aveva imparato dagli operatori economici, che usavano i diminutivi, conticino, sommetta, numerini.

«Comunque ha aperto un ufficio.»

«Ma non è un ufficio, è un appartamento!»

Lei si voltò di nuovo verso Mario:

«Adesso è ritornato un appartamento.»

«È un appartamento che fa da ufficio» disse con pazienza Campisi.

Si voltò anche lui verso Mario, cercando, se non un silenzio complice, almeno uno neutrale:

«È un problema esclusivamente di lavoro. Non capisco che importanza abbia in questo momento.»

«Ma come non capisci?» esclamò lei. «Tutto può essere importante per trovarlo. Tu forse non ti rendi conto che è sparito.»

«No, non mi rendo conto. Per me si sta esagerando. Avrà le sue ragioni per non dire dove è andato.»

«E ti sembra una spiegazione?»

Un viaggio senza le spiegazioni immaginarie che lui doveva inventare ogni volta.

«Io ho paura che gli sia successo qualcosa di grave» insistette lei. «Ora non c'è che la polizia.»

«No, questo non devi farlo!» esclamò Campisi. «Non ancora, almeno.»

Si diresse alla finestra e finse di chiudere un battente che era già chiuso.

Lei lo seguiva stupita con lo sguardo:

«E perché?»

«Prima di tutto è prematuro. E poi mai, finché si può, coinvolgere la polizia.»

«Dimmi almeno una ragione.»

«Te ne dico quante ne vuoi. La pubblicità, ad esempio.»

«E non possiamo chiedere il silenzio stampa?»

«Certo che possiamo.» Era tornato a sedersi davanti a lei. «Ma ottenerlo è un'altra cosa.»

«E poi? Di che cosa hai paura?»

«Paura?» Campisi si curvò, la testa stretta tra le spalle. «Io la chiamo prudenza. E sono certo che lui, se fosse qui, direbbe lo stesso.»

Sentiva che l'evocazione del socio era un punto a suo favore. Ricorreva spesso alla testimonianza di chi non poteva smentirla.

Aggiunse:

«Nel nostro ambiente lo si saprebbe subito. E noi siamo già sotto tiro.»

«Già» disse lei con diffidenza. «Avete troppe cose in comune, oltre alla professione. Quelli che chiamate viaggi di lavoro, le speculazioni, il gioco, le compagnie.»

Campisi la ascoltava rassicurato. Aveva notato che quando le accuse si moltiplicano per due persone è come se si dimezzassero.

«Forse è per questo che non vorreste la polizia» continuò lei. «Per paura dei controlli.»

«Anche.»

«Ma quali controlli temete?»

«Tutti!» esclamò Campisi. «Di ogni tipo!»

«Controlli fiscali?»

«Certo!»

«E poi?»

«Controlli amministrativi. Ti guardano tutte le carte, i documenti, le fatture, la contabilità.»

«E non siete in regola.»

«Chi è in regola? C'è qualcuno in regola?»

«Nessuno, secondo te.»

«Sì! Qualche irresponsabile!»

«E fanno anche controlli privati?»
«Naturalmente! Fanno indagini sul tuo passato, sulle persone che frequenti, sui tuoi incontri.»
Aggiunse, con le pupille dilatate:
«Sui tuoi spostamenti!»
Non usava mai per sé la parola viaggi, solo spostamenti, come se volesse ogni volta sottrarsi a qualcuno.
«E tu devi nascondere qualcosa.»
«Quasi tutto! Non voglio che la mia vita privata diventi pubblica.»
«E pensi che anche lui dovrebbe temere?»
«Questo non posso dirlo.» Aveva gli occhi lucidi. «Io rispondo solo di me e non vorrei neanche questo.»
«Lo so.»
«Ci sarebbero interrogatori per tutti, frugherebbero nella nostra vita. Facciamolo solo se siamo costretti.»
«Allora cosa proponi?»
«Aspettare fino a domani. Concediamogli ancora una notte.»
«Lo sai che tu ne parli in modo strano?» osservò lei. «Sembra che tu lo voglia favorire, che abbia qualche motivo per non preoccuparti. Che cosa sai?»
«Niente» rispose Campisi, serio. «È la verità. Devi credermi.»
Le aveva posato una mano sopra il braccio, ma sentiva di non avere dato al suo viso una espressione convincente. E anche il tono gli sembrava teatrale, di chi recita la parte più difficile, quella della sincerità.
«Aspettiamo fino a domani» mormorò lei.
Si era alzata, imitata da Mario, che non aveva mai parlato.
Campisi li accompagnò verso la porta:
«Io non penso a niente di male, credo a un imprevisto.»

Appena la cabina si staccò dal piano e cominciò a scendere nel buio delle scale, Campisi si precipitò al telefono del suo studio.

«Terragni?» chiese ansioso. «Ah, sei tu?»
Restò in piedi vicino alla scrivania.
«No» rispose. «È sparito veramente.»
Alzò la mano come per interromperlo:
«Ho bisogno di parlarti!»
Annuì, mentre ascoltava.
«Per ora sono riuscito a evitare perquisizioni, ma domani non so. Devo vederti.»
Si asciugò la fronte con il fazzoletto.
«Non ho paura.»
Disse:
«No. Subito.»

XX
Il grattacielo di vetro

Uno dei corsi che Terragni, attraverso la sua società di formazione, proponeva alle aziende di cui era consulente, concerneva l'uso razionale del tempo. Lo teneva una psicologa che aveva avvicinato anni prima a un congresso di operatori economici, dopo averne ascoltato l'intervento, debitamente conciso, su "Tempo e organizzazione".

Era una giovane di una bellezza innegabile, ma scostante, anche perché si intuiva che la prima a considerarla tale era lei. Ansiosa di imporre le proprie capacità professionali, temeva fossero posposte alla avvenenza, da lei stessa sopravvalutata. Non sono rare le donne che, anziché esercitare il proprio fascino, lo subiscono, fino a esserne imbarazzate; e si sentono circondate da un desiderio che talvolta sono solo loro a provare. Con gli anni il peggioramento fatale dell'aspetto fisico coincide con il miglioramento dei rapporti umani, quasi si fossero liberate da quello che, invece di un privilegio, consideravano un peso. Anche se proprio allora lo scoprono come un privilegio e cercano con ansia tardiva, e ormai inutile, di riacquistarlo.

Terragni aveva tentato amabilmente, in una conversazione al bar del congresso, di farglielo capire, con l'effetto di aumentare la sua diffidenza. Allora aveva riportato il discorso sul problema del tempo, che non aveva risolto, ma del quale si occupava appena da quarant'anni. Lei aveva sorriso con indulgenza e gli aveva subito tratteggiato, in attesa del succo di frutta, l'abisso che divide impegni urgenti e impegni importanti: e la nostra miopia che lo ignora. Si dà infatti la precedenza ai primi, mentre sono i secondi che contano.

«E qual è il rimedio?» le aveva chiesto Terragni.

«Avere chiare le priorità» gli aveva risposto.

Ecco un'altra parola che nella mitologia aziendale era l'equivalente di un flauto magico e aveva la priorità su tutte le altre. Terragni era affascinato dalla sicurezza di lei, dalla sua concentrazione quieta e delirante. Non sapeva a quali priorità lui avesse sacrificato la sua vita e lei gli aveva risposto che dovevano essere sbagliate, se aveva usato il verbo "sacrificare". Lui si era lievemente inchinato davanti all'errore di una vita, deluso e insieme rassicurato di non poterla più mutare. Le aveva allora chiesto se, almeno al dettaglio, poteva migliorare l'impiego del tempo.

«Certo, purché mi ascolti» aveva risposto lei.

«Che cosa sto facendo?» le aveva chiesto.

«No, deve assumermi, mi occorre ben altro spazio» aveva risposto lei, esagerando probabilmente le proprie competenze, come fanno in genere quelli che ne hanno poche (i grandi esperti non fanno che rimpicciolirle).

Terragni però aveva finto di non accorgersene. Aveva superato l'età in cui si cerca, oltre che di essere intelligenti, di farlo contemporaneamente capire all'interlocutore. Ora si accontentava di capirlo lui senza lasciarlo intendere.

«Benissimo, lei mi insegnerà i segreti del tempo» le aveva detto.

E aveva aggiunto l'espressione cara ai dirigenti che la pronunciano non meno che a quelli che la ascoltano: «Professionalmente, si intende.»

Formula che, sostituendo la parola compenso con la sua causa, sembra più elegante e discreta.

Un mese dopo lei aveva cominciato a tenere, nella sala conferenze della sua società di formazione, lezioni di quarantacinque minuti sul tempo.

Terragni vi aveva iscritto anche i suoi collaboratori, per trasformare la spesa in un guadagno, secondo una attitudine manifestata sin da quella fase della infanzia che viene chiamata "la più tenera". E ne aveva tratto non pochi ammaestramenti, a conferma – le aveva confessato sorridendo – che si può imparare perfino dagli esperti.

Aveva appreso come delegare mansioni che sembravano personali e aveva trasferito ad altre mansioni la sua segretaria, abilissima a porgli problemi quanto inetta a risolverli. Aveva constatato come molti degli appuntamenti urgenti non lo erano più se li si lasciava scadere. Bastava trovare una formula epistolare per giustificarsi. Per anni invece, volendo eludere le formule, aveva deciso di rispondere con lettere motivate che non scriveva quasi mai. Accumulava così, insieme con l'arretrato, i rimorsi e lo assaliva a tratti una angoscia sottile, appena percettibile, magari mentre sfogliava in ufficio, nell'intervallo di mezzogiorno, uno dei suoi libri di occultismo o mentre osservava, sul suo televisore da scrivania, le quotazioni di Borsa. La psicologa gli aveva raccontato che sono infiniti i modi in cui un uomo si ingegna di torturarsi e lui le aveva immediatamente creduto. Quanto alle cause, che secondo lei risalivano al grembo materno, lui le accordava un credito meno convinto, attratto com'era, più che dalla propria preistoria, dalla preistoria della specie.

Questi incontri sul tempo avevano comunque ottenuto un risultato insperato: Terragni aveva trovato un pomeriggio, dopo le 18, una scaglia di quel tempo che viene definito libero e che è quasi irreperibile. E lo aveva subito occupato uscendo dal suo grattacielo di vetro e passeggiando sul marciapiede, nel crepuscolo, senza una meta. Gli sembrava di lasciare alle spalle un carcere e di camminare come un uomo libero tra una folla che non lo riconosceva.

Questa esperienza allucinatoria durò finché continuò a non avere una meta e cessò quando si avviò verso casa.

Una delle microregole suggerite dalla psicologa era di differire gli incontri sollecitati con urgenza, perché era improbabile che l'urgenza riguardasse lui.

In effetti non ricordava nessuno che gli avesse mai proposto con urgenza un affare vantaggioso, anzi che glielo avesse mai proposto, anche senza urgenza. Ricordava piuttosto richieste incalzanti di aiuto, adulazioni perentorie, slanci amorosi in persone che apparivano disinteressate e che solo a distanza di mesi, e talora di anni, svelavano il senso lungimirante del loro altruismo. Non lo turbava tanto la richiesta di un favore, quanto la sua dissimulazione. Perché a chi chiede un beneficio si può chiedere il contraccambio, mentre chi dona affetto vanta un credito. E si riconosceva nella immagine che un dirigente editoriale, in una cena in piedi, gli aveva tracciato della propria condizione: quella di essere assediato, più che da domande di pubblicazione, da profferte di affetto, dichiarato con una puntigliosità lirica che contemporaneamente lo escludeva. Eppure molti colleghi si lasciavano irretire e credevano a quelle lodi impudenti, anche perché le trovavano meritate.

Perciò, quando Campisi gli aveva chiesto un incontro immediato, la sua prima risposta era stata no: ma uno di quei no che la psicologa gli aveva sconsigliato, per non dovere poi trasformare la categoricità in dubbio e infine in assenso, come accade di tante posizioni radicali. Gli aveva fatto l'esempio della lingua giapponese, dove pareva che il no fosse sostituito da perifrasi gentili. Avesse risposto: "Guarda, c'è un problema", forse avrebbe avuto il tempo di non risolverlo.

A metà della telefonata invece Terragni, alzando gli occhi al soffitto, aveva già detto di sì. E al termine aveva allargato le braccia con un gemito.

Seduto nella poltrona, fissava la sveglia con le colonnine doriche, posata sulla scrivania, che segnava un'ora immaginaria. Era anche quella una assurdità, l'aveva già data da riparare, con il risultato che il ritardo si era trasformato in anticipo. E il divario aumentava ogni giorno.

Per scongiurare gli effetti dell'accelerazione, spostava indietro periodicamente le lancette, così che non aveva davanti a sé l'ora precisa, ma un'ora approssimata per difetto o per eccesso. E questo gli causava un disagio ininterrotto, di cui solo in quel momento percepì il peso. Proprio l'orologio che doveva scandire i suoi impegni lo confondeva. Allora si alzò, strinse l'anello della sveglia tra il pollice e l'indice e reggendola in alto, come fanno i pescatori con le prede più grosse, la lasciò cadere con un tonfo nel cestino vuoto. Rimase fermo, le mani appoggiate alla scrivania, gli occhi scintillanti, a contemplare lo sfascio delle colonnine e delle ruote, che erano fuoriuscite come interiora dentate, tra le schegge e le molle.

Poco dopo suonò il citofono.

«Sei già qui, Campisi?» disse. «Ora ti apro.»

«Vedi, il problema non è così complicato» disse Terragni, estraendo da una tabacchiera d'argento, con i suoi gesti furtivi, una pillola contro il fumo. «Sei complicato tu.»

«Sentiamo» rispose Campisi con aria rassegnata.

«Sai come hanno definito l'esperto» continuò Terragni. «Come quello che ha fatto tutti gli errori. Però non gli stessi. È su questo che dovresti riflettere.»

«E dove avrei sbagliato?»

«Non devi agitarti, caro, è questo il primo errore. Ancora non è successo niente, un socio con poteri di firma è sparito da un giorno. Non è frequente, ma non è neppure raro. Perché pensare al peggio?»

«Ma io non sono così passivo» esclamò Campisi, alzandosi e avvicinandosi alla parete di vetro. «Comincio a chiedermi dove è andato e soprattutto che cosa ha in mente di fare!»

«Anch'io me lo chiedo, sai» disse Terragni, togliendosi gli occhiali. «Non pensare di avere solo tu questa curiosità. Ma non bisogna fare passi falsi.»

Quanto più Campisi alzava la voce, tanto più Terragni abbassava la sua, la rendeva insinuante e morbida. Si sentiva odioso e sperava che questa sensazione fosse condivisa dall'altro.

Aggiunse:

«I conti all'estero sono una cosa delicata.»

«Io ho solo impedito che lei chiamasse la polizia.»

«E in questo caso hai agito bene» disse Terragni, senza nascondere una certa sorpresa. «Però non possiamo illuderci, è stato solo un rinvio, se lui non ritorna. Domani ci sarà di nuovo il pericolo di una ispezione.»

«E noi che cosa dobbiamo fare?» chiese Campisi. Lo guardava diffidente, nel timore di una risposta che come al solito lo disorientasse e nell'incapacità di trovarne una lui.

«Niente» rispose Terragni.

«Neanche trasferire il conto?»

«Questa è precisamente la cosa che non si deve fare.»

«Perché?»

«Perché lo rileverebbero subito» rispose Terragni, pulendo con il fazzoletto le lenti. «Hai osservato come reagiscono gli animali in presenza dei predatori?»

«Scappano.»

«Però alcuni stanno fermi. Può darsi che il nemico non si accorga di loro.»

«Io non sarei così ottimista» disse Campisi, guardando fuori dai vetri il laghetto artificiale, balenante nel prato tra i grattacieli. «Meglio non correre rischi.»

«E così ne corri di più.» Terragni aveva alzato le lenti controluce. «Sai chi mi ricordi? Un cliente che vendeva quando la Borsa scendeva e comperava quando la Borsa saliva, perché, diceva lui, voleva vivere tranquillo. E sai come è andata? È fallito.»

«Sempre lusinghieri i tuoi paragoni» disse Campisi sedendosi di fronte alla scrivania. «Hai qualcosa da aggiungere al copione?»

«Sì, certo» rispose Terragni, fingendo di recitare quello che entrambi sentivano come vero. «Lo sai perché non sei furbo? Perché vuoi esserlo. Tu dimentichi che gli affari si devono fare in due.»

«Lo so che sei un benefattore.»

«Non sono un malfattore, è diverso» disse Terragni, rimettendosi gli occhiali. «Penso che l'interlocutore sia intelligente almeno come me e forse riesco a essere più intelligente di lui. Tu invece vuoi imbrogliare la polizia, il fisco, l'ordine dei commercialisti.»

Campisi ascoltava in un silenzio inquieto.

«Mi consenti una piccola malignità?» disse Terragni.

«Perché, che cosa hai fatto finora?»

«Il mentitore è sempre un piccolo tattico, mentre chi evita di mentire segue una strategia.»

Campisi lo guardò in viso:

«Non ti facevo così amante della verità.»

Terragni ripose la tabacchiera nella tasca della giacca:

«Tu pensi sia più astuto apparire diverso, mentre è solo più faticoso. È un problema di impiego delle energie, di gerarchia degli sforzi.»

Campisi aveva incrociato le braccia:

«Insomma, per tornare al nostro socio, niente paura, secondo te.»

«No, molta» rispose Terragni, grave. «Allora non hai capito la situazione.»

«Ovviamente.»

«Noi abbiamo tutto da temere da un controllo. Ma

non dobbiamo tradirci. Se hai paura di un cane, guai a correre.»

«Devi lasciarti azzannare» annuì Campisi.

Terragni lo osservò attentamente, con una curiosità divertita:

«Tu hai il dono di trasformare i problemi in colpe. Mi ricordi mia moglie.»

Aggiunse:

«Hai una proposta migliore?»

«Difficile, con te.»

Terragni sospirò, guardando la finestra. Tutta la vita a lottare contro la stupidità. E per un fine forse stupido. Il sole stava tramontando dietro un grattacielo e irraggiava ai lati una luce arancione.

«Quello che si può fare, ma non ora, è un controllo oltre frontiera, con le debite precauzioni» rifletté. «Non al telefono, perché non ti dicono niente, e di presenza solo quando le acque sono ritornate tranquille.»

«Lo vedi?» esclamò Campisi con sollievo. «Qualcosa è sempre meglio che niente. A me il niente fa paura.»

Terragni appoggiò i piedi su uno sgabello:

«Questo lo posso capire.»

XXI
Controfigure

Quale poteva essere "la solita ora" di un appuntamento alla sera? Un'ora compresa tra le venti e trenta e le ventidue, secondo il calcolo delle probabilità. Ma nelle abitudini di una coppia clandestina – quale erano, secondo il calcolo delle probabilità, suo fratello e la sconosciuta – la sera poteva arretrare nei mesi invernali alle diciannove o addirittura alle diciotto e trenta. Era d'altra parte improbabile identificarla con i tramonti tardivi di giugno, differiti ulteriormente dall'ora legale. Ma altrettanto improbabile era posticiparla alle ventidue, quando la notte aveva già trasformato in buio le prime ombre.

Probabile era piuttosto che l'incontro, avvenendo nella cornice di un pied-à-terre, avesse un significato intenzionalmente, anche se non inevitabilmente, erotico. Nel corso di molteplici relazioni clandestine, che dovevano conciliare gli orari dei rispettivi coniugi, Mario aveva conosciuto lui stesso i riti degli appuntamenti settimanali a ore fisse, la loro auspicata, ma non sempre realizzata metamorfosi in sedute amorose, l'estasi delle diciotto e dieci, la cerimonia degli addii: prima che ogni sua amica si ribellasse a quegli orari innaturali, per lui invece naturalissimi, e gli chiedesse di costruire insieme una vita. Sempre immagini di edificazione laboriosa, di accumulazione paziente, e verbi come cementare e rafforzare, che gli ricordavano irresistibilmente una materia che si sfalda tra le dita. Finché si arrivava alla interruzione di un gioco che per lei non era più serio e per lui lo era troppo.

L'epilogo lasciava sempre l'amarezza, più che di avere infranto le regole, di non averle fissate. Ognuno dei due si proponeva di farlo in un rapporto nuovo, ma la prima regola era proprio di non fissarle, altrimenti nessuno dei due le avrebbe accettate.

La finalità, taciuta ed evidente, dell'incontro contribuiva a circoscriverne l'orario. Erano infatti escluse le venti, ora troppo contigua a una cena che la precedesse e troppo tarda per differirla ancora. Il tempo più probabile era dunque compreso tra le venti e quarantacinque e le ventuno e trenta.

Alle venti e trentadue Mario entrò nell'appartamento.

Mentre aspettava in una poltrona del soggiorno, davanti alla finestra con i vetri spalancati, e guardava accendersi e spegnersi le insegne colorate di una banca, Mario ricordava di avere già vissuto quella scena, anche se probabilmente al cinema. Al contrario di chi diceva che la propria vita era un film, lui scambiava certi film per la propria vita. Da ragazzo aveva avuto il presentimento, rivelatosi poi illusorio, che le sue esperienze si sarebbero trasformate in cinema, le sue visioni in fotogrammi. E ora gli accadeva il contrario. Scambiava segmenti di film che aveva in parte dimenticato per sequenze di una vita che non aveva vissuto. Forse erano le avvisaglie di quella confusione mentale che, nella fase conclusiva, viene chiamato marasma senile. Una esplosione silenziosa, una disseminazione invisibile delle immagini. Forse una forma estrema di sapere, un disordine analogo al primo balbettio di fronte all'ordine cosmico, una fuga delle idee che ritornavano al caos delle origini.

Questa demenza sapienziale aveva ben poco in comune con quella saggezza fatua che vedeva esibita alla televisione dai cosiddetti grandi vecchi: penose caricature che anticipavano il riso anziché suscitarlo, troppo ansiosi di ostentare il loro distacco dalle cose per averlo acquisito.

C'era invece un particolare che ricordava con precisione: già un'altra volta aveva preso il posto di suo fratello.

Era successo poco tempo prima, a Santa Margherita Ligure, dove in gioventù avevano frequentato un anno lo stesso istituto, lui all'ultima classe del liceo e suo fratello alla prima. Vi era ritornato d'inverno, mosso da una nostalgia riluttante, da un desiderio doloroso. Aveva ritrovato, in un pomeriggio nebbioso e umido, le stradine del porto, gli edifici altissimi con le finestre dipinte, la casa dove avevano abitato. Suo fratello gli aveva dato l'indirizzo del suo compagno più caro, mai più rivisto da allora, nel caso fosse ripassato per viale Rainusso, che saliva dal centro verso la collina. L'aveva cercato a quel vecchio recapito, varcando un ponticello di pietra e suonando a un portone di legno istoriato. Aveva detto il proprio cognome alla domestica e, mentre aspettava in un salotto ovattato di arazzi, di tappeti e di specchi, con qualche marina tempestosa in cornici dorate, aveva sentito il nome di suo fratello invocato ad alta voce, in un appello patetico, alla sua destra.

L'uomo, calvo, scarno, febbrile, l'aveva abbracciato in una stretta quasi convulsa, ripetendo il nome con una commozione inaspettata. E lui lo aveva accettato senza reagire, mentre l'altro, arretrando di un passo, gli dedicava una di quelle ispezioni stupite e meticolose dopo le quali si dice il contrario di quello che si pensa: "Non sei cambiato, ti avrei riconosciuto subito!". "Anch'io" gli aveva risposto lui, che non l'aveva mai visto. E così, adempiuti i mesti rituali della sincerità immaginaria, avevano rievocato compagni che non aveva mai avuto e professori che non aveva mai ascoltato. Gli era bastato annuire, ammiccare, sorridere, mentre l'altro gli batteva la mano sulla spalla, con una forza che considerava proporzionale all'amicizia. E poi erano usciti a passeggiare fino al porto, nell'aria grigia sorvolata dalle strida dei gabbiani, fino a un punto dove da ragazzi avevano vissuto un episodio esilarante.

Possibile che non lo ricordasse? L'altro l'aveva guardato trasalendo, come se un sospetto improvviso l'avesse turbato. E lui, mentre cercava di distrarlo – abbracciandolo e ricambiando per la prima volta le effusioni – aveva provato una angoscia più forte della vergogna e disperatamente lottato per non arrendersi. Aveva finto una sorta di disordine mentale, non si capiva se attuale o retrospettivo. E aveva riportato il discorso sui voti a scuola, argomento al quale l'altro sembrava particolarmente sensibile. Infatti ne era ancora orgoglioso, erano stati i primi della classe, lo diceva con un entusiasmo esente da ironia, come se il tempo non fosse intanto passato.

E suo fratello, che fine aveva fatto? "Il critico cinematografico, ma non è contento" aveva risposto. L'altro aveva annuito: "Mi pareva già allora un po' grigio". E quella frase, detta con una noncuranza pari alla persuasione, gli era scesa come un gelo nel cuore.

Suo fratello, quando gli aveva raccontato l'episodio, l'aveva guardato cupo: "Queste cose non si fanno". E anziché complimentarsi con lui per la sua abilità di attore, come aveva assurdamente sperato, aveva aggiunto: "È una cosa che mi dispiace, da qualunque lato la guardi".

E lui lo aveva fissato sgomento.

Il campanello alla porta suonò tre volte, a intervalli brevi, come un segnale convenuto. Mario era in piedi in anticamera, vicino allo specchio. Si toccò fuggevolmente il nodo della cravatta, con un gesto che ripeteva ormai da quarant'anni, ma di cui intuì in quell'attimo la stupidità, e spalancò la porta d'ingresso.

La ragazza arretrò con un sussulto:
«Mi scusi, ho sbagliato piano.»
Lo guardava però indecisa, come se lo riconoscesse, con una curiosità esitante. Aveva un viso paffuto di bambina, gli occhi vividi, la frangetta e i capelli neri.
«No, non ha sbagliato. Io sono il fratello.»
Lei arrossì violentemente.
Mario continuò:
«Se entra un momento, le spiego.»
Le indicava con un lieve sorriso l'anticamera, ma lei non si muoveva:
«Come mai è qui?»
«C'è un piccolo problema» rispose Mario, indulgente. «E lei può aiutarmi a risolverlo.»
«Dov'è lui?»
Si era sporta verso l'interno, come se sperasse di vederlo apparire.
«È appunto questo il problema. Non si sa dove sia.»
«Era qui. Gli ho parlato al telefono.»
«No, non era lui. Ero io.»
Lei reagì:
«Ma come si è permesso?»
«È lei che non mi ha permesso di chiarire l'equivoco. Ha chiuso la telefonata senza aspettare la risposta. Però, se mi lascia spiegare, capirà.»
Si scostò e lei varcò incerta la soglia, mentre lui le chiudeva la porta alle spalle.
«Io sono Mario.» Le tese la mano. «Non so se mio fratello le ha parlato di me.»
«Sì, molto» rispose lei, concitata. «Però mi spieghi perché si trova qui.»
«Perché ho risposto casualmente al telefono e volevo incontrarla.»
«Casualmente?»
«Sì, era la prima volta che venivo in questo appartamento. Perché non si accomoda?»
Le cedette il passo in soggiorno. Lei si sedette sulla poltrona. Era inquieta, agitata:

«Non vuole dirmi che cosa gli è successo?»
«Non lo sappiamo, è sparito da ieri. Aveva diversi appuntamenti.»
«Quali appuntamenti?»
«Uno alle quindici, dal dottor Terragni. Un altro alle diciassette.» Esitò. «Un appuntamento di lavoro con un cliente.»
«E la polizia?»
«Vorremmo evitare, finché è possibile, le indagini. Anche in un appartamento come questo.» Allargò le braccia. «La prima cosa sarebbe perquisirlo.»
«E lei come ha fatto a entrare?»
«Ho trovato la chiave in un cassetto del suo studio. Capisce ora perché l'ho aspettata? Sono molto preoccupato.»
«Anch'io!» esclamò lei.
«Comunque escludiamo, come è giusto, le ipotesi più negative» continuò Mario. «Dobbiamo pensare a un disguido, a una disavventura.» La guardò con aria interrogativa. «Oppure, non so come dire. A una fuga.» Fece un'altra pausa. «Secondo lei, attraversava un periodo critico? Aveva problemi?»
«Moltissimi» rispose lei, con una espressione tesa. «Però diceva che uno serve a fare dimenticare l'altro e tutti servono a fare dimenticare i problemi più grandi.»
«Quali problemi?»
Lei esitò. Aveva le guance rosse, gli occhi lucidi.
«Mi parli francamente» aggiunse Mario a bassa voce. «Di me si può fidare. Dobbiamo cercare di capire. Nessuno fuori di qui saprà mai niente, glielo assicuro.»
Lei rispose con una improvvisa energia:
«Ha deciso di cambiare la nostra situazione. Basta con la clandestinità, con le menzogne, con la doppia vita.»
Mario la ascoltava perplesso.
«Sono cose che non si accettano più!» continuò lei. «Non è d'accordo?»

Mario sollevò le mani dai braccioli e le tenne sospese un attimo, prima di lasciarle ricadere.

«Mah!» sospirò. «Io non credo alla doppia vita. Credo alla tripla, alla quadrupla.»

«Ecco!» esclamò la ragazza con veemenza, quasi avesse una conferma. «Questa è la differenza tra lei e suo fratello.»

«Perché, lui che cosa le dice?»

«Che vivremo assieme entro un anno.»

«Eh?» chiese Mario.

«Lei dubita che si decida a farlo, non è vero?» Aveva una espressione amara. «Me lo dica.»

«No, semplicemente non lo sapevo. Non mi ha mai parlato di separazione.»

«Di divorzio.»

«Già, di divorzio.»

«Però le avrà parlato di me, immagino.»

Si era voltata verso di lui.

«Sì, ma sempre in termini vaghi.»

«Forse a lei un anno sembra poco. Lei aspetterebbe ancora.»

«Io?» Mario scosse la testa, come ridestandosi. «È tutta la vita che aspetto.»

«Che cosa?»

«Non lo so. Non sono un buon esempio.»

Si passò una mano sul viso:

«Non sarà entrato in crisi proprio per questo?»

«Perché? Per l'idea di cominciare una nuova vita?»

«No, di finirne una.»

«Ma quale? Se dice sempre che la sua non ha senso!»

«Questo non stento a crederlo» mormorò Mario. «Credo meno ai rimedi.»

Lei strinse i braccioli della poltrona, come se stesse per alzarsi.

Mario aggiunse:

«Non deve interpretare quello che dico in senso personale.»

«Lei non crede al nostro rapporto, l'ho capito subito.»

«Io dubito dei rapporti.»

«Se devo sapere qualcosa non me lo nasconda.» Le tremò la voce. «Non posso soffrire le mezze verità. Suo fratello mi ha già costretta, per la gelosia della moglie, a sotterfugi che mi ripugnano.»

Mario annuì:

«La capisco.»

«Non so se mi capisce. Lei ha sicuramente una mentalità diversa, queste cose per lei sono normali, ma per noi di un'altra generazione no.»

Il passaggio al plurale sembrò rinfrancarla.

«Queste situazioni sono così penose» aggiunse. «Si accettano solo perché sono transitorie.»

«È tutto transitorio» mormorò Mario.

«No» esclamò lei, evitando di guardarlo. «Questo discorso l'ho rifiutato fin dal principio e suo fratello alla fine mi ha dato ragione.»

«Da quanto tempo lo conosce?»

«Due anni.»

«Ed è un rapporto importante, vero?»

«Sì, per me come per lui. Non ho dubbi su questo. È in gioco la nostra vita.»

Mario guardava il pavimento:

«E lei non può immaginare dove sia ora.»

«No, ma non ho paura.» Aveva riacquistato la calma. «Il suo può essere un gesto di indipendenza. Anche una provocazione.»

«Un po' particolare, non crede?»

«Sì, ma posso capirlo. Magari il bisogno di liberarsi dai controlli, di andarsene lontano, per un giorno o due.»

«Le ha mai parlato di questo?»

«Sì, più volte. Anche di andare a vivere in un'altra città. Addirittura in un altro continente, dove nessuno lo conosca.»

«Ah, sì?» chiese Mario, con un improvviso interesse.

«Sì» rispose lei, fissandolo. «Con me.»

XXII
Generazioni

Quando Mario, la notte, rientrò a casa e avanzò a tentoni nel corridoio buio, evitando mensole e spigoli, sedie e attaccapanni, incespicò nella cartella di suo figlio e, mentre arrestava la propria caduta aggrappandosi alle canne del calorifero, udì la voce soffocata di sua moglie, la testa sotto il lenzuolo:

«Fa' ancora più rumore.»

Poi aggiunse:

«Non c'è volta che non mi svegli.»

Allora Mario accese il lampadario ed entrò nella camera.

Lei si era rivoltata dall'altra parte, rannicchiandosi quanto le consentiva la mole e cercando, la bocca semiaperta, di riprendere a dormire. Poi chiese, con la stessa voce sorda:

«C'è qualche novità?»

«Sì, ho conosciuto un'altra sua amica. Però non sa niente. Ha vent'anni meno di lui.»

Si stava slacciando la cravatta al centro della camera e si arrestò per osservare la sua reazione. Lei si rigirò:

«Dove l'hai conosciuta?»

«Avevano un appuntamento nel pied-à-terre e mi sono presentato io.»

«Tu al suo posto?» Si era rialzata a fatica. «Ma tu sei pazzo! Lo sai che c'è qualcosa che non va nel rapporto con tuo fratello?»

«Può darsi.»

Posò la cravatta sulla poltrona. Lei si era appoggiata allo schienale del letto.

«E che cosa ti ha detto la ragazza?»

«Che la moglie lo tormenta con la gelosia.»

«L'amante, doveva dire!»

«E che lui vuole dividersi.»

«Figuriamoci! Chissà a quante l'ha detto!» Si slacciò un bottone della camicia, sollevata dal petto ansimante. «Mi spiace per lei se si illude.»

Mario si era seduto all'estremità del letto, nel punto più distante.

«Come fai a essere così sicura?»

«Perché lo conosco. E poi me l'ha detto lui stesso.» Accese la lampada sul comodino. «Una donna ti può mettere in crisi, due meno, tre meno ancora. Io sono convinta che lui ne abbia altre.»

«A me non l'ha mai detto.»

«Questo non significa niente.» Alzò le spalle. «Sa come sei fatto.»

«E come sarei fatto?»

Lei lo osservava, indecisa se parlare o no; che era il suo modo di aggravare in anticipo quello che non avrebbe mai taciuto.

«Ti ha paragonato a un bradipo» disse. «Uno di quegli animali che si vedono alla televisione. Impiega ore per salire in cima a un albero e poco meno per discendere. Che cosa ha in comune con te tuo fratello?»

«L'interesse per l'albero, immagino.»

«Però lui ha interesse anche per la foresta.» Incrociò le braccia sul petto. «Lo sai perché non mi tradisci? Perché sei pigro. Non hai voglia di salire neanche su un albero solo.»

«Interessante» mormorò Mario. «Sembra vero.»

«Non è per me che eviti di farlo.»

«Su questo sono d'accordo.»

«Lo fai perché salire ti costa troppo. E scendere ancora di più.»

Mario si sdraiò vestito sul letto. Sporgeva sopra il tappeto con le scarpe, per non sporcare le lenzuola.
«Ritorniamo a mio fratello» disse.
Teneva le mani intrecciate dietro la nuca.
«Questa sera ho visto il suo socio» continuò. «Finge di non preoccuparsi, ma secondo me è angosciato. Devono essere invischiati in affari poco chiari, ha paura della polizia.»
«Questo non mi stupisce.»
«Niente ti stupisce.» Mario fissava le figure sul lampadario di alabastro. «In realtà sei pronta a tutto.»
Lei ebbe un lieve sussulto, che scosse la massa del suo corpo.
«Non dovrei neanche risponderti.» Si era voltata dall'altra parte. «Ma che cosa cambia?»
«Scusami» disse Mario immobile.
«D'accordo. Comunque, se il suo socio ha paura, io ho una piccola novità.»
Era stato lui questa volta a girarsi verso di lei, appoggiandosi sui gomiti. Le toccò la spalla che le occultava la testa, reclina sul collo:
«Dimmi.»
«L'amica numero uno andrà domani alla polizia. Mi ha telefonato questa sera.»
«E come si permette? Perché prende lei l'iniziativa?» Era scivolato dal letto, per appoggiarsi all'armadio a specchio. «Chi l'autorizza?»
«Lei stessa. Denuncia la scomparsa di un amico.»
«Ma è prematuro!» disse a voce alta, come se deplorasse il suo comportamento di fronte a qualcuno. «Non si fa così!»
«Prematuro è solo per voi. Non per lei. Non resisteva ad aspettare. Io la capisco benissimo.»
«E che cosa ottiene?»
«Che qualcosa si muova. Per te tutto è prematuro, fuorché la morte.»
«Ma questo complica le cose!» riprese Mario con voce lamentosa. «Ora ci manderanno a chiamare e inda-

gheranno anche sui rapporti privati. È spiacevole, ammettilo.»

«Non più dei rapporti.»

«Risparmiami i moralismi, ti prego!»

Si era seduto nella poltrona.

«Lo sai che non ti capisco!» esclamò lei. «Non ti preoccupi della scomparsa di tuo fratello, ma della polizia! Non me l'aspettavo.»

«Eppure è un nuovo aspetto negativo! Come mai non te l'aspettavi?»

«Perché dimentico che il peggio non ha fine.»

Mario si curvò in avanti, stringendo i pugni, come se stesse per avventarsi:

«Vogliamo litigare?»

«Che cosa stiamo facendo?»

«No, non è il momento!» Batté le palme sui braccioli della poltrona. «Non provocarmi, perché sono già esasperato, hai capito?»

La voce gli era diventata rauca.

Lei lo osservava, tra imbarazzata e soddisfatta:

«Dico solo che non hai una reazione giusta.»

«E qual è la reazione giusta, in un caso come questo?»

«Preoccuparsi per lui, per quello che può essergli successo. Sembra quasi» esitò. «Però non vorrei offenderti.»

«Ma se non vuoi altro!»

«Va bene» continuò lei, rassicurata. «Sembra che la sua scomparsa non ti angosci. Anzi.»

«Anzi!» ripeté Mario.

«Sembra quasi che te l'aspettassi, non voglio dire che la desiderassi. Sei già rassegnato.»

Mario la guardava in silenzio, respirando a fatica:

«Le cose peggiori le ascolti da chi vive con te.»

«Perché ti conosce.»

Mario andò in corridoio ed entrò nella cucina semibuia. Il chiarore della strada saliva ai vetri della finestra. Mentre riempiva d'acqua il bicchiere, rivide una scena della sua infanzia, un litigio al quale aveva assistito con suo fratello, sulla riva di un lago artificiale. Si erano avvicinati, attratti dalle urla, a un gruppo appartato di bagnanti, probabilmente una banda. Una ragazza doveva essere stata offesa dal loro capo, perché il fratello di lei continuava a gridargli: "Chiedile scusa!" con un tono che non si capiva se di implorazione o di minaccia. Era minuscolo, asciutto, quanto l'altro enorme e torpido. E a un tratto gli si era avvinghiato al torace come un polipo, che l'altro scaraventò a terra infastidito, per poi sedere nell'erba. Allora la ragazza, che aveva assistito fremente alla scena, si era tolta uno zoccolo e dopo una breve corsa glielo aveva calato sul cranio. L'uomo aveva ondeggiato, ma non reagito. Si era limitato a ritornare con il busto eretto, istupidito letteralmente dal colpo, gli occhi nel vuoto. Ricordava ancora quello sguardo assente, quella massa inerte. E aveva pensato che la violenza può spegnere persino la volontà di vendicarsi. Si sentiva privo di energia come quell'uomo e quando posò il bicchiere sull'acquaio sapeva che lo scontro era finito.

In corridoio vide la luce che filtrava dalla camera del ragazzo. Si avvicinò, indeciso se bussare, poi ritornò sui suoi passi e rientrò in camera.

«È ancora sveglio l'Andrea?» le chiese.

«Altro che sveglio. È con lei.»

«Come?»

Lei girò il viso nella sua direzione:

«Perché fai quella faccia? Sei tu che gli hai dato il permesso.»

«Sì, ma doveva salvare le apparenze!»

«Oh, basta con le tue apparenze!» rispose lei, premendo di nuovo la faccia contro il cuscino.

Mario richiuse adagio la porta e cominciò lentamente a spogliarsi. A un tratto chiese a bassa voce:

«Non avrà sentito?»

«Non credo, ma che importanza ha? Non starai ancora a preoccuparti di quello che può pensare di noi.»

«Sì.»

«Beh, sei un illuso.» Aggiustò il cuscino contro la spalliera del letto. «Lui ormai ha una sua vita. Non deve avere una idea molto positiva di noi.»

«Non è il caso di peggiorarla.»

Mario si avvicinò alla finestra e guardò in basso. Le case vicine emanavano una luce calda, fondendola con quella che saliva dagli altri quartieri. Tutta la città appariva come un braciere.

«È innamorato?» le chiese.

«Non l'hai capito? Solo tu puoi non accorgertene. Non fa che pensare a lei.»

Aggiunse:

«A me non è mai successa una cosa simile.»

Mario appoggiò la fronte contro il vetro.

«Ci sarà una ragione» disse.

«Però non mi piace che facciano l'amore in casa nostra» continuò lei. «Mi dà una specie di disgusto.»

«Volevo semplificare le cose.»

«E così le hai complicate a noi. È vero che siamo di un'altra generazione, ma noi in casa non l'abbiamo mai fatto.»

«Già» disse lui, pensieroso.

«Avevamo rispetto della casa. Ci incontravamo fuori. Te lo ricordi?»

«Sì, me lo ricordo.»

Staccò la fronte dal vetro.

«Io li invidio» mormorò.

Lei lo seguì con lo sguardo mentre ritornava a sedersi nella poltrona. Poi gli disse:

«Finirà anche la loro storia, non credi?»

«Forse» rispose Mario. «Ma almeno è cominciata.»

C'era un momento – quando lei si scioglieva i capelli sulle spalle, nell'angolo della finestra, e cominciava a spogliarsi con grazia, mentre lui, sdraiato sul letto, la guardava – in cui le chiedeva di fermarsi, non per prolungare l'attesa, come lei fraintendeva sorridendo maliziosa, ma per rinunciarvi. Perché era quello il miracolo e non doveva più attenderlo.

Lei posava l'ultimo indumento sulla sponda del letto. Poi lo guardava esitante, lusingata, mentre si appoggiava con le spalle contro lo specchio, sollevandosi sulla punta dei piedi, la luce che irraggiava dal corpo snello.

Era certo che non avrebbe più dimenticato quella scena e la viveva come se già la rivivesse, con una malinconia pari alla felicità. Non desiderava niente altro. E la fine del desiderio gli faceva desiderare la fine.

Quando la vedeva curvarsi su di lui, gli occhi ridenti, teneri, commossi, gli appariva una grazia immeritata, un dono celeste.

Aveva letto in quei giorni una citazione senza nome: "Eterno è il mondo delle cose che non si possono dire". E aveva pensato a quelle che si possono dire, quasi tutte, mentre ne rimangono escluse quelle eterne. La frase però si concludeva con una eccezione: "a meno che si dicano bene". E lui sentiva che a quel *dire bene* valeva la pena di dedicare una vita.

Quella sera si erano amati con gioia, non è vero che l'amore intimidisce il riso, ridevano anzi con un abbandono di cui non capivano la ragione, ma solo la felicità. Finché lei divenne improvvisamente seria:

«Non senti che stanno litigando?»

«Sì, capita ogni giorno.»

Lei gli prese la mano e se la premette contro il ventre. Sdraiata vicino a lui, i capelli sciolti sul cuscino, guardava il soffitto.

«Non ti danno fastidio?» gli chiese.

«Sì, molto.» Guardava anche lui il soffitto. «Cerco di abituarmi, ma non riesco.»

Si udì la voce concitata di lui:

«*Vogliamo litigare?*»

E poi la voce di lei, stupita, sarcastica:

«*Che cosa stiamo facendo?*»

«*No! Non è il momento!*»

Era seguito un colpo, forse una mano che si era abbattuta su un tavolino.

«*Non provocarmi, perché sono già esasperato, hai capito?*»

Poi una pausa.

«Di che cosa credi che discutano?» gli chiese.

«Non ne ho idea. L'importante per loro è litigare.»

Le voci arrivavano indistinte, finché si udì lei scandire in modo imperioso:

«*Preoccuparsi per lui, per quello che può essergli successo!*»

«Discutono di mio zio» mormorò Andrea.

«Non è ancora riapparso?» gli chiese lei, voltandosi sul fianco.

«No.»

La porta della stanza vicina si aprì di colpo, per richiudersi con altrettanta violenza.

«È mio padre che esce» disse Andrea.

«E dove va?»

«In cucina. Dove pensi che vada?»

Si sentiva il rumore dell'acqua nel lavandino.

«Ma perché si sono sposati?»

«Non lo so.» Andrea girò la testa verso di lei. «Me lo sono chiesto tante volte.»

Lei gli posò una mano sui capelli:

«Mi dispiace per te, sai.»

I passi erano ritornati in corridoio e si erano fermati davanti alla loro camera.

Lei gli si strinse con il corpo caldo:

«Che cosa fa?»

«Niente» sussurrò Andrea. «Si è accorto della luce in camera nostra.»

Stettero fermi tutti e due, in silenzio, finché i passi ritornarono nell'altra stanza.

La discussione era ripresa su toni più bassi, ma a un tratto lei alzò la voce:

«*Sei tu che gli hai dato il permesso!*»

«Forse stanno parlando di noi.»

Si era sollevata contro la spalliera del letto.

«Sì, ma non agitarti.» Si era sollevato anche lui, passandole un braccio dietro le spalle. «Sanno benissimo che siamo qui.»

Di nuovo si udì la voce di lei che diceva:

«*Oh, basta con le tue apparenze!*»

«La senti?» Cercò invano di sciogliersi dall'abbraccio. «Non posso più ascoltare questi commenti.»

«Ma che cosa ti importa?»

«È casa loro, capisci?» Curvò la testa sulle ginocchia. «Non hanno tutti i torti! Lo sai che non mi piace questa cosa.»

«Neanche a me. Finirà.»

«Quando?»

«Presto. Te lo prometto. Ma adesso non badare ai loro discorsi.» Le accarezzava la mano. «Sono di un'altra età, di un'altra generazione.»

«Taci un attimo» sussurrò lei.

«*Non starai ancora a preoccuparti di quello che può pensare di noi.*»

«Questo sono io» disse Andrea.

«*Non l'hai capito?*» Di nuovo la voce di lei, più acuta. «*Solo tu puoi non accorgertene. Non fa che pensare a lei.*»

«Questa sei tu.»

Lei era come assente.

«Perché non torni come prima?» Cercò di attirare verso di sé il suo mento chino. «Eravamo così felici. Che cosa ti importa di loro?»

«Non lo so» rispose lei senza rialzare la testa. «Mi sembra che sciupino anche la nostra cosa.»

«*Però non mi piace che facciano l'amore in casa nostra.*»

Questa volta le parole erano state pronunciate in modo nitido, quasi si rivolgessero a loro.

«*Volevo semplificare le cose.*»

Andrea la pregò:

«Non ascoltare!»

«No, basta» esclamò lei, sottraendosi all'abbraccio e scivolando dal letto. «Non riesco più a rimanere in casa tua.»

«Aspetta un attimo, ti prego!» La trattenne per un braccio.

Lei si voltò a guardarlo:

«Tu sei diverso da loro, vero? Noi non saremo mai così.»

«No, mai.»

Gli sedette vicino sul letto:

«Preferisco che la nostra storia finisca subito, piuttosto che finisca così.»

«Anch'io.»

La voce di suo padre era diventata sommessa.

«*Forse, ma almeno è cominciata.*»

«A volte mi fa pena» mormorò Andrea.

«Assomiglia a tuo zio?»

«No! È l'opposto. Perché me lo domandi?»

«Non lo so. Mi è venuto in mente così. Forse perché è scomparso.»

«Scomparso?» Andrea la guardò con uno stupore doloroso. «Perché usi questa parola?»

XXIII
Bilanci

«Vorrei fare una denuncia» disse la donna, pallida, alla guardia che le si era avvicinata appena aveva aperto la porta. «Un uomo che è scomparso da due giorni.»

«Suo marito.»

La donna esitò:

«Sì.»

«Venga con me, signora.»

La precedette su uno scalone di pietra, annerito e sconnesso, che saliva tra stucchi scrostati e riceveva luce da una finestra a ogiva, in alto. Al primo piano bussò a una porta semiaperta e una voce gridò dall'interno:

«Che cosa c'è?»

La guardia entrò, chiudendo la porta alle spalle.

Poco dopo riapparve:

«Adesso andiamo dalla persona giusta, signora.»

Avanzarono in un corridoio, lungo grandi finestre che si affacciavano sugli alberi del cortile. Poi salirono i gradini di ferro di una scala a chiocciola e percorsero una passerella aerea, chiusa da vetrate luminose, che varcava un cortile interno con le pareti bianche. All'altra estremità entrarono in un'anticamera con una finestra spalancata. La guardia fece cenno alla donna di aspettare e sospinse una porta con i vetri smerigliati.

Quando riapparve sulla soglia si scostò per cederle il passo e indicarle un uomo con i baffi, obeso, vestito in borghese, in piedi vicino alla finestra, che guardava in strada:

«Il dottor Celoria» disse.

«Mi ascolti, signora» disse il dottor Celoria, prendendo l'orologio che aveva posato sulla scrivania all'inizio del colloquio e allargandone il cinturino metallico per infilarselo al polso. «Lei mi ha dato alcune informazioni relative alla scomparsa del soggetto. E io ne ho tenuto conto.»

Allargò la mano sul modulo che aveva appena compilato.

«Però ci siamo fermati all'ingresso» riprese. «Non siamo penetrati all'interno. Mi capisce?»

Lei mormorò:

«No.»

«Eppure non può sfuggirle una cosa.» Fece una pausa. «Che finora lei non ha parlato di un aspetto essenziale.»

La donna lo ascoltava con una espressione ansiosa.

«Signora» ricapitolò il dottor Celoria. «Lei chiede la nostra collaborazione. E noi siamo lieti di dargliela. Ma non ci può negare la sua.»

«E quale sarebbe?»

«La massima franchezza in tutti i dettagli» rispose il dottor Celoria come se scandisse un ordine. «Altrimenti questa carta» sollevò il modulo «rimane un pezzo di carta.»

Posò il modulo sulla scrivania, spianandolo con l'altra mano.

«E poi si rischiano conseguenze» continuò. «Non si può fare una denuncia reticente. Può nascerne una controdenuncia.»

«Che cosa vuole sapere?»

Il dottor Celoria, rispose, con una certa solennità:

«Che cosa è per lei quest'uomo.»

«È quello che lei immagina.»

«Però non l'aveva detto all'inizio. Lei comincia con il mentire alla polizia!»

La donna non rispose, gli occhi lucidi.

«E anche le circostanze dell'appuntamento non sono

chiare, mi capisce, signora! Tutto questo è importante per l'iter della pratica.»

Poi le chiese, con un tono più pacato:

«Da quanto dura questo rapporto?»

«Da sei anni.»

«Non è poco» annuì lui, corrugando la fronte. «E sua moglie?»

La donna guardava la finestra.

«Lei mi deve rispondere, signora» esclamò il dottor Celoria, avvicinando la sedia alla scrivania. «Non basta inoltrare una denuncia, devo collocarla nel suo contesto se voglio darle corso! Perché ha preceduto i familiari? A che titolo l'ha fatto?»

«È molto semplice» rispose la donna, fissandolo. «Sono la persona che gli è più legata. Gli altri non si muovono, non si decidono ad agire.»

«E perché non lo fanno?» chiese il dottor Celoria, perplesso. «Io devo capire se si tratta di una sua impressione o di un fatto oggettivo.»

«Su suo fratello non si può fare assegnamento. È inerte, ha paura di essere un fallito e lo è.»

«E con questo?» mormorò il dottor Celoria.

«Io non so se desidera veramente ritrovare suo fratello.»

Si corresse:

«No, non badi a quello che dico, la prego.»

Il dottor Celoria la osservava con una curiosità paziente:

«Mi scusi se le faccio questa domanda, ma può essere importante per l'indagine. Pensavate di sposarvi?»

«Sì, fra tre anni.»

«Tre anni! Come mai tanto tempo?»

Aggiunse:

«E lui che rapporto ha con sua moglie?»

«Inesistente.»

«No, questa non è una risposta» disse il dottor Celoria con fermezza. Può essere una aspirazione, non la realtà.»

«Come fa a stabilirlo?»

«Signora, certe situazioni che si trascinano per anni nascondono invariabilmente un punto oscuro.»

«Non nel nostro caso.»

«Non vorrei che lei fraintendesse quanto sto per chiederle» disse il dottor Celoria a voce più bassa.

Fece una pausa, congiungendo le mani, poi continuò:

«È sicura della fedeltà, chiamiamola così, di quest'uomo? Potrebbero esserci altri rapporti. Succede.»

«Ma perché fa queste ipotesi assurde?»

«Signora, la prego» continuò il dottor Celoria con calma. «Guardi che sto facendo il mio lavoro. Lei ha il diritto di accettare o di negare le mie ipotesi, ma non di trovarle assurde.»

La donna lo ascoltava turbata.

«Io trovo un poco strane queste dilazioni» aggiunse. «Comunque, quali sarebbero le ragioni?»

«Professionali.» Cercava di parlare con più calma. «Spesso mi ha detto che con me voleva ricominciare da capo. Sognava una nuova vita.»

«In che senso?»

«Diceva che potevamo traferirci all'estero. Aspettava una occasione importante di lavoro. In Sudafrica, per la precisione.»

Il dottor Celoria la scrutava con una attenzione particolare:

«Come mai in Sudafrica?»

«Perché là c'è spazio per chi abbia professionalità e capitali.»

«Vede che cosa mi sta dicendo» mormorò il dottor Celoria, come se parlasse tra di sé. «Questo è interessante.»

La donna lo guardava disorientata.

«Un particolare importante per il quadro» continuò il dottor Celoria. «Il Sudafrica.»

«Ma che cosa sta pensando?» chiese la donna, appoggiando le mani sull'orlo della scrivania. «Che sia fuggito in Sudafrica?»

Scendendo la scalinata del commissariato, nella luce già velata e afosa di quel mattino di sabato, Silvia risentiva la voce stupita del dottor Celoria: "Tre anni! Come mai tanto tempo?" e il suo tono di dissimulato disprezzo quando aveva detto: "Certe situazioni che si trascinano per anni". E rivedeva il suo sorriso contenuto, assorto, quando gli aveva parlato del Sudafrica: "Questo è interessante".

Provava di nuovo l'angoscia che la assaliva non quando eludeva il problema di quel rapporto, come le rimproverava il dottor Colucci, ma quando lo affrontava: e quando vedeva riflesso negli altri il proprio dubbio, che si rafforzava e diventava insuperabile. Allora tentava di superarlo persuadendoli del contrario, sperando che alla fine avrebbe persuaso se stessa.

Invece non accadeva mai. Accadeva solo che se ne dimenticasse ed erano i momenti in cui amava con entusiasmo, con una felicità di dare che sentiva sconfinata, scoprendone però i confini appena temeva che non fosse reciproca.

La paura che assilla tutti gli amanti – di non essere amati come amano – era alimentata da un veleno quotidiano, la clandestinità. Né c'erano riscontri più inquietanti, proprio perché esteriori, delle occasioni ufficiali.

Invidiava le coppie che vivevano alla luce del sole – immagine improbabile, debitrice più alla lingua che alla realtà. E invidiava persino quelle coppie che, uscite dall'ombra attraverso difficoltà epiche, avevano pagato il consenso degli altri con il distacco reciproco. Perché preferiva non dubitare della sconfitta che dubitare della felicità.

"Tutto o niente" era l'antitesi che lei gli opponeva più

spesso e che lui definiva delirante. Le aveva anzi suggerito di sostituire la *o* con una *e*, perché prefiggersi la totalità equivaleva a precluderla. Ma proprio questa logica era per lei il segno infausto che non l'aveva ancora oltrepassata.

Se ripensava agli ultimi anni provava struggimento per se stessa, come se il destino, con accanimento preciso, le avesse riservato la situazione in cui mai avrebbe previsto di trovarsi: scegliere non chi faceva un'altra scelta, ma chi non voleva più farne (ed era la scelta più odiosa). Dare a chi non voleva ricevere (e proprio questo non poteva perdonargli). E poi la sua reticenza sul futuro, le sue previsioni oscillanti, che avevano trasformato l'attesa in un incubo. Aveva un'arte sottile nel promettere quando lei desisteva dallo sperare, ottenendo un credito cui attingeva quando correva il rischio di perderlo. In questo modo, tra slanci e delusioni, tra entusiasmi e rinunce, l'aveva avvinta a un futuro cui disperava di credere e a un presente cui riluttava di aderire. Lui disprezzava però questo linguaggio, che le avrebbe lasciato spazio solo per una ribellione, mentre di fatto contribuiva a differirla. In quei momenti lei avrebbe voluto troncare. E gli altri verbi che la soccorrevano, almeno nella speranza, erano tagliare e recidere. Ma non erano che verbi.

Rimpiangeva il breve interludio in cui aveva provato per lui una stupefacente indifferenza; e si era concentrata forse per la prima volta non solo sulle proprie reazioni, come lui di solito la accusava, ma sulle sue, in vista della separazione inevitabile. Lui doveva avere avvertito il mutamento e gli aveva contrapposto la continuità, cioè un metodo infallibile quando il mutamento è apparente. Di questo si era convinta a distanza di anni, dopo avere rimpianto un distacco che non c'era mai stato.

Aveva cercato di liberarsi da quella che il dottor Colucci chiamava eterodipendenza ed era la schiavitù dai propri fantasmi. E aveva anche cercato quelle che una sua amica chiamava, con un lessico già rassegnato, tra l'aziendale e il politico, soluzioni alternative. Nel suo caso un arredatore attempato, di una galanteria cerimoniosa e ridondante che lasciava presagire, per occasioni più intime, un linguaggio brutale. Però l'antitesi era stata addirittura oltrepassata da un profluvio di oscenità che, anziché eccitanti, erano iperboliche e, anziché intensificare il desiderio, finivano per dissolverlo nell'imbarazzo. Mai era stata coperta di epiteti così ingiuriosi e, bisognava ammetterlo, così gratuiti. Gli mancava inoltre quella convinzione ambigua che rendeva persuasivo l'altro, quando le insinuava le ipotesi più infamanti e più dolci, con un effetto simultaneo di fuga e di cattura. E invece di abbandonarsi a quel piacere che con l'altro improvvisamente la scuoteva fino in fondo – perché il fondo della degradazione era stato per il momento toccato – lei sentiva con il suo surrogato le avvisaglie di un riso catastrofico.

Lui restava non meno a disagio, nella gabbia di un delirio maniacale che non riusciva a dividere con lei. Solitudine tanto più penosa quanto più aveva sperato nella complicità.

Aveva anche provato con un giovane, un antiquario timido e discreto, tentato dall'omosessualità quel tanto o meglio quel poco che bastava a differirne la conferma. Ma si era trattato di un tradimento negoziato con l'altro: non la dissoluzione della coppia, ma il suo potenziamento attraverso un complice ignaro, attore di un copione che (come avviene a teatro e spesso nella vita) non era stato scritto da lui.

Quella volta si era illusa di averlo finalmente tradito attraverso quello che, con astrazione ardita, si chiama il corpo. Solo che ne restava coinvolta troppo poco quella che, con astrazione altrettanto ardita, si chiama la men te. Il piacere, moltiplicato dagli echi che avrebbe suscitato nell'altro, finiva per rendere l'altro indispensabile. E la diagnosi che le aveva formulato il dottor Colucci, quella di un trio con problemi omosessuali, le aveva offerto solo l'inutilità di una interpretazione prevista.

Con l'altro invece condivideva una attrazione angosciosa per quei giochi dove lei recitava la parte che gli chiedeva di imporle. Quando camminava carponi sul pavimento della camera, nell'attesa tremante di ordini e di colpi, trovava fedelmente riprodotta non l'allegoria di una condizione, ma la sua letteralità. Le umiliazioni mai dimenticate dell'infanzia, quando sua madre, per ferirla, sceglieva gli appellativi più crudeli, diventavano una vendetta e una espiazione postume. Essere finalmente quello che aveva sempre temuto la colmava di una forza pavida e inebriante. E la mano di lui che le accarezzava la schiena, con un gesto indeciso tra la valutazione e la tenerezza, le restituiva con allucinatoria evidenza un quadro familiare, dove lei realizzava il sogno impossibile di ogni infanzia conculcata: trasformare il male del passato in una voluttà estatica. Lei stessa gli aveva parlato, più che di un libro che non aveva mai letto, di un titolo che non aveva mai dimenticato: *La perversione come forma erotica dell'odio*. E la profanazione, che non voleva limiti, ne cercava ogni volta nuovi da superare.

Eppure lei non credeva che bastassero – ad alimentare la durata del loro rapporto – né la complicità nel vizio, né la lotta contro le figure parentali, come le chiamava il dottor Colucci; e neanche il rispecchiamento nell'altro della propria follia. Sapeva che contavano cause più semplici e più elementari, desideri più comuni. E che niente è più inesplicabile di ciò che non richiede spiegazioni.

Era arrivata in una piazza circolare, ombreggiata da alberi che circondavano uno spiazzo per i giochi. Si sedette su una panchina. Due bambine si inseguivano ridendo su uno scivolo.

Rimase a lungo immobile, gli occhi socchiusi, in attesa che l'emozione passasse, che i battiti del cuore ritornassero normali. Il vento si era alzato d'improvviso, sollevando la polvere al centro dello spiazzo.

In quel momento sentì che era scomparso. Era vivo, ma camminava in un'altra metropoli.

Lacrime di disperazione e di salvezza le salirono agli occhi.

XXIV
Animali e uomini

AGENZIA BORGHI
Investigazioni private
e informazioni commerciali

La scritta campeggiava in corsivo su una lastra di ottone, murata in un pilastro di cemento. A destra in basso c'era una aggiunta: *Massima riservatezza*.

Quando Terragni premeva il bottone del campanello, la prima risposta erano i latrati di due cani, legati sotto una tettoia lungo il muro di cinta, che cercavano di avventarsi a zampe protese contro l'ospite e a ogni strappo parevano scoprire di non poterlo fare. Era questo il momento in cui un visitatore solitario spesso desisteva, vinto da troppi indizi deludenti: la vista di una villetta incongrua tra i grattacieli, relitto di una periferia invasa dalla metropoli; il breve viale di ghiaia fiancheggiato da gnomi di pietra, decapitati e riversi nell'erba; i cani che continuavano ad abbaiare con un accanimento impotente; la stessa targa di ottone con la grafia ottocentesca.

L'idea che offriva dell'agenzia il suo titolare era troppo lontana dalla immagine che il visitatore generalmente si attendeva: una immagine soprattutto moderna – questo era l'aggettivo – fatta di funzionalità elettronica e telematica; dove i dubbi sulla fedeltà del coniuge o del dipendente dovevano produrre sequenze fluide e luminose sul computer, prima di sparire dallo schermo senza lasciare traccia.

Il visitatore si allontanava in fretta per non essere visto. E chi aveva già fissato un appuntamento telefonico contava su una delle opportunità più preziose che la metropoli offre alla comunicazione, ossia l'anonimato. La certezza dell'impunità vinceva i dubbi sulla clandestinità della fuga. Questa reazione, prevista dal titolare dell'agenzia e da lui stesso spiata dietro una finestra del primo piano, escludeva, prima che superassero la soglia, quegli ospiti che evidentemente non ne erano degni.

Alto, corpulento, piramidale, il cranio completamente raso sopra le pieghe del collo, Borghi aveva modellato l'agenzia per rispondere non alle attese degli altri, ma alle proprie. Dotato di una fede inflessibile in se stesso, aveva tenuto conto delle scelte dei colleghi solo per poter scegliere il contrario. E mentre loro miravano ad aumentare i clienti, lui cercava di selezionarli con lungimiranza. Sapeva, come i nuotatori esperti, che procedere contro la corrente lungo le rive di un fiume è un modo dissimulato di sfruttarla. E che il problema dei maniaci non è di restringere i limiti della loro mania, impresa disperata, ma di limitarsi alla ricerca dei loro simili, gli unici che possano capire e collaborare, secondo il principio omeopatico che il simile si cura con il simile.

Borghi non dubitava della simpatia che i suoi cani suscitavano nei proprietari di altri cani. La confidenza con cui pochi, ma augurabili visitatori, come Terragni, si avvicinavano ai cani legati alla sbarra era non meno immediata della prontezza con cui altri se ne ritraevano. Fingendo che i cani fossero ospitali finivano per renderli tali, come accade tra gli uomini. Si sa ad esempio che la generosità contagia, sia pure in proporzioni disuguali. E che gli avari si sentono sempre circondati da altri avari: sia perché quello che gli altri danno non basta mai, sia perché effettivamente gli altri, per ritorsione, danno meno.

Questa prima intesa con il titolare era intensificata

dalla presenza di altri cani, che abbaiavano dall'interno della villa. Era difficile valutare quanti fossero. Uno puntava le zampe contro le vetrate dell'anticamera, abbaiando alla figura gigantesca del proprietario. Un altro si affacciava a una finestra del primo piano, lanciando latrati isolati, come minacce periodiche, mentre il visitatore si avvicinava alla villetta e saliva i gradini. Si udivano anche improvvisi trapestii nelle stanze, seguiti da brontolii rauchi, poi da lunghi silenzi. Borghi accoglieva l'ospite con un sorriso parco, ma non gli rivelava il numero dei suoi animali. Né gli diceva che, in una camera immensa al secondo piano, le finestre in parte ombreggiate dai rami di un pino, lui dormiva in un letto matrimoniale con i cani.

Nel fare di Borghi il suo investigatore privato, Terragni aveva seguito, più che il miraggio dell'efficienza, il gusto della bizzarria. Era arrivato infatti a quella posizione sociale in cui gli uomini abituati a non distrarsi desiderano di farlo. Hanno accumulato proprietà, fondato industrie, creato quelli che i giornali chiamano imperi finanziari. Hanno provato al loro giudice più esigente – se stessi – di non essere quegli eterni ragazzi che genitori e insegnanti, in temibile solidarietà, diagnosticavano. E possono finalmente permettersi di esserlo. Non c'è piacere più grande nella maturità che dimenticarla. E compiere impunemente quelle azioni che nella fanciullezza venivano punite.

Terragni in queste trasgressioni tardive era un maestro. Glielo aveva dichiarato, con un entusiasmo dove confluivano ammirazione e adulazione, la psicologa che aveva assunto per i suoi corsi di formazione. Ma il giudizio lo aveva lasciato indifferente. Nel ritornare bambino Terragni non chiedeva il consenso degli adulti, gli bastava il proprio. Ricordava anzi con rammarico i commenti di una consulente finanziaria che nell'intervallo di un meeting era diventata – come si usa dire con un lessico euforico – sua. Entrati, in circostanze avventurose e ilari, in una stanza, si erano spogliati di vestiti troppo stretti per i loro corpi debordanti. Era stata una attrazione incontenibile, una allegria concitata. Ma quando lei alla fine aveva cercato di definirla, era purtroppo riuscita nel suo intento. E a Terragni aveva diminuito la gioia, senza dargli in cambio neanche la verità.

Era convinto che la complicità degli amanti nasce dalla felicità di essere bambini da adulti. E certi giochi d'amore sono un riflesso del passato e insieme la luce del presente.

Così Terragni, al limite della vecchiaia, si abbandonava ai desideri di una adolescenza furtiva, si concedeva collezioni futili e maniacali, acquisti proporzionati al suo reddito, ma non alle sue abitudini, e doni che lo riempivano della gratitudine immaginata in chi li riceveva. La scelta di un investigatore come Borghi eludeva le indicazioni professionali degli esperti, ma rispondeva alla sua curiosità per i professionisti dilettanti, le fattucchiere, i maghi, gli indovini, i veggenti, i guaritori del corpo e della mente. E quando entrava nella villetta di Borghi, tra i latrati dei cani, sentiva che avanzava da turista in un mondo che era il suo.

Il padre di Borghi era stato guardiacaccia in una riserva di pianura. Per anni il figlio l'aveva udito alzarsi nel cuore della notte e uscire al buio, con i cani che mugolavano per andare a caccia, se non di selvaggina, di bracconieri. Ritornava a metà mattina, stanco, silenzioso, e deposto il fucile nella rastrelliera, si toglieva gli stivali infangati, mentre i cani gli si accucciavano intorno leccandogli le mani.

C'era una frase proverbiale che Borghi detestava: "Chi non ama i cani non ama gli uomini". L'aveva appresa nell'infanzia, l'età più indifesa dal sapere degli adulti. E solo dopo vent'anni aveva capito che era falsa.

Del resto la seconda metà della vita viene spesso impiegata, più che a scoprire nuove verità, a liberarsi dalle menzogne della prima.

L'amore per gli uomini che si attribuivano gli amanti dei cani gli appariva smentito dall'odio con cui lo negavano agli altri. E conosceva la loro insofferenza verso il visitatore impaurito dalla festosità dei latrati: quando sacrificavano l'essere più inerme, cioè il visitatore, imponendogli, se non di ricambiarla, almeno di subirla; e anziché frenare l'aggressività dell'animale, chiedevano all'ospite di vincere la paura. L'idea di legare il cane o di rinchiuderlo momentaneamente in una stanza non rientrava nell'orizzonte delle loro possibilità. E se l'ospite pallido la suggeriva, lo guardavano costernati, considerandola offensiva per la dignità dell'animale. A questo punto l'ospite ritornava a essere quello che il suo nome significava all'origine, il nemico. O si arrendeva ai latrati o si rivelava intollerante. Quanto all'esito di una scelta tra lui e l'animale non sussistevano dubbi: almeno nell'intimo delle persone che si giudicavano sensibili.

Borghi condivideva questo atteggiamento, ma non le sue motivazioni. Come tutti i grandi cultori di una mania sapeva perfettamente circoscrivere l'oggetto e odiava ogni equivoco. Non spiegava perciò la sua passione per i cani come una metafora del suo amore per gli uomini, ma della sua avversione per loro.

Quanto meno riusciva a parlare con i suoi simili, tanto più comunicava con gli animali. E alla fine aveva ripreso il dialogo con gli uomini grazie a un accorgimento che era risultato decisivo: immaginandoli animali.

Anziché promuovere le bestie alla condizione di persone, riduceva mentalmente le persone a una condizione animale. E osservava che i rapporti sociali ne venivano semplificati.

Considerare l'ostilità inesplicabile di una portinaia come l'antipatia di un mastino gli risparmiava penosi e sterili interrogativi sulla propria simpatia. Che delle sue debolezze approfittasse il simbolo della maternità, ovvero sua madre, per avventarglisi contro, trovava una replica illuminante nelle reazioni dei cani più espansivi di fronte a un innocente che fugge.

La devozione di un setter dopo un colpo meritato non era priva di insegnamento per i rapporti di coppia. La stupidità laboriosa di certi interlocutori gli riusciva più sopportabile se la attribuiva a un bracco. E l'arroganza di certi burocrati era più comprensibile se si trasformavano in dobermann.

Vedere nella propria compagna un animale misterioso favoriva lo spirito di avventura, la curiosità della esplorazione, la delicatezza degli approcci. E d'altra parte una concezione zoologica dei rapporti tra gli uomini risparmiava le recriminazioni che avvelenavano sia gli amori, sia la loro memoria. Si può rimproverare a un roditore di digrignare i denti? E come farà l'amore un porcospino? È ragionevole che il partner non si aspetti trafitture?

Molte liti le aveva eluse riflettendo che sarebbero state non solo nocive, ma grottesche. Chi citerebbe in tribunale un pechinese? E chi entrerebbe in polemica con un alano?

Di fronte alla ottusità di un attacco immotivato pensava al comportamento di un toro che si adombra per un colore. E questa spiegazione ne eclissava altre più complicate e probabilmente meno attendibili.

Sapeva che i suini cercano, rotolandosi nel fango, di pulirsi: e il modello gli rendeva più decifrabili certi esami di coscienza in pubblico, certe esibizioni di visceri non richieste da nessuno o certe confessioni che gli facevano i suoi nemici, non capiva se per apparire meno sordidi o per diventarlo di più. Non era facile capire neanche l'anima dei suini e questo era un altro insegnamento.

Trattare gli uomini come animali lo aiutava a rispettare le distanze. E quanto tale atteggiamento fosse prezioso lo constatava quando se ne dimenticava. Gli esempi del resto non facevano che confortarlo. Conosceva l'ilare demenza degli amici degli animali, che trattavano le bestie feroci come cuccioli o giocavano con gli squali come con i coetanei, salvo perdere, con fulminea maturazione, un arto. E considerava invece esemplare il comportamento dei domatori, che non dimenticano mai la paura, e neanche la pistola.

Equiparare gli uomini ai cani che dormono lo induceva, come consiglia il proverbio, a non svegliarli. E quando lo aggredivano non tentava, come prima reazione, di convincerli che sbagliavano, né si chiedeva dove avesse sbagliato lui, ma tendeva a neutralizzarli. Del resto, quando si è perseguitati da una zanzara, non ci si pone domande sul suo percorso esistenziale o sul nostro: si cerca di renderla inoffensiva per l'eternità oppure di ignorarla, benché la seconda soluzione sia meno soddisfacente.

E anche per l'esercizio della vendetta gli animali erano istruttivi. Non importava firmarla per informarne il destinatario, magari in extremis. Questa sollecitudine per la mente dell'altro era ancora un residuo filantropico, una dipendenza servile, e forse era più serio sostituirla con un colpo di provenienza ignota.

Sviluppando tale coscienza del dissimile, Borghi aveva imparato a muoversi tra i suoi simili con una scioltezza animale.

Se osservava alla televisione il passo del giaguaro, scopriva la sua lontananza incolmabile dal passo omonimo, appreso durante l'addestramento militare. Che differenze di eleganza, di funzionalità, di precisione! Milioni di anni avevano cooperato a una coordinazione mirabile, a una rapidità silenziosa, a una aggressività tanto più efficace, quanto meno distratta dall'odio. Generazioni di prove per un solo scopo avevano modellato la successione delle mosse. Si capiva che gli uomini avessero adorato negli animali qualità che loro non avrebbero mai posseduto, distolti da una molteplicità di mete inconciliabili.

Borghi però non li sentiva diversi. Amava, nei documentari sui pesci, l'assorta voracità con cui si inghiottivano a vicenda. E l'assenza di ogni vanità era espressa dalla immobilità dello sguardo e dalla mobilità delle pinne. Ma non meno ammirevole era la pazienza con cui i pitoni digerivano animali più grossi di loro, dilatando le spire al passaggio di un corpo che assorbivano nel proprio. Soprattutto i documentari sui predatori avvincevano il suo sguardo, solidale con il vincitore non meno che con la vittima, imparziale come doveva essere quello di un dio che li avesse creati.

Anche la metamorfosi dell'uomo in animale – gioco prediletto della cosiddetta degradazione erotica – stentava ad acquistare ai suoi occhi quel significato spregiativo che avrebbe dovuto renderla attraente. Se vedeva la sua occasionale compagna rotolarsi sul tappeto, nella imitazione di improbabili animali, non aveva la sensazione di scendere all'estuario di un fiume, ma di risalire alla sorgente. E se si arrovesciava sul dorso, riscopriva nei suoi mugolii non la fine del linguaggio, ma la sua origine. Questa visione naturalistica della oscenità toglieva alla sua compagna ogni scrupolo residuo, ma sottraeva a lui una parte del piacere: anziché oltrepassare i confini li scopriva, l'eccezione coincideva con la regola, la sorpresa con la conferma. E gli animali diventavano non solo il suo modello, ma i suoi antenati.

Questa parentela lo aiutava a rivivere la preistoria. Pochi attimi, rispetto alla età della Terra, lo dividevano dai lemuri sulle piante. La storia era cominciata da così poco, che altri uomini, nascosti nelle foreste, non se ne erano accorti e continuavano ad adorare quella luna sulla quale i loro simili erano saliti. Lui stesso sentiva più prossimo il cervello di un serpente che il viso di tanti babbuini che lo circondavano e che gli parlavano credendo di essere uomini.

Investigare era per lui aggirarsi in un mondo primitivo, attento a ogni rumore, cauto nei movimenti, paziente. Era ritornare un animale sulle tracce di un altro.

I clienti più numerosi erano i più prevedibili: coniugi angosciati di apprendere quello che già sapevano, genitori sgomenti per la presenza non meno che per l'assenza dei figli; ed erano, queste ultime, le indagini più facili e più amare, in piazze notturne e in viali di periferia, dove si vendeva il corpo in cambio di allucinazioni.

Borghi li ascoltava con gravità, il viso largo segnato dai postumi del vaiolo e cicatrizzato come quello di un ex pugile. Parlava con una voce rauca e bassa, con una minaccia occulta di impazienza, consapevole di sprigionare autorità, come tutti quelli che la esercitano. Intuiva che il peso specifico delle sue parole non era disgiunto da quello del suo corpo. E credeva con tanta forza a quello che diceva, da inibire nei suoi ascoltatori la tentazione di contraddirlo. Anche in questo aveva imparato dagli animali, che gli antichi chiamavano bruti perché privi di parola, ma che gli avevano insegnato come parlare.

«Ha fatto bene a muoversi» disse Borghi con quell'aria severa e cupa che trasformava in intimidazioni le sue frasi. «Due giorni sono più che sufficienti.»

«Per che cosa?»

«Per capire che una persona è scappata.»

Teneva le mani nodose, strette a pugno, sul vetro della scrivania.

«Lei pensa a questa ipotesi» disse Terragni.

«Me ne dica un'altra.»
Lo fissava immobile, con i grossi occhi sporgenti, come un enorme ramarro.
«Ma scappato per quali motivi?»
«Donne o denaro. O tutti e due.»
«Che cosa la rende così sicuro?»
«La statistica.»
Aggiunse:
«È la base del mio mestiere. E anche del suo, credo.»
«Però non sempre funziona.»
«Lo so che lei ama le eccezioni» annuì Borghi, paziente e insieme insofferente, respirando a fatica, oppresso da una obesità che lo curvava sulla scrivania. «È il suo punto debole, me lo lasci dire.»
Allargò le dita sul vetro:
«Partiamo dalla regola. Si perde meno tempo, mi creda.»
Terragni esitò:
«Non parlerei di regola. Non è un caso raro?»
«Meno di quanto si pensi. Gli uomini non sono animali così strani come a lei piace credere. Obbediscono sempre agli istinti.»
«E quale sarebbe questo?»
«Di fuga.»
Si era alzato dietro la scrivania, con la sua mole di lottatore, e si era avvicinato al frigorifero nell'angolo.
«Vuole qualcosa di fresco?»
«No, grazie.»
Estrasse una lattina di birra scura e riempì un bicchiere di carta posato sul ripiano. Ne bevve un lungo sorso, lentamente, avidamente. Poi tornò con il bicchiere alla scrivania.
«Sono uomini che non reggono più» disse. «E che cosa fa uno in questi casi?»
«Si arrende.»
«Sì, ma a chi? Qualcuno infatti si arrende alla malattia, qualcuno si uccide. Un altro invece scappa, si nasconde.»

«Per sempre?»

«Ma che cosa vuole dire per sempre?» Borghi estrasse il fazzoletto dalla tasca e si asciugò la fronte. «Per un po' di tempo. Poi ritornano quasi tutti.»

«Conosce qualche caso?»

«Molti.» Borghi si passò una mano sul cranio rasato. «Qualcuno è tormentato dall'amante, che vuole una nuova famiglia. E allora promette, rinvia, giura, finché arriva il momento. Ha mai saputo di quelli che scappano sull'altare?»

«Fuga dal matrimonio.»

«Sì, ma chi è già sposato? Dove fugge? A casa? Allora si rifugia in un alberghetto sul mare. Magari con una nuova amante, che non sa delle altre e che è venuta per ultima, ma che ora è la prima. E aspettano che il tempo decida per loro e il tempo decide. Forse decide male, ma decide.»

Borghi finì di bere la sua birra.

«Ho conosciuto un insegnante che era fuggito con una allieva» aggiunse. «Era a ventidue chilometri da casa sua, in una pensione in collina. L'hanno preso come un coniglio di allevamento, troppo pesante anche per scappare. Ha chiesto un anno di aspettativa, poi è tornato all'insegnamento.»

Terragni lo guardava rassicurato:

«E lei riconoscerebbe il mio amico in un caso come questo?»

«No, era solo un esempio, lei mi ha fatto una domanda.» Borghi si mosse sulla sedia girevole. «Ci sono quelli che fanno debiti e poi non sanno come pagarli e allora ne fanno altri. Lei che cosa cercherebbe di fare, se non potesse salvarsi?»

«Fallire alle migliori condizioni.»

«Sì, perché è lucido, anche troppo, mi consenta di dirglielo.» Borghi socchiuse gli occhi. «C'è qualcosa di temibile nella sua intelligenza. Ma si metta nei panni dei debitori.»

«Io tendo a mettermi in quelli dei creditori, a parte

gli usurai» sorrise Terragni. «I creditori non sono meno sfortunati delle loro vittime, anzi le vittime sono loro, solo che nessuno ci pensa.»

Borghi annuì, grave:

«Non mi sfugge questo aspetto del problema. Conosco un commerciante che, per pagare i debiti, ha venduto il medesimo negozio a tre acquirenti diversi. E poi è scappato.»

«All'estero, immagino.»

«No, in via Melchiorre Gioia, in un altro quartiere.»

«Deve essere un idiota, oltre che un ladro» mormorò Terragni. «L'avranno arrestato, spero.»

«Certo. Il suo amico non è una persona come queste. Però non cominci a pensare che sia troppo diverso. Gli impulsi a fuggire nascono da cause simili.»

«Eppure non riesco a immaginarle per lui» rispose Terragni, perplesso. «Credo di conoscerlo.»

Borghi sospirò, mettendo le sue mani larghe una sopra l'altra.

«Sapesse quante volte ho sentito questa frase.»

«E non è vera.»

«Mai.» Lo guardò con sfida. «Che cosa sa della vita privata del suo amico?»

«Poco, evidentemente.»

«Mi parli di questo poco. Come sta economicamente?»

Le pupille miopi di Terragni si illuminarono:

«Lei sa che i soldi non bastano mai, soprattutto quando si accumulano.»

«No, non lo so.» Borghi sollevò lentamente lo sguardo. «Non ho fatto questa esperienza.»

«Sa però che l'appetito vien mangiando, a giudicare anche dagli effetti su di lei.»

«Ha debiti?» chiese Borghi impassibile.

«No, per carità, allora non mi sono spiegato bene. Non ho detto che ha fame, ha solo un certo genere di appetito. Per questo ha fatto società con me.»

«Quale società?»

«Finanziaria.»
Borghi aveva aperto una agenda di pelle nera.
«Sia più preciso, la prego.»
«Prestito a interesse.»
«Usura, vuol dire.»
Terragni si adagiò nella poltrona:
«Non voglio discutere con lei per una questione lessicale. Ma non è il termine esatto.»
«Non sapevo che fosse così preciso.»
«Non farei il mestiere che faccio» rispose Terragni, pacato. «Il problema è sempre la quantità.»
«Io credevo la qualità.»
«Si sbaglia.» Terragni si era tolto gli occhiali e il suo viso era diventato inespressivo. «Tra la banca e l'usura ci siamo noi. Ignora le differenze di quantità solo chi ha interesse a farlo. E sa chi?»
«Chi ha le idee confuse, immagino.»
«No, chi le ha chiare. L'imbroglione.»
Borghi lo ascoltava attento.
«Parlo di chi confonde le differenze per confondere le idee» aggiunse Terragni. «Di chi dice che rubare una mela e rubare un miliardo è sempre violare la legge. Si ignorano le differenze di quantità e così si annulla la qualità. Siamo tutti onesti oppure tutti usurai. Ma non è così.»
«Vedo che tiene molto alla terminologia.»
«Come tutti quelli che ne sono chiamati in causa» annuì Terragni. «Si uccide da secoli per questioni di terminologia e si continua a farlo.»
Borghi prese una stilografica da un portapenne di cuoio:
«Come potrei definire la vostra particolare attività?»
«Collaborazione finanziaria.»
Borghi cominciò a scrivere sull'agenda. Poi, senza alzare la testa, chiese:
«Come sono i risultati?»
Terragni rifletté:
«Confortanti.»

«Ed è una attività legale.»

«Posso dire che rispettiamo la legge per evaderla» rispose Terragni, mentre Borghi continuava a scrivere. «Abbiamo conti all'estero che potrebbero crearci complicazioni.»

«Chi ha fatto la denuncia alla polizia?»

«L'amante ufficiale del mio socio.»

Borghi rialzò la testa:

«Perché dice ufficiale?»

«Perché ce n'è un'altra nell'ombra. Ha più mogli, tra ufficiali e clandestine.»

«E perché le chiama mogli?»

«Perché ogni volta riforma una coppia, ma non spezza le precedenti» disse Terragni con un certo stupore. «Ama la famiglia e la moltiplica. A lei sono capitati casi simili?»

«Sì» rispose Borghi, deponendo la penna. «Sono migratori stanziali.»

«Cioè?»

«Evadono per restare.»

«Io non li capisco» mormorò Terragni. «Per me una donna è già così faticosa.»

Borghi alzò le palpebre gonfie:

«Posso farle una domanda personale? Perché ha tanta curiosità per il suo socio, a parte le ovvie ragioni?»

Terragni fece per rispondere, ma Borghi lo prevenne:

«Non mi dica che lo fa per amicizia, perché non le credo.»

«E allora le risponderò che non lo so.» Gli occhi di Terragni erano diventati lucidi. «Forse perché sono affascinato da quello che ha fatto.»

Aggiunse:

«Ha avuto coraggio.»

XXV
Abbandono e apertura

La partita, nella penombra dello studio, vicino ai vetri che filtravano un raggio sopra la scacchiera, volgeva alla fine. Il bianco, anche se in vantaggio di un alfiere, era assediato nell'angolo e mai sarebbe riuscito a sottrarsi ai pezzi che lo circondavano e che gli sottraevano ogni spazio di fuga. Gli sarebbe bastato il vantaggio di una mossa per rompere l'accerchiamento, ma era quello che aveva concesso al suo avversario per catturare un inutile pedone nell'angolo opposto.

Il dilemma non era più se pareggiare o perdere, ma come perdere. E la conclusione era già nella seconda riga della pagina successiva: il bianco abbandona.

L'avvocato richiuse il libro e tornò a guardare la scacchiera. Tutto si era consumato in poche mosse. E l'abbandono del bianco gli ricordava il suicidio di quei malati che delle ultime possibilità della loro vita scelgono l'estrema.

Scostò i vetri e allargò l'apertura tra le due persiane scorrevoli. Dal balcone entrò un'aria calda.

Tornò a sedersi nella poltrona. Quello che lo attirava, rifacendo le partite dei maestri, non erano le battute finali, spesso inevitabili, né le prime, quasi sempre prevedibili: ma quella mossa che, in una situazione di equilibrio, cominciava occultamente ad alterarlo. Non riusciva mai a immaginarla e, quando per caso accadeva, non sapeva perché. La differenza tra un professionista e un dilettante era appunto la capacità di prevedere e cioè di vedere.

Quell'attesa acuiva il suo piacere di giocatore indiretto, di scriba dei maestri: e l'approssimarsi della svolta gli dava il lieve stordimento che provava in gioventù con le donne amate, quando nella conversazione non le ascoltava più, perso dietro le immagini del futuro imminente.

Il suono troppo rumoroso del citofono lo fece sussultare. Si alzò a fatica, rallentato da dolorose contrazioni. Ad alcuni movimenti, se appena possibile, rinunciava, come raccogliere certi oggetti che gli scivolavano a terra. Sul tappeto rosso dello studio la cameriera trovava, ogni mattina, fogli di giornale, penne, buste, gomme.

Quando arrivò al citofono disse:

«Sei tu, Giulia? Ti apro.»

«Due settimane!» mormorò l'avvocato, cercando di assumere un'aria costernata. «E voi che cosa pensate?»

«Pensiamo che sia fuggito» rispose Giulia con calma.

«Ma per quale ragione?»

«Bisognerebbe chiederlo a lui. Io non so dare una risposta.»

L'avvocato lasciò cadere le braccia in un gesto di desolazione. Come accade a molti vecchi, la recita protratta per una vita lo induceva ad accentuarla quanto meno vi credeva.

«Non aveva mai accennato a una possibilità come questa?»

«Sì, una volta» rispose lei a voce bassa. «L'aveva colpito la storia di un professionista che era scomparso per ricominciare altrove una vita. Aveva colpito anche me.»

L'avvocato la interruppe:

«Quando è accaduto?»

Lei rifletté:

«Un anno fa. Ricordo che mi aveva detto: "Pensa quanti lo sognano". E io gli avevo risposto: "Però chi lo fa è un mostro".»

«E lui?»

«Aveva sorriso senza commentare. Ho pensato tante volte a quel sorriso.»

«Bisognava approfondire allora» disse l'avvocato. Aveva un tremolio nella voce di cui si vergognava. Da ragazzo pensava che i vecchi non se ne accorgessero.

«Molte cose si capiscono dopo.» Si era ritratta dalla striscia di sole. «Lei lo sa meglio di me, purtroppo.»

«Già» sospirò l'avvocato. «Però quello che ha fatto mio fratello è irrimediabile.»

«Non so se un suicidio sia diverso» rifletté lei. «È sempre recidere i legami, lasciare gli altri nell'angoscia. Anzi, il mio caso è forse peggiore.»

«E perché?»

«Perché chi si uccide espia» rispose lei senza guardarlo. «Mentre lui ha ricominciato un'altra vita. Come se quella che aveva vissuto non esistesse.»

«È questo che ti addolora.»

«Forse sì» mormorò lei. «Non si può cancellare il passato. Il suo passato è anche il mio.»

«È giusto» annuì l'avvocato.

Lei aveva estratto il fazzoletto dalla borsetta e si asciugava gli occhi. L'avvocato aspettava a capo chino, le mani ossute incrociate tra i braccioli della poltrona. Gli accadeva sempre più spesso di ascoltare in modo intermittente e di essere preso dal panico per quello che doveva dire.

Quella scomparsa gli appariva come una morte anticipata, ma anche illusoria. Quell'uomo viveva, aveva molto tempo davanti a sé. Era lui invece che ne aveva troppo poco. Che cosa stava facendo in quello studio, davanti a quella donna ancora giovane?

«È questa la cosa atroce» aggiunse lei. «È sparito per farci sparire dalla sua vita.»

«Sì, Giulia, però lasciamelo dire.» La fissava raggrinzando gli occhi, non tanto per seguire il filo del suo discorso, quanto per non perdere il proprio. «Un uomo che si decide a un passo simile vuole ricominciare da capo, non pensa agli altri.»

«Ma come è possibile giustificare un comportamento come il suo?»

«No, Giulia, ti prego, non fraintendermi. Non voglio giustificarlo, ma capirlo.»

Quante volte aveva sognato lui stesso di sparire. Di ricominciare in un'altra parte della Terra e di vivere, giorno dopo giorno, senza passato.

«Non sappiamo dove sia né che cosa faccia» aggiunse lei. «Potrebbe mandarci un segnale e non lo fa.»

«Forse è presto per escluderlo.»

«No, ne sono certa, lo sento» esclamò lei. «Credo che i primi tempi siano i più difficili. Se non l'ha fatto ancora, non cederà più. In questo lo conosco.»

L'avvocato posò con mano tremante il bicchiere della spremuta. Chi diceva che i vecchi vogliono sempre parlare? Lui preferiva fare domande e lasciare che gli altri rispondessero. In genere non cercavano altro.

«E quel discorso che ti avevo suggerito di fargli circa la divisione dei beni?» le chiese.

«Non l'aveva capito» rispose lei con rammarico. «Gli avevo accennato a una ipotesi di separazione, ma lui l'aveva considerata solo una ipotesi.»

L'avvocato si appoggiò lentamente contro lo schienale. Da quando aveva accennato alla situazione patrimoniale si sentiva più a suo agio e aveva l'impressione che anche la sua interlocutrice lo fosse.

Lei aggiunse:

«Pensava che mi limitassi a immaginarla.»

«Non facciamo che immaginare cose sbagliate» mormorò l'avvocato. «Forse, se l'avesse saputo, le cose non sarebbero andate così.»

«Forse» annuì lei. «Me lo sono chiesta anch'io. Non prevedeva che i rapporti potessero rompersi, anche se non faceva nulla per impedirlo.»

«E magari è sparito per troncarli tutti.»

«Chissà» rispose lei, abbassando la testa. «D'altra parte lei mi aveva raccomandato di non essere troppo esplicita, per non insospettirlo.»

L'avvocato alzò il suo indice scarno:

«Prima bisognava risolvere il problema delle quote.»

«E da questo lato sono protetta, anche se non c'è stata separazione legale.»

«Sì, Giulia.»

«Mi scusi, avvocato» si asciugò un'ultima volta gli occhi con il fazzoletto e lo ripose nella borsetta. «Quanto tempo deve passare per ottenere la mia parte?»

«Cinque anni. Il periodo che viene calcolato per la morte presunta.»

Seduta nella sua poltrona, davanti al balconcino sul vuoto, nel crepuscolo gremito dei rumori della strada, incerta se archiviare la lettera nel raccoglitore o lasciarla cadere nel cestino, la rilesse ancora una volta.

Gentile Signora,

abbiamo letto con profondo interesse la raccolta dei Suoi versi, che traspongono una insolita tematica, fra antropologica e cosmologica, in un linguaggio di innegabile trasparenza. Ne abbiamo apprezzato il nitore, la consapevolezza, la novità. Ci sembra però che la Sua opera non riveli una compiuta padronanza dei Suoi insoliti mezzi espressivi e che non si imponga, nel quadro variegato della lirica contemporanea, con tale autorità da giustificare la pubblicazione in una collana ahimè falcidiata come la nostra.

Ci tenga comunque presenti, senza alcun impegno, per una Sua futura raccolta e voglia intanto gradire i nostri saluti e auguri più cordiali.

Lasciò cadere la lettera nel cestino. Terzo rifiuto ufficiale in otto mesi. Quali consolazioni le restavano? La lista dei grandi scrittori respinti o l'analisi del linguaggio editoriale?

Conosceva, per averle già commentate con gli amici, quelle lettere che nella prima parte concedevano quanto nella seconda ritrattavano. La svolta coincideva con l'apparizione fatale di una particella avversativa o di un più sfumato *per altro*. Si alludeva al nascere di una attrazione che non si trasformava in amore. Ed erano ogni volta idilli mancati, soffocati dalla scoperta inopinata di limiti invalicabili. In questa lettera altri indizi svelavano, sotto l'affabilità della comunicazione, l'intenzione di chiuderla. Quell'aggettivo *insolito*, ripetuto due volte, evocava il contrario che cercava apprensivamente di esorcizzare. E quel *falcidiata*, tra militaresco ed epidemico, ricordava la falce di una danza macabra.

Erano giorni che aspettava una lettera di lui con angoscia crescente, nella speranza assurda che le mandasse un segnale.

Non sapeva rassegnarsi all'idea non di vivere senza di lui, ma di essere vissuta con lui. Intuiva confusamente che, non scrivendole, la aiutava a odiarlo. Forse, per non rimpiangere nessuno, impediva che lo rimpiangessero. Ed era l'aspetto più feroce della sua scelta.

C'erano momenti in cui piangeva da sola a notte fonda, con uno stridio che echeggiava nelle stanze vuote. Ed era commossa, più che dalla sua scomparsa, dalla propria presenza in una casa che era diventata troppo grande.

Aveva vuotato i cassetti, rovistato in cantina. Ed erano affiorate lettere di donne sconosciute, amanti di cui le aveva nascosto l'esistenza. Visi e corpi femminili fotografati sull'erba, in una camera, sotto un pergolato, sulla riva di un lago, tra gli alberi lungo un torrente. Immagini di amori segreti, di incontri clandestini, che le davano una strana sensazione di felicità e di morte.

Si era illusa di ottenere da lui non la fedeltà, ma la sincerità. E solo ora capiva che è la fedeltà più difficile e rara.

In cambio della liberalità con cui accettava quello che in altri tempi avrebbe finto di non vedere, esigeva una confidenza che gli uomini paventano. Era riuscita a ottenere una sincerità parziale, che lui accortamente riservava alle esperienze più deludenti. Le piccole avventure che le svelava, le contrarietà e gli scacchi, la noia di certe sere in cui le sue compagne lo intrattenevano sul tema che più le appassionava, il lavoro, erano verità che disseminava nel corso di distratte confessioni. E lei dalla parzialità del dettaglio ricostruiva, come lui auspicava, l'insieme.

Le tessere che le lasciava intravedere componevano il mosaico di una vita immaginaria. Lui ne occultava altre più importanti, che avrebbero modificato il senso dell'immagine. E così, grazie alla verità, aveva ingrandito l'inganno.

Convinta che l'unico modo di trattenerlo fosse di lasciarlo libero, aveva assecondato una fuga cui era impreparata. Ma l'uomo con il quale era vissuta tanto tempo non era semplicemente quello che ogni convivenza finisce prima o poi per rivelare: un mostro domestico. Lui lo stava diventando per tutti. E questa unanimità indesiderata le faceva odiare, oltre all'oggetto della sua scelta, anche chi l'aveva fatta. Che è la fine più cupa e tormentosa cui può arrivare un amore.

Quella mattina non aveva neanche aperto la lettera dell'editore. Era stato un gesto superstizioso, non sapeva se per differire un conforto o evitare una delusione.

Abbassò il braccio nel cestino e ne estrasse la lettera. Poi, senza alzarsi dalla poltrona, la posò sulla scrivania. Perché distruggerla? Perché un ennesimo modo di fuggire?

Con gli occhi chiusi, nella stanza afosa, riuscì a non cedere alla commozione che la invadeva. Non voleva essere felice, ma migliore. Come era in quel momento, nella sera che scendeva tra le case, nella accettazione di sé e del presente.

XXVI
Periferie

«Dove vuole che andiamo?» chiese Mario alla ragazza, appena lei prese posto nell'automobile, un braccio appoggiato al finestrino aperto e il viso serio rivolto verso di lui.

«Possiamo rimanere qui. Nessuno ci disturba.»

L'automobile era accostata al marciapiede, nello spiazzo ai piedi del terrapieno ferroviario. Intorno c'erano immensità e silenzio. Una palazzina industriale di vetro e di alluminio, sorretta da pilastri bianchi, posava sull'erba contro lo sfondo luminoso della periferia.

«Lei dove abita?» le chiese Mario, con curiosità accattivante.

«Vede quel sottopassaggio?» La ragazza gli indicò la galleria che attraversava il terrapieno. «Io abito al di là.»

«Questi luoghi sono diventati irriconoscibili» disse Mario abbassando il vetro del finestrino. «Venivamo a giocare al pallone.»

«Dove?»

«Qui, dove c'è questa palazzina. Allora c'era una voragine con un campo sportivo sul fondo.»

«Quanti anni fa?»

Mario rifletté:

«Più di trenta.»

Lei sorrise:

«Non ero ancora nata.»

Rimase un po' in silenzio, poi chiese:

«Nessuna novità, vero, su di lui?»

«No.»
«Perché ha voluto vedermi?»
«Non lo so.» Mario esitava. «Volevo parlare con lei, capire il comportamento di mio fratello.»
Aggiunse:
«Mi sento un po' in colpa per lui.»
«Lei? E perché? Che cosa c'entra con suo fratello?»
Tolse il gomito dal finestrino, guardando davanti a sé.
«No, la prego, mi risparmi questi discorsi» continuò. «Oltre tutto non servono. Perché deve sentirsi responsabile?»
«Forse perché lui non lo è stato con una ragazza della sua età.»
Lei chiuse gli occhi con insofferenza.
«Dimentichiamo il problema dell'età» disse. «È una cosa su cui ritorna, ma riguarda lei, non me. Io non sono una bambina. Sapevo quello che affrontavo.»
«Lei avrebbe immaginato una conclusione simile?»
«No, questo no» esclamò la ragazza girandosi verso di lui. «Questo mai.»
Mario le sfiorò una spalla con la mano.
«Mi sembra di perdere la ragione quando ci penso» continuò la ragazza. «Però non ha tradito solo me, ha tradito anche lei.»
«È vero» annuì Mario. «Non avevo pensato a questo aspetto.»
«Come?» esclamò la ragazza. «Per me è la cosa più tremenda.»
Aggiunse:
«Io penso che sia pazzo. Un uomo che mi parlava di progetti imminenti, di una vita insieme.»
Lo scrutò inquieta:
«Perché ha questa espressione?»
«Quale espressione?»
«Mi dica tutto quello che sa. Per me è meglio odiarlo che rimpiangerlo.»
«Scendiamo un attimo?» chiese Mario aprendo la portiera. «Facciamo due passi.»

La ragazza lo raggiunse.

«Andiamo di qui?» le indicò una stradina non asfaltata che costeggiava il terrapieno.

Camminarono per un po' in silenzio. Mario guardava la pianura illuminata da un sole radente, le strade lontane percorse da automobili silenziose, fino alla linea dell'orizzonte.

«Io ero certa che non avesse altri legami» riprese la ragazza. «Che ci fossi solo io.»

«Questa, in generale, è una illusione» disse Mario a voce bassa. «Non ci siamo mai solo noi.»

«A me sembra disumano.»

«No, è l'ultima parola che userei.»

Aggiunse:

«Non deve rinunciare a capire.»

«No, io rinuncio.» Si era fermata vicino alla scarpata. «È troppo brutto quello che sto vivendo.»

«Però vuole sapere.»

«Sì, ma non è per capire. Lui ha eliminato me e io cerco di cancellarlo.»

Mario fece per parlare, ma lei lo prevenne:

«Questa esperienza è un incubo. Non voglio accettarla. Io ho una immagine diversa della vita.»

«E quella di lui com'era?» chiese Mario con una vivacità improvvisa.

«Era negativa, non mi riconoscevo» esclamò la ragazza. «Eppure lo sentivo come una guida, un maestro. Le sembra assurdo?»

«No» rispose Mario. «Lo sa che cosa mi viene in mente? Due versi di un poeta tedesco. *Ho avuto cattivi maestri.*» Fece una pausa. «*È stata una buona scuola.*»

«Allora la mia è stata ottima.»

Mentre si avvicinavano alla galleria videro in lontananza, nel punto in cui i binari incontravano l'orizzonte, la motrice nera di un treno. Poi il terrapieno fu percorso da un lungo fremito, finché le rotaie sussultarono al passaggio delle carrozze. I finestrini brillavano nel tramonto e l'aria scendeva a folate dalla scarpata.

Avanzarono sul fondo sconnesso della galleria, mentre il treno continuava a passare sopra le loro teste. Alla fine i colpi cadenzati delle ruote si persero nella scia ventosa dell'ultima carrozza.

Erano usciti dall'altra parte della galleria sul piazzale illuminato.

«Che cosa l'aveva attirata in mio fratello?»

Lei sorrise senza rispondere.

«Oggi sappiamo o forse non sappiamo più chi è» aggiunse Mario. «Ma per lei chi era?»

«Un uomo straordinario» rispose la ragazza continuando a sorridere, con una gioia strana nello sguardo. «Un uomo che mi dava protezione, amore. Per me era un miracolo.»

«Miracolo?»

«Sì» annuì la ragazza. «È stata una luce nella mia vita. Non credevo potessi mai avere una cosa simile.»

Mario la ascoltava incredulo.

«E la differenza di età?»

«Non c'era differenza tra di noi» gli rispose calma. «Lui aveva il doppio della mia età, poteva essere mio padre. Ma questo non contava. Anzi, questo contava, che cosa sto dicendo?»

Si era fermata vicino a una pianta circondata da sbarre e lo guardava sorpresa.

«Era come se mio padre si fosse innamorato di me. Era un sogno, mi capisce?»

Mario sorrise con gli occhi improvvisamente lucidi.

«Credo che nessuno possa capirla meglio di me.»

«Ecco, la situazione era questa, non potrò mai dimenticarla.»

«E lei?»

«Io ero una bambina innamorata di suo padre, come tutte le bambine. Solo che ero diventata donna e facevo l'amore con lui.»

«Ed era felice?»

«Sì, non c'era felicità più grande.»

«Questa nessuno potrà mai sottrargliela» mormorò Mario. «Neanche lui.»

Sotto la tenda colorata del "Navigante", l'insegna del veliero sopra l'ingresso, nella sera calda, la sua amica gli chiese, davanti alla bibita ghiacciata posata sul tavolo:

«Perché hai voluto vederla?»

«Non lo so neanch'io» rispose Mario. «Per molti motivi.»

«Posso dirtene uno?» gli chiese lei, continuando a fissare la bibita. «La vanità.»

«Può darsi» annuì Mario.

Rimasero in silenzio. Poi Mario disse:

«Tu mi ricordi una frase che ho letto in un epistolario.»

«Non vuoi dirmela?»

«Certo. La frase era questa: *Vorrei tu mi dicessi quelle cose che io so già, ma che scritte da te mi fanno sempre dispiacere*.»

«Bello» mormorò lei, ammirata. «Come vedi, io non te le scrivo, te le dico.»

Mario cominciò a mangiare il suo gelato.

«Non ti sei offeso?»

«No! Se mi offendessi con te avrei già chiuso da sei anni.»

«Sette.»

«Già.» Mario abbassò lo sguardo. «Ma perché pensi alla vanità?»

«Primo perché è una debolezza maschile. L'hanno capito perfino gli psicologi.»

«Sì, ma qui che cosa c'entra?»

«Tu invidi tuo fratello. Mi sembra così chiaro.»

Mario la ascoltava stupito.

«Lui aveva molte amanti, tu nei hai una sola, almeno spero. Lui aveva anche una ragazza, che gli faceva da figlia, tu hai una donna anziana, che ti fa da madre. Vuoi altre ragioni?»

«Sì.»

«Lui è partito, tu sei rimasto.»

Esitò un attimo, guardandolo:

«E infine c'è un'altra ragione, ma non so se dirtela.»

Aggiunse:

«Lui è scomparso e tu stai portando il lutto.»

Mario cercava di sorridere.

«Hai notato come ti piacciono i funerali?» continuò. «Non ne perdi uno, di quelli che ti sono cari. Io credo di avere capito la ragione. Perché sono il tuo sogno. È come se tu morissi da vivo.»

Mario osservava il reticolo delle sue rughe, gli occhi luminosi, sarcastici.

«Però questa volta è accaduta una cosa strana» aggiunse lei. «Tu stai portando il lutto, ma mancano i funerali. Perché tuo fratello è vivo.»

«Anzi» fece una pausa. «È lui che è vivo.»

Mario la guardò mentre lei portava il bicchiere alle labbra.

«E io?» le chiese.

XXVII
Incontro alla mostra di Salvo

Quando Campisi entrò nella Rotonda, con le finestre luminose in alto e i quadri di Salvo appesi alle pareti, cercò l'uomo che gli aveva dato appuntamento davanti a *Notturno 1979*. Cominciò a osservare con attenzione le prime tele, tra visitatori assorti, le mani dietro la schiena, e coppie che sussurravano commenti.

Rovine di templi greci si libravano nell'aria sullo sfondo di tramonti rosati. Strade serali si addentravano in quartieri di pagode e di cupole. Alberi gialli salivano con geometrie irregolari.

Il quadro che cercava era il più grande, al centro della parete. Un tram notturno avanzava tra le quinte di una città fiabesca, con un guidatore attonito. Campisi, appoggiandosi a una colonna, teneva il viso rivolto verso il quadro, ma controllava la piccola folla davanti a lui.

A un tratto udì una voce sussurrargli all'orecchio:

«Bravo, conservi soprattutto quest'aria sospetta.»

Si voltò verso un uomo corpulento, il cranio raso, i lineamenti del viso segnati duramente.

«Sono Borghi. Non sto scherzando.» Gli strinse la mano. «Qualcuno ci osserva.»

Campisi girò le spalle e vide vicino a una porta un uomo con un cappello bianco, troppo lontano da un quadro per scrutarlo, come fingeva di fare. Infatti i loro sguardi si incrociarono e l'uomo distolse subito il suo per osservare le finestre.

«Visto?» disse Borghi. «Ora andiamo verso l'uscita. A meno che lei non voglia visitare la mostra.»

«No» rispose Campisi impacciato. «Non sono un esperto.»

«Peccato» disse Borghi, superando una coppia di turisti. «È un grande pittore.»

«Perché mi ha dato appuntamento qui?» chiese Campisi, alle spalle di Borghi.

«Per destare sospetti» rispose Borghi senza voltarsi.

Camminava rapidamente, scansando visitatori e custodi, con una fretta improvvisa. Poi sbucarono su un vialetto disselciato, nel calore assolato del primo pomeriggio, e raggiunsero l'ombra dei platani che circondavano la Rotonda.

«Ci sta seguendo?» chiese Borghi.

Campisi, sempre camminando, si voltò a dare una occhiata all'edificio.

«Sì.»

Sul marciapiede intorno alla Rotonda un vigile stava infilando la contravvenzione sotto il tergicristallo di una automobile.

«L'ha fatta anche a me» disse Borghi, staccando il foglietto dal parabrezza e dandogli una occhiata. «Una prova di più per chi ci segue.»

Sorrise:

«È compresa nel conto.»

Aperse la portiera a Campisi, che faticò a trovare spazio sul sedile.

«Mi scusi per questi piccoli disagi» aggiunse Borghi, ponendosi al volante. «Poi gliene spiegherò le ragioni.»

Mentre Campisi spostava il suo sedile manovrando la leva, Borghi chiese:

«L'altro è salito sulla sua automobile?»

Campisi sporse il viso dal finestrino.

«Sì.»

«Bene. Allora possiamo partire.»

Borghi procedeva adagio, guardando nel retrovisore, benché la circolazione in luglio fosse diminuita e certe strade apparissero quasi vuote. Controllava che l'altra automobile li seguisse.

«Mi sto un po' divertendo, come vede.»

«Già» disse Campisi, costretto alla immobilità nel suo abitacolo.

«Non è facile farsi seguire dai pedinatori» aggiunse Borghi, fermandosi diligentemente a un semaforo giallo. «C'è scadimento di qualità anche in questo campo. Si parla di professionalità perché è sempre più rara.»

«Che cosa si propone?»

«Di attirare i sospetti della polizia. Non c'è altro modo per farmi coinvolgere nelle indagini.»

Campisi chiese:

«E qual è l'oggetto di queste indagini?»

«Lei.»

Campisi si contrasse sul sedile, poi girò la testa per controllare l'espressione dell'altro.

«Non sto scherzando» disse Borghi. «Sono qui per aiutarla.»

Avevano imboccato un vicolo a senso unico, stretto da palazzi altissimi e da giardini angusti, gremiti di piante nane e di rampicanti. L'automobile li seguiva a distanza di pochi metri e il conducente, gli occhiali neri e il gomito che sporgeva dal finestrino, aveva un'aria svagata.

«Non sanno darsi un contegno» aggiunse Borghi. «Non c'è niente di più sospetto che un finto turista con gli occhiali da sole. Crede di essere in un film.»

Si erano fermati davanti a un portone sormontato da uno stemma di pietra e chiuso da una cancellata scorrevole. Borghi scese dall'automobile salutando il custode nel suo osservatorio di vetro. Poi fece cenno di pazientare al conducente che lo seguiva.

Lentamente la cancellata si aprì con un ronzio metallico e Borghi guidò l'automobile in un chiostro rettangolare, con gli archi bianchi che scandivano un porticato. La fermò al centro, vicino a un pozzo diroccato.

«D'estate trovo sempre posto» disse a Campisi, chiudendo la portiera. «Era un convento e l'hanno ristrutturato in un club.»

Tornarono all'osservatorio del custode, che aveva già richiuso la cancellata.

«Tra poco verrà un signore con gli occhiali neri» gli disse Borghi. «Si qualificherà come un poliziotto. Le chiederà informazioni su di me, gliele dia tranquillamente. D'accordo?»

«Certo» ammiccò il custode.

Borghi, seguito da Campisi, riattraversò il chiostro e salì una rampa di scale nell'angolo opposto. Suonò a una porta massiccia di legno nero, sovrastata dallo stesso stemma dell'ingresso.

Accolti da un cameriere cerimonioso, che volteggiava intorno a loro con una mimica di altri tempi, furono introdotti in una anticamera freschissima, come una antica sacrestia.

«Che cosa desidera che le porti, dottor Borghi?» chiese, con tono zelante, il cameriere.

«Per me una birra scura. E per lei?» si rivolse a Campisi.

«Anche per me, grazie.»

«Si accomodino.»

Il cameriere li precedette, camminando sulle punte, in un corridoio a finestre che si affacciava sul chiostro. Porte di pelle imbottita, ciascuna contrassegnata da un numero dorato, si succedevano sulla parete di fronte.

«Ecco le chiavi della 22» disse il cameriere porgendole a Borghi.

Entrarono in un salotto ad aria condizionata, divani neri in basso e tavolo e sedie bianche su un piano sopraelevato.

«Sembra un palcoscenico» disse Campisi.

Borghi gli indicò uno dei divani.

«È un club di cui è socio il nostro amico Terragni» disse. «Lei non c'è mai stato?»

«No, ma ne ho sentito parlare» rispose Campisi,

prendendo posto sul divano e allargando le braccia sopra la spalliera.

«È stato lui a iscrivermi» continuò Borghi. «Io non l'avrei mai fatto. Ma in qualche caso è comodo.»

Campisi lo guardò inquieto:

«Chi stava seguendo quel poliziotto?»

«Credevo l'avesse capito. Lei.»

«E perché proprio me?»

«Perché lei sta facendo troppi errori» rispose Borghi, serio. «E rischia qualche guaio.»

Il cameriere bussò discreto, poi entrò senza aspettare e posò il vassoio con le bibite sul tavolino di cristallo.

«Occorre altro?» chiese rialzandosi di scatto.

«No, grazie» rispose Borghi.

«Comunque suoni. Siamo qui per questo.»

Indicò a Borghi un campanello sulla tappezzeria prima di chiudere la porta con grazia, come un attore civettuolo che esca di scena aspettando vanamente gli applausi del pubblico.

«Quali errori?» domandò Campisi.

Borghi spostò il bicchiere di birra davanti a sé.

«Vorrei prima eliminare qualche equivoco» cominciò. «Io lavoro per il dottor Terragni e tutelo i suoi interessi.»

«Lo so.»

«Gli errori che lei commette nella vita privata mi interessano solo in quanto possono danneggiare il mio cliente.»

«Lo immagino.»

«Fatte queste premesse» Borghi rialzò la testa e fissò Campisi con la stessa concentrazione con cui aveva fissato il bicchiere «lei è caduto in contraddizioni con la polizia. Parlando delle attività in comune con lo scomparso, lei ha taciuto l'esistenza della società e l'hanno subito scoperto.»

«Lo so.»

«Sì, ma forse non sa che hanno scoperto la contabilità clandestina e che lei ha un poliziotto alle calcagna.»

«Ah, è per questo!» mormorò Campisi.

«No, non è solo per questo» continuò Borghi. «Lei ha nascosto anche il suo viaggio oltre confine. Perché?»

«Per non rivelare il conto all'estero che ero andato a controllare.»

«E così ha rivelato anche il conto» disse Borghi, portando il bicchiere alle labbra. «Che cosa temeva?»

«Che lui avesse prelevato tutto.»

«E invece aveva prelevato solo la sua parte. Perché non ha aspettato, come le consigliava Terragni?»

Campisi esitò:

«Posso fidarmi di lei?»

«Le conviene.»

La voce di Campisi divenne complice:

«Non mi fidavo neanche di Terragni. Pensavo che mentisse d'accordo con lo scomparso, per trasferire il conto altrove.»

«Pazzesco» esclamò Borghi. «Lei non riesce a immaginare che menzogne. Il problema ora è di sviare le indagini. Per questo mi faccio vedere con lei. Per essere interrogato, per essere associato indirettamente all'inchiesta.»

Campisi non capiva.

«Posso dare il mio modesto contributo a confondere le idee» continuò Borghi. «A metterli fuori strada, per guadagnare tempo. Godo di buone conoscenze alla polizia, come può immaginare.»

«È Terragni che lo vuole?»

«Certo» annuì Borghi. «Lui è al coperto, come sempre, per la parte fiscale. Ma vuole comunque evitare ogni pubblicità negativa.»

Campisi lo ascoltava con diffidenza.

«Ci saranno altre ragioni» disse. «È difficile che lui agisca per una sola.»

«Infatti. Vuole veramente capire che cosa è successo. Dove è sparito. E perché. Lei non se lo è chiesto?»

«Sì, gliel'ho detto» rispose Campisi, con un sorriso

amaro. «E ha visto che avevo già trovato la risposta. Per questo ho sbagliato.»

Dopo avere lasciato Borghi nel salotto, in attesa di un altro incontro, Campisi ripercorreva da solo il corridoio sopra il chiostro, quando vide improvvisamente nella memoria una piazza assolata: e in alto, in cima alla scalinata marmorea, con il suo colonnato bianco e il tetto a triangolo come un tempio, la banca. Entrando, aveva visto riflesso nel cristallo della porta un uomo con un giornale sotto il braccio e il cappello bianco, che fingeva di guardare un punto davanti a sé.

Aveva trasalito per un presentimento, ma non sapeva di che cosa. E quando, nel salone, aveva chiesto del direttore e si era voltato un attimo verso l'ingresso, l'uomo era scomparso. Ma era lo stesso uomo che, togliendosi gli occhiali, gli diceva alla fine dei gradini, sotto il colonnato del chiostro:

«Dottor Campisi, vuole seguirmi? Lei sa già perché.»

XXVIII
La svolta

Il telefono squillò tre volte nel silenzio dello studio, poi il nastro cominciò a girare nel registratore, mentre una voce rassicurante scandiva lentamente:

> «Sono il dottor Colucci. Sono momentaneamente assente. Vi prego di lasciare nome e numero telefonico, indicando il motivo della chiamata. Sarete richiamati. Attendere il segnale acustico. Grazie.»

Il dottor Colucci contemplava il telefono con orgoglio. Teneva inserita la segreteria anche quando era presente, non nel timore di essere distratto dai suoi studi, ma nella speranza di esserlo. Amava, più che la continuità del pensiero, il sollievo della interruzione. E la segreteria telefonica gli consentiva di assaporarla, di valutarne l'importanza e di preparare la risposta, che generalmente non tardava. Era una sorta di telefonata duplice, di cui la prima a una voce sola, spesso titubante, interlocutrice di un dialogo che veniva differito a una telefonata successiva. Disagi della comunicazione, che rendevano ancora più evidente la necessità della terapia.

Uno dei mezzi più sicuri per conquistare all'inizio le sue clienti era infatti di accennare con discrezione alla loro insicurezza "di base"; una variante più suggestiva era l'espressione "di fondo"; e un'altra ancora più efficace era "nel profondo", anche perché talune erano lusingate di scoprirlo. Immaginare che la loro psiche avesse la terza dimensione era più emozionante che per un fisico scoprire la quarta.

Un'altra ragione che gli faceva amare la segreteria telefonica era la sua denominazione: che fosse lui a rispondere, anziché una futura segretaria, era solo questione di tempo. E quel filtro già ne costituiva una anticipazione.

Il nastro continuava a scorrere in silenzio, senza registrare altro che un respiro, finché una voce parlò:

«Sono Silvia. Mi scusi se la disturbo. Vorrei incontrarla. Una visita al di fuori di quelle programmate, ma da intendersi ovviamente come professionale.» Il dottor Colucci annuì. «Magari oggi alle diciotto, non però nel suo studio, ma in un bar. Se anche lei, come credo, è in casa e guardi che io la capisco» il dottor Colucci corrugò la fronte «la prego di telefonarmi al più presto. Grazie.»

Se qualcosa lo infastidiva nella sua cliente era la presunzione di capirlo. Questo rovesciamento dei ruoli non gli piaceva. E oltre tutto il verbo capire era usato in una accezione tipicamente femminile, che il dottor Colucci aveva approfondito. Sapeva che se un uomo dice di una donna che lo capisce, intende una donna che lo ammira; ma se una donna dice di un uomo che la capisce, intende un uomo che capisca anche le sue debolezze. Ed era questo il senso del verbo capire, quando lei lo applicava nei suoi confronti. Quell'accenno alla sua presenza in casa, vicino al telefono, era ad esempio una percezione troppo precisa, una invadenza imperdonabile. E il dottor Colucci decise di fargliela espiare con una attesa di trentadue minuti. Trascorsi i quali, le disse al telefono:

«D'accordo, ci vediamo alle ore 18, al bar in cima al mio grattacielo. Al Meeting Bar.»

Dalla terrazza aerea del Meeting Bar, bianca come la tolda di un battello, esposta ai venti che gonfiavano le tende colorate e facevano sventolare le bandiere sui pennoni, si vedeva in basso, oltre la periferia della metropoli, la pianura salire ininterrotta fino all'orizzonte.

«Non ho mai visto un tramonto simile in città» disse Silvia distogliendo il viso dalla balaustra e volgendolo verso il dottor Colucci, accigliato. «È fantastico.»

«Perché c'è vento» disse il dottor Colucci, osservando la piscina interdetta ai bagnanti. «È cambiata la pressione.»

«Non sia così prosaico» sorrise lei. «Mi ricorda il linguaggio dei meteorologi. È l'ultima cosa che mi interessa in questo momento.»

«E che cosa le interessa?»

«In questo momento vivere» rispose lei guardandosi intorno, nell'aria ventilata. «Vedere i colori della vita.»

«Non le ho mai sentito dire una frase simile» disse il dottor Colucci, affettando una curiosità che provava veramente. «È successo qualcosa?»

«Sì, una svolta, è per questo che ho voluto vederla.»

«L'ascolto» disse il dottor Colucci, posando il cucchiaino accanto alla coppa di gelato e appoggiandosi allo schienale della poltrona.

«C'è che io ho smesso di aspettarlo.»

«Ah» mormorò il dottor Colucci, deluso. «Ne abbiamo già parlato tre settimane fa, prima del mio viaggio.»

«Sì, ma parlavamo solo di lui.»

«Non direi.» Il dottor Colucci si riavvicinò al tavolo. «Io la invitavo a parlare soprattutto di sé.»

«Perché in principio non credeva che fosse sparito. Pensava a un equivoco, a una fantasia. Era una sua distorsione professionale.»

«È vero.»

«E ricorda che fino allora io dipendevo da lui, senza avere nessuna sicurezza sul futuro. Lei sa che vita ho passato.»

«Sì, non me ne parli» disse il dottor Colucci riprendendo il cucchiaino e immergendolo delicatamente nel gelato. «Io aspetto la svolta.»

«Ho cominciato a non chiedermi più che cosa avesse in mente.»

«E da quando non se lo chiede più?»

«Da quando è scomparso, tre settimane fa.»

«Strano» mormorò il dottor Colucci. «Io invece ho cominciato a chiedermelo da allora.»

«Lo sapevo che avrebbe detto così.»

«Certo, provi a riflettere.» Il dottor Colucci si piegò verso di lei con un'aria protettiva. «Un uomo che scompare senza lasciare tracce, questo è un caso interessante.»

«Ci avrei giurato» aggiunse lei, con la stessa convinzione.

«Deve avere una psiche particolare.»

«Glielo dicevo, solo che lei non mi credeva.»

«No, lei parlava della sua reticenza sul futuro, della sua riluttanza a vivere con lei. Non è strana.»

«La ringrazio, dottore.»

«Non mi fraintenda, la prego. Per noi l'inattendibilità maschile è pane quotidiano. Ci stupiamo del contrario.»

«Questo non me l'aveva mai detto così chiaramente.»

«Non volevo deluderla troppo.» Le sfiorò la mano. «Glielo lasciavo però intendere.»

«Era quello che mi esasperava.»

«Ma tutto era secondo le regole, tutto prevedibile. Ora no. Il suo è un comportamento veramente anomalo.»

Lei lo ascoltava con interesse e delusione.

«Un uomo che al culmine della affermazione professionale» il dottor Colucci guardava l'orizzonte al di sopra della balaustra «decide di perdere la sua identità per acquistarne un'altra.» Fece una pausa. «Un uomo simile ha una forza dentro di sé.»

Cominciò a mangiare il gelato con voracità.

Lei sorrise:

«Il punto che interessa a lei l'abbiamo toccato.»

«No, mi scusi» disse il dottor Colucci, passando rapido il tovagliolo sulle labbra. «Lei parlava di un altro punto.»

«Forse di quello che interessa a me.»

«Infatti.»

«Ecco, io non provo più interesse per lui» rispose lei adagio. «Non ho più curiosità.»

«Vuol dire che non si chiede più perché è scomparso, dov'è, che cosa farà.»

«Proprio così.»

Il dottor Colucci posò il tovagliolo vicino al piatto e disse solenne:

«Devo riconoscere che lei mi sorprende.»

«Forse è la prima volta.»

«Forse» ammise lui. «Anche se non possiamo escludere che sia una reazione di difesa e che in futuro tutto ritornerà come prima.»

«Non escludiamolo» sorrise lei. «Tanto non succederà.»

Il dottor Colucci la osservava con una attenzione nuova. Non rinunciava alle sue occhiate paterne, alle ondate di calore immaginario che cercava sempre di emanare verso la cliente di turno. Ma presagiva che questa volta era inutile, perché lei era altrove.

In alto, sopra la terrazza, passò un elicottero con un fragore di pale. Poi il rombo si allontanò e ritornò il silenzio.

«E i soliloqui in cui continuava a fargli domande?» le chiese il dottor Colucci.

«Ora le faccio a me stessa.»

«E che cosa si risponde?»

«Non lo so. Forse di avere coraggio.»

Aggiunse:

«Di pensare al presente.»

«Che cosa posso dirle?» Il dottor Colucci sospirò. «Sia sempre così e per sempre.»

Lei rimase in silenzio.

A un tratto gli chiese:
«Le dispiace se le dico una cosa?»
«Certo che mi dispiace» rispose il dottor Colucci guardando la balaustra. «Ne può essere sicura.»
«Volevo interrompere le sedute. Almeno finché non cambio idea.»
«Va bene» annuì il dottor Colucci. «Lo prevedevo.»
Aggiunse, alzando gli occhi su di lei:
«Lo temevo.»
«Per me?»
«No» sorrise. «Per me.»

XXIX
La natura ristrutturata

Per attirare Borghi nella propria casa di campagna, Terragni ricorse, se non a una menzogna, a una verità ipotetica: gli parlò di upupe, di gufi, di nottole e di falchi che popolavano il bosco della sua collina; e di scoiattoli, topi, martore e criceti che erano le vittime dei rapaci. Solo con questo richiamo poteva stanarlo per un fine settimana.

In realtà, le poche notti che vi aveva dormito, Terragni non aveva udito quelle che un foglio turistico chiamava le voci della natura. Aveva solo ascoltato in lontananza il rumore delle automobili sulla strada provinciale e il passaggio di qualche aereo nel cielo buio. Ma, fiducioso com'era nel calcolo delle probabilità, ne concedeva sia alla possibilità che gli animali sopravvivessero all'uomo, sia alla possibilità che gli uomini dicessero la verità.

Quella casa era stato un dono che aveva fatto a sua moglie, innamorata del cosiddetto rustico, cioè del modo di sopprimerlo. Un architetto era stato incaricato della ristrutturazione, termine che sta alla conservazione dell'ambiente come l'imbalsamazione alla sopravvivenza degli animali.

Il pagliaio era stato trasformato in una veranda, con le travi tirate a lucido come le pipe di radica. E i soffitti delle stanze sopra il porticato erano stati abbassati, per uniformarli a quelli di città.

Invece la cucina conservava i suoi fornelli di ferro, i paioli di rame, le ventole di paglia. Con squisita sensibilità storica non era stata spostata dall'angolo semibuio che occupava all'origine. Ora era preceduta da un'altra cucina a pannelli neri e bianchi, di una eleganza austera che veniva asciuttamente definita classica. Una semplice porta a vetri la divideva dall'antiquariato più ghiotto – come qualcuno l'aveva definito ammiccando – ovvero il recesso sacro dell'antica casa. Di solito gli ospiti si limitavano a una occhiata, con la fretta ammirata che si dedica alla sala di un museo, mormorando sobri commenti, del tipo "Che meraviglia!".

Dopo questa visita passavano nel soggiorno, una volta adibito a ripostiglio per gli attrezzi agricoli e ora completamente rifatto, tranne in due particolari: il pavimento, che era rimasto ondulato, a perenne testimonianza della precarietà dei tempi e dei materiali, e il camino, che dalla cucina era stato trasferito al centro della parete. Il camino era il punto di attrazione della casa e gli ospiti vi convergevano come a un santuario.

Ne ammiravano le crepe ritoccate con lo stucco e l'antro debitamente annerito dall'uso prolungato, con gli alari di ferro, la cappa a piramide che si restringeva nella canna fumaria e i sedili diagonali dove due bambini o due nani potevano comodamente assidersi. Si sapeva che in un fine settimana invernale, quando la neve era finalmente caduta fuori dai doppi vetri e la morsa di ghiaccio, come aveva annunciato la televisione, non avrebbe per altre trentasei ore abbandonato la presa, il camino era stato acceso con legna vera e fiamme vere si erano levate sotto la cappa, sprigionando un fumo vero che era uscito dal comignolo: anche se le fotografie al buio non erano riuscite. Nel braciere erano stati conservati i tizzoni carbonizzati, a memoria fossile dell'evento. Anche i visitatori raccontavano di esperienze analoghe nei propri rustici di campagna e tutti convenivano che non c'è niente di più caldo, e soprattutto di più autentico, che una sera passata intorno al camino, come si faceva un tempo.

Altri punti dove l'architetto aveva dimostrato polso e gusto erano la stalla – trasformata in una biblioteca definita a misura d'uomo, perché i libri erano afferrabili anche da persone di piccola statura – e il pozzo a perdere, chiuso per evitare inquinamenti.

In compenso erano stati allestiti bagni di proporzioni inusitate, trattandosi di luoghi dove – come aveva dichiarato l'architetto – ognuno riscopre indiscutibilmente la propria intimità. Anche i bagni venivano distrattamente offerti alla vista degli ospiti, con quel lessico mondano che trova il suo culmine in aggettivi come "simpatico" o "delizioso", usati indifferentemente per un inginocchiatoio del Seicento o un planetario rinascimentale, una lucerna romana o una radio a galena. Terragni aveva ascoltato l'architetto con una attenzione troppo assorta per essere credibile. Ma l'altro ne era rimasto lusingato.

Che la casa piacesse a sua moglie gli era di particolare sollievo. Una parte della sua vita era infatti dedicata, come accade a molte coppie che superano la prova del tempo, a trovare giustificazioni alla convivenza. Ricerca che di solito le rende ancora più improbabili. Perché il problema fosse meno assillante, forse la soluzione meno dispendiosa era di spendere. Spendere per lei, a occhi semichiusi, gli dava oltre tutto il senso che la sua attività finanziaria ne avesse uno.

Per fortuna il cosiddetto giardino non era stato toccato; e nel giro di pochi anni si era trasformato in una impenetrabile sterpaglia.

Terragni lo contemplava dal davanzale a fiori della sua stanza. Quella cascata di pruni, di rovi, di robinie, quella scarpata di cespugli, quella forra di ortiche era per lui una immagine, vitale ed enigmatica, della natura. Dove l'attività degli uomini non arrivava, subentrava quella della boscaglia. E non sapeva quale delle due fosse più ottusa e cieca o se non fossero, alla radice, la stessa.

In questa casa Borghi arrivò un tardo pomeriggio di agosto, lasciando il rettilineo della superstrada e percorrendo una deviazione deserta. A un bivio aveva scelto, secondo le indicazioni di Terragni, la strada non asfaltata che si inoltrava nei campi. E aveva provato, riconoscendo il paesaggio della sua infanzia, fatto di gelsi, di rogge e di olmi, di distese di granoturco e di filari di viti, un senso di libertà improvvisa, di felicità stupita. Quelle canne che innalzavano una siepe ai lati della stradina gli ricordavano i suoi nascondigli di ragazzo, quando spariva tra i gambi come in una giungla, per acquattarsi sudato e trepidante.

Nell'aria che imbruniva, attraversata dalle rondini, gli sembrava di avanzare in uno scenario irreale, in un crepuscolo illusorio. E il viottolo che affondava nel verde, contro lo sfondo dei boschi, lo guidava in un viaggio di ritorno.

Al termine di una salita tra le piante, sbucò sullo spiazzo davanti al portico. Terragni lo condusse sotto un pergolato in rovina, con le panche di pietra sbrecciate e i tralci soffocati dalle erbacce: un antro, tra artificiale e naturale, dove il sole filtrava a fatica fra gli strati di foglie.

«È l'unico punto della casa che mi piace» gli disse Terragni, che seduto davanti a lui, appoggiato al fogliame, sorseggiava un bicchiere di vino bianco. «L'ho pagato un po' caro, devo dire.»

Borghi si asciugava con un fazzoletto il cranio rasato.

«D'altra parte mia moglie qui è tranquilla» aggiunse

Terragni. «E la tranquillità non ha prezzo. Parlo anche della mia.»

Borghi annuiva, gli occhi socchiusi contro la luce che saliva dalla pianura:

«E la collina di chi è?»

«Anche questa è mia» rispose Terragni con un certo imbarazzo. «Non ho saputo resistere all'affare, era un prezzo appetitoso. È un limite che mi rimprovera mia moglie, di pensare sempre in termini finanziari.»

«E lei che cosa ne dice?»

«Può essere. L'importante comunque è pensare.»

«Sua moglie che cosa fa?»

«Pensa al verde. Salva il suo frammento di mondo.»

Si voltò verso la casa:

«Credo stia preparando la sua marmellata.»

«E com'è?»

«Così» rispose Terragni con una espressione perplessa. «Come i cibi genuini del posto.»

«Lei è troppo cittadino» mormorò Borghi. «Non ama la campagna.»

«È vero» annuì Terragni. «Mi interessano gli animali, ma in televisione.»

Estrasse la bottiglia dal secchiello del ghiaccio e versò altro vino nel bicchiere di Borghi.

«Lei immagina una delle ragioni per cui l'ho voluta mio ospite?»

«Perché sa che io amo la natura, suppongo» ammiccò Borghi.

«Sì, questa è l'esca per lei, ma l'amo per me?»

«Vuole che ne parliamo subito?» chiese Borghi, posando il bicchiere.

«Gliene sarei grato. Poi potremo tornare sul discorso, ma vorrei sapere qualcosa prima che scenda mia moglie.» Accennò alla casa con un'aria apprensiva. «Ha il dono di spostare l'accento sulle cose marginali.»

Aggiunse:

«Mi dica le ultime novità, la prego.»

Si versò un po' di vino nel bicchiere.

«Campisi» cominciò Borghi. «Ha cercato in tutti i modi di cacciarsi nei guai e alla fine ci è riuscito.»

«Come ha fatto a toglierlo di prigione?»

«Non c'era la pericolosità, almeno per gli altri.» Borghi roteò i suoi occhi turgidi, carichi di allusività. «E quanto al suo coinvolgimento nella scomparsa, li ha convinti che mentiva solo per non dire la verità.»

«E i reati valutari e fiscali?»

«Ci abbiamo messo una pietra sopra.» Borghi posò la destra massiccia sul tavolo. «Pietra tombale, si dice. So a chi rivolgermi. E quanto a lei stia tranquillo, il suo nome direttamente non figura mai.»

«E indirettamente?»

«Indirettamente c'è in troppe attività perché abbia importanza. Chi è dappertutto non è da nessuna parte.»

«Tranne Dio» sorrise Terragni.

Borghi gli diede una occhiata, per vedere se scherzava o no, e, senza avere risolto il dubbio, proseguì:

«La moglie ha collaborato in modo esemplare, con me e con la polizia. Ha accettato perfino un confronto con l'amante.»

«Come è stato?»

«Meno difficile del previsto. So che si sono incontrate altre volte. Hanno scoperto cose in comune.»

«L'interesse per lui.»

«L'odio, vuol dire» esclamò Borghi. «Come possono rimpiangere un uomo che le ha tradite fino all'ultimo?»

«Già» mormorò Terragni. «Alla fine si dimentica l'essenziale.»

«Non sperano più che ritorni» continuò Borghi. «Anzi hanno accettato l'idea della scomparsa. È uno degli aspetti strani di questo caso.»

«Cioè?»

«Hanno sempre pensato a una sola ipotesi, che poi si è rivelata la più probabile» rispose Borghi, stringendo tra le mani il bicchiere. «È come se la sua decisione fosse stata anche la loro. Non hanno speranza, ma neanche disperazione.»

«Insomma vivono.»
Borghi non disse niente. Terragni chiese:
«Ma non aveva anche una ragazza?»
«Sì, le ho parlato due volte.»
Si passò lentamente una mano sopra il cranio:
«Non ha voluto più incontrarmi. Per lei faccio parte di un mondo che vuole dimenticare.»
«La capisco.»
«Sì, ma non può continuare a vivere in un altro mondo. Il mondo è questo.»
«Chissà» mormorò Terragni. «E suo fratello?»
«Ah, suo fratello!» esclamò Borghi, allargando le braccia, come se inseguisse una immagine. «Suo fratello vive trasognato, quasi fosse stato lui a scomparire e ora fosse ritornato a casa.»
Terragni lo ascoltava con un sorriso strano:
«Però non mi ha ancora detto quello che sa. Dov'è?»
Borghi cominciò a sfilarsi la giacca:
«Una parte del conto è sparita, per essere trasferita altrove. Questa è l'unica cosa che si sa.»
«Ma lei, dico lei, personalmente. Dove pensa che sia?»
«In Sudafrica.» Borghi posò la giacca sulla panchina di pietra. «Lui stesso vi aveva accennato e lo pensa anche la polizia.»
Fissò Terragni:
«Io credo alla soluzione dei misteri.»
«Perché non crede ai misteri» disse Terragni.

XXX
Una mattina di Andrea

Quando Andrea, una mattina di settembre, si presentò a uno degli sportelli della banca e disse che era atteso dal dottor Zerbi, fu accompagnato in fondo al salone da un commesso silenzioso, che entrò con lui in un minuscolo ascensore e gli cedette il passo al primo piano.

Qui attese in un salotto con le pareti di juta e stampe inglesi a colori sulla caccia alla volpe. Poi il commesso lo introdusse in una sala deserta, le alte finestre che si affacciavano sul viale. Poco dopo gli schiuse una porticina di velluto.

Il direttore lo aspettava alla estremità di una stanza, dietro a una scrivania monumentale, scolpita in legno. Per arrivarvi si passava tra finestre ad arco e una libreria a vetri.

«Lei sa perché mi sono permesso di chiederle un appuntamento.» Il dottor Zerbi si era alzato per stringergli la mano e indicargli la poltrona davanti a lui. «Anzitutto perché desideravo conoscerla» sorrise. «E poi perché volevo chiarire alcuni dettagli dell'operazione.»

Aprì una cartella verde posata sulla scrivania. Poi estrasse dal taschino della giacca gli occhiali, li infilò e cominciò a sfogliare un piccolo incartamento.

«Le disposizioni a suo favore sono chiare» disse. «E sa dove le abbiamo trovate? Nella cassetta di sicurezza.»

Aveva alzato gli occhi verso Andrea, immaginando il suo stupore, ma Andrea si limitò ad annuire.

«È stato il nostro legale a consegnarci la chiave. Esisteva un mandato di suo zio, che la aprissimo in caso di scomparsa, tre mesi dopo. Scomparsa però è una parola ambigua.»

Lo guardò con intenzione:

«Significa non solo morte, ma anche sparizione. In entrambe le eventualità la clausola resta valida.»

Fece una pausa osservandolo:

«Spero che apprezzerà l'agilità delle nostre procedure. Posso chiederle in cambio una cosa che ci farebbe piacere?»

E senza aspettare risposta, aggiunse:

«Un conto presso di noi. Con tassi di particolare favore.»

«Va bene.»

«Allora, con comodo, la farò incontrare con il nostro funzionario.» Richiuse la cartella con aria compiaciuta. «Sono lieto che lei diventi nostro cliente. È una continuità ideale con suo zio.»

Ripose nel taschino gli occhiali.

«Suo zio era molto gentile, ottimo cliente, preciso. Non riusciamo a capire che cosa sia successo.»

Scrutava il viso di Andrea, come per sollecitare una risposta.

«Chissà quante ipotesi avete fatto» aggiunse. «E aspettate ancora.»

Andrea rifletté:

«Un po' meno.»

«A lei doveva essere affezionato, per lasciarle un dono così cospicuo.»

«Molto.»

«Era suo amico.»

«Sì.»

Il dottor Zerbi arrischiò:

«Forse più di un genitore.»

«Sì.»

«Non c'è dubbio» annuì il dottor Zerbi, posando le mani sulla cartella. «Lei è l'unica persona verso la quale ha mostrato affetto vero. E non le aveva mai accennato a questo dono?»

«No, mai.»

Aggiunse:

«Sapeva che volevo uscire di casa e vivere altrove. E mi diceva sempre che dovevo farlo.»

«E lei?»

«Gli dicevo che l'avrei fatto appena possibile. E lui una volta aveva detto che l'avrei fatto *prima*.»

«A che cosa alludeva?»

«Forse a questo. Non lo so. Sorrideva.» Andrea abbassò la testa. «Sa com'era mio zio.»

«Sì» mormorò il dottor Zerbi. «E ora lo farà?»

«Sì, lo farò» rispose Andrea.

Uscendo nel viale sotto la luce delle foglie, Andrea provò una felicità dolorosa. Aveva voglia di ridere, di piangere, di correre tra gli altri che camminavano. Rivide suo zio che gli diceva, una sera, nello stesso viale: "Tu hai bisogno di spazio".

Avanzava tra le piante. Non sapeva se l'avrebbe mai rivisto, ma non era la cosa più importante. La cosa più importante era quella mattina. La sua presenza lontana, in quel viale.

Postfazione

> «Nessuno, infatti, quando è al principio, può sapere che cosa troverà in sé [...]: quando egli ha il coraggio e l'accortezza di destarsi dalla prima vertigine di paura per riconoscere e dar nome a ciò che ha trovato, allora comincia la sua vera vita.»
>
> *Elias Canetti*

Sono rari gli scrittori per i quali i propri libri rappresentano ciascuno un momento importante di ricerca speculativa e formale; che ogni volta scrivono come se scrivessero per la prima e ultima volta. La letteratura che praticano è un viaggio che è insieme necessario e di piacere. Emozionante, piacevole, perché nasce da un autentico, disinteressato slancio intellettuale verso la letteratura e le sue mete d'ordine estetico; indispensabile, perché nella letteratura confluiscono e vivono, appunto sotto specie formale e mosse da una forte urgenza comunicativa, idee e domande che bruciano davvero, che affondano in noi facendoci male: chi ci odia? Perché il tradimento, la violenza gratuita, l'inganno? Qual è la verità?

Giuseppe Pontiggia è proprio uno di questi scrittori – fra i pochi che abbiamo in Italia di respiro internazionale –, di quelli che colpiscono il lettore, perché la verità intorno a cui si arrovella il loro lavoro trascende i limiti dell'enunciato linguistico per divenire piuttosto la sostanza etica di cui si alimenta e di cui dovrebbe alimentarsi l'esistenza degli uomini. In tale prospettiva egli è un moralista. In lui, infatti, il piacere del testo non si trasforma mai nell'evasione, nel gioco del testo medesimo, in qualcosa di consolatorio e di programmato a tavolino per accattivarsi un certo gusto del pubblico, quello intelligente, magari, ma che aspira in fondo in fondo solo a essere gratificato. Al contrario, interessato com'è alla vita in tutti i suoi aspetti, ad alcuni nodi sociali e precisamente morali del proprio tempo, Pontiggia è autore sempre pronto a giudicarlo e a giudicarne i protagonisti, quantunque egli senta e manifesti poi per loro, con pudore, anche una vera *pietas* – peraltro non assolutoria –, un'attitudine schiettamente solidale verso le miserie e il comune destino dell'uomo. Così, vanità, aridità, ipocrisia, dolore, inganno, infelicità, morte sono posti davanti al lettore senza mistificazione alcuna; e abitano le pagine dei romanzi dello scrittore comasco in tutta la loro sgradevolezza e in tutto il loro peso, ma senza l'atrocità – talora un po' compiaciuta e decadente – di un Thomas Bernhard.

È quanto accade anche con *La grande sera* (Mondadori, Milano 1989; Premio Strega), qui riproposto in un'edizione riveduta e corretta dall'autore che ne migliora di gran lunga il testo primitivo, sfrondandolo, rendendolo essenziale ed efficace poiché ne elimina ridondanze e indugi. Nell'Introduzione al libro di Pontiggia *Il giocatore invisibile* (Oscar Mondadori, Milano 1989) avevamo già avuto occasione di osservare come l'opera di questo scrittore si mostri compatta: non perché ogni romanzo non abbia una sua specificità, un suo definito carattere formale, ma perché è possibile individuarvi un filo di Arianna sul piano della ricerca dei temi e dello stile che, grazie agli assidui ripensamenti, ne ha consentito nell'unitarietà i successivi sviluppi. Appunto alcuni di quei nuclei generatori o di pensiero, di riflessione formale, che quasi scaturiscono uno dall'altro, li ritroviamo approfonditi e ampliati qui in modo nuovo. Come in quei test attitudinali in cui è richiesto di unire una serie di punti – disposti a quadrato – con un dato numero di linee, e la soluzione è possibile se le tracciamo a partire da un punto preso al di fuori, più in alto, di quell'immaginario quadrato, così nelle prime opere di Pontiggia c'è una sorta di pieno-vuoto strutturale e tematico, di buco nero che attrae le vicende narrate: il caso che intreccia e condiziona in modo inatteso le vite degli uomini, qualcosa che sfugge al controllo dei protagonisti e sta, al di sopra di loro, in una sorta di dinamismo centrifugo. Nella *Morte in banca* (1959; Mondadori, Milano 1991, III edizione rivista e ampliata), nell'*Arte della fuga* (1968; Adelphi, Milano 1990, nuova edizione riveduta e ampliata) e nel *Giocatore invisibile* (1978) questa esterna, oscura e infida energia era la morte morale e materiale, l'annientamento inevitabile delle attese, il destino che ci manovra a suo capriccio; e poco importava che essa si potesse con precisione identificare anche, ma non soltanto, nel mondo volgare della banca, nell'assassino o negli assassini che agiscono nell'ombra o nel nemico personale del professore – quel Daverio che lo odia, invidiandone sia la moglie sia i successi accademici. Con *Il raggio d'ombra* (1983; Oscar Mondadori, Milano 1988, II edizione riveduta e ampliata) quella forza si traduceva invece nella presenza-assenza di Losi, la spia che tutti cercavano e nessuno raggiungeva, il personaggio di cui tutti parlavano, ma che entrava concretamente in scena, diventando occhi, corpo ecc., ben poche volte. In tale maniera, però, la figura di Losi, per non dire anche quella di altri protagonisti, come Travi, per esempio, finiva con l'assumere una valenza più allegorica che reale e si mutava pirandellianamente nella verità che scivola continuamente dalle mani, nelle cose che si mascherano e si sottraggono senza posa. Al pari dell'immagine di Losi, la vicenda del romanzo rimaneva così incerta tra evidenza naturalistica e *surplus* allusivo, poiché questi due aspetti non risultavano prima di tutto svolti ciascuno in sé, in modo netto e autonomo: in breve, l'uno non poteva potenziare al massimo grado la carica di significazione o di metafora dell'altro.

Nella *Grande sera* c'è un altro uomo in fuga o che, per meglio dire, scompare; un benestante uomo d'affari di mezza età, che, stanco delle responsabilità, degli amori, dei soliti legami affettivi o di lavoro, si sottrae ai familiari, alle amanti, agli amici per viltà ed egoismo, per rifarsi altrove una vita: ma con un'audacia e un'attesa utopica che sembrano pronte anch'esse alla vanificazione, vista l'idea del destino di cui le disilluse figure umane, alle quali Pontiggia dà vita nel romanzo, si fanno portavoce. Tuttavia, di fatto questo personaggio, intorno a cui tutti gli altri ruotano nella vana ricerca della sua persona o del perché egli sia scomparso, appare al lettore solo sotto specie di parole o di qualche sguardo e sorriso, rievocati nella memoria dei diversi protagonisti: egli non è un corpo né un'interiorità insomma, bensì un'orma, un *vuoto*, e la sua assenza è chiara, visibile, tuttavia si fa sensibile presenza nell'interiorità affettiva, morale ecc. degli altri. È proprio qui la maggiore novità del romanzo di Pontiggia.

La ricerca formale dello scrittore ha avuto in parte origine da Svevo, in parte dall'esperienza stilistica dell'"école du regard" (si pensi alla minuta attenzione per le cose, la precisione di tanti particolari ecc.) e, attraverso questa e la tradizione americana – per esempio, quella di un Hemingway (basta leggere un dialogo qualsiasi di Pontiggia, le sue tipiche battute rapide ed essenziali per verificarlo) –, dalla cultura del romanzo di ascendenza naturalistica e flaubertiana che ha tanti pedissequi imitatori ancora oggi, in Italia, a causa del ritardo e dell'endemica indigenza della nostra tradizione romanzesca. Ma Pontiggia ha un senso forte del romanzo: per le ragioni che dicevamo in precedenza, egli ne supera la visione di esercizio asettico e stilizzato o di artificio puramente combinatorio; per lui la letteratura è un percorso non prevedibile nel linguaggio all'interno e nei dintorni dell'uomo, della vita nei suoi aspetti diversi e, spesso, assai poco rassicuranti. La letteratura quale *modo di dire* e *strumento per dire*, per comunicare dunque, ricerca incessante di forme e contenuti da sottoporre a continue verifiche. Per tali ragioni, Pontiggia è uno dei nostri pochi scrittori che fin dagli esordi hanno lavorato per erodere quella sorta di piattaforma della letterarietà naturalistica, quelle forme automatiche della convenzione mimetica, e neorealistica, in cui una parte della narrativa odierna, giovane e meno giovane, sembra invece spesso tornare a impantanarsi.[1]

La grande sera è pertanto un libro che può suscitare disagio e resistenze, e che impegna il critico a sondare le proprie reazioni, a indagare tante ragioni dello scrivere odierno: perché è congegnato in modo insolito e con un approccio insolito al linguaggio. È appunto inusuale il fatto che all'autore non interessi tanto rappresentare l'apparente, il dato oggettivo in sé o ricostruire la verità del personaggio scomparso, la personalità di una specie estremizzata di Mattia Pascal contemporaneo, pure sommariamente delineata – vale a dire, raccontare una sorta di pirandelliano "sono colei", in tal caso *colui* "che mi si crede", il "così è (se vi pare)" di una verità sempre sfuggente e indefinibile, come invece accadeva in parte con Losi nel *Raggio d'ombra* –, quanto piuttosto scandagliare e rivelare (con un punto di vista non ridotto a mero sguardo conoscitivo, bensì arricchito di contenuti etico-culturali e anche d'ironia) l'interiorità dei personaggi che ne hanno formato il contorno, investigare le diverse reazioni emotive, gli effetti che nella loro psiche produce l'abbandono, il tradimento improvviso. Dunque, il lettore non si può fare un'idea concreta, fisica del personaggio per cui tutti sono in affanno, al suo posto c'è uno spazio sgombro, quasi astratto, quasi un incavo che sembra allo stesso tempo attrarre ed emettere aria. *La grande sera* si apre con la scoperta della fuga dell'uomo, con la constatazione incredula e dolorosa di un'assenza che tormenta e prostra, per chiudersi ancora con la mancanza incolmabile, ma questa volta affrontata e tol-

[1] Come avevamo già potuto notare anche nel saggio *La fuga di Atalanta. Sulla narrativa italiana "giovane"* (in «Stazione di Posta», 36/37, 1990).

lerata: anche nel vuoto, per quanto sospesi e mesti, si può camminare.

Pensiamo allora a un oggetto circolare con un vuoto nel mezzo, una giostra con animali, figure fantastiche, barche o piccole automobili di legno – dalla fisionomia o dalla sagoma fissate una volta per sempre – che ruotano intorno a un perno nascosto. Ecco, la struttura del romanzo, contrariamente alle prime parvenze, non è a *suspense*, come nel *Giocatore invisibile* o, più apparentemente, nel *Raggio d'ombra*, bensì anulare: nella materia circolarmente coagulata sta quello che potremmo chiamare un fascio di vite parallele, che trovano il loro elemento di raccordo nella definizione di un ambiente comune, pervaso proprio da quel vuoto. Per avere un'idea più precisa dell'innovazione messa in atto da Pontiggia, bisogna pensare piuttosto alle arti figurative, in particolare al primo manierismo, al manierismo toscano, alla *Deposizione* del Pontormo in Santa Felicita a Firenze, per esempio; oppure agli affreschi del Correggio a Parma. Qui muta la visione dello spazio, si avvia una ricerca spaziale pura; pertanto, la composizione pittorica è ora articolata lungo i margini: al centro risulta appunto un vuoto e lo spazio diventa quasi illusionistico. *La grande sera* pone così davanti a una architettura romanzesca, a uno spazio mentale e narrativo da cui è eliminato l'usuale meccanismo dell'intreccio, e in cui "girano" e sono portati in scena caratteri diversi, colti nella sorpresa dolorosa e nell'attesa, e che agiscono e reagiscono in maniera diversa alla scomparsa imprevedibile; tipi umani del nostro tempo che si muovono nella vita borghese, vacua, metropolitana – e corrotta, come ora è fin anche troppo chiaro – di oggi: il potente finanziere, l'analista un po' cialtrone, l'aspirante poetessa, lo sprezzante investigatore privato, il critico cinematografico fallito, il manager arrivista e mestatore e via discorrendo. Nel romanzo si oltrepassa però lo psicologismo d'ascendenza proustiana e sveviana; interiorità e azioni sono infatti intrecciate da un narratore mai passivo che le rappresenta, riflette, commenta e avoca a se stesso quella "moralità del principio della scelta", già tanto cara a Hermann Broch: si avverte in breve che lo scrittore ha assunto come punto di vista alcune opinioni proprie, ipotesi culturali sulla società e sulla vita, e che le sta confrontando con la realtà di tutti i giorni attraverso la letteratura. Si supera, all'interno di un ambito sociale definito, anche lo scavo psicologico in senso tradizionale, ossia della natura realistico-naturalistica che conduce alla costruzione a tutto tondo dei vari personaggi. Questi entrano via via in scena, talvolta introdotti attraverso il dialogo, talaltra presentati con una digressione, ma per apparire piuttosto "a piatto", quasi in un vuoto pneumatico, simili gli uni agli altri, senza una vera e propria personalità individuale, travolti come sono da un destino di generale infelicità e d'intimo grigiore che tuttavia li zavorra, li ancora saldamente a sé e li fa sembrare l'uno semplice, per quanto significativa, variazione dell'altro. Non per nulla, scarsi ed essenziali sono in genere i tratti fisici relativi ai diversi protagonisti – e qui conterà la suggestione di Kafka, ma anche di Musil e di Kundera. Pontiggia tende infatti a proporre i loro "interni", le loro problematiche esistenziali e, allo stesso tempo, a intrecciarvi le proprie riflessioni, a definirle; è per l'identico motivo che il dialogo (in cui egli ha pochi eguali) ha battute tese e prive di qualsiasi indugio o indulgenza. Questa tecnica consente di accorciare le distanze narrative e, per così dire, di incalzare i personaggi, inducendoli a lanciare segnali inequivocabili, a essere fortemente allusivi, ad autosmascherarsi subito di fronte al lettore, come accade per esempio in un brano della conversazione seguente fra Mario e la moglie:

> «Ti ho accennato perché la incontro [cioè l'amante del fratello]» disse lui con voce rassicurante. «È in crisi perché mio fratello è sparito, oggi non si è fatto vedere.»
> «No, non mi hai detto niente.» Si era girata con una improvvisa curiosità. «Perché dici sparito?»

«Perché non riesce a rintracciarlo.»
«E che cosa pensa?»
«Il peggio, naturalmente. Che lui voglia lasciarla.»
«Non credo che ricorrerebbe a questi mezzi» disse lei, abbassando la testa. «Non l'ha mai fatto, che io sappia.»
Lui aveva un sorriso esitante:
«Potrebbe cominciare ora. La maturità non è l'età delle svolte?»
Aggiunse:
«Non fare più quello in cui non si crede. Lo dico anche per me.»
«Ah, se si tratta di mettere i *non* tu sei un maestro.» Si era staccata dalla finestra. «Non lavorare, non muoversi.»
«Lo sapevi che ero così.»
«Non vivere.»
Aveva rialzato la testa:
«No, non sapevo che eri così. Me l'avevi detto, ma io non ti avevo creduto. Pensavo che esagerassi.»
«Fidarsi sempre di chi parla male di sé.»
Lei si appoggiò a uno scaffale vacillante:
«Lo sai che sei deludente, vero?»
Socchiuse gli occhi:
«Non ricordo neanche da dove eravamo partiti. Dal disordine.»
«No, dalla telefonata.»
«È lo stesso» esclamò lei, stancamente, avviandosi verso la porta. «Il disordine è nella testa.»
Lui sollevò lo sguardo.
«Non so quando torno» disse. (pp. 18-19)

Alla pressione esercitata nel testo dal dialogo si unisce quella della digressione, che ha lo stesso importante valore delle variopinte frange decorative in un aquilone orientale. Da un lato, essa ha infatti la funzione di *flashback* che illumina il temperamento e la vita, più interiore che esteriore, delle differenti figure via via presentate: secondo la tradizione – rinnovata, però, appunto nelle forme ulteriormente introvertite e nella conseguente prospettiva ravvicinata assunta da Pontiggia – del grande romanzo realista europeo; ma direi anche, più specificamente, di Manzoni, a cui egli ha dedicato il saggio *Manzoni e l'anonimo. Reticenza e omissione nei "Promessi Sposi"* (in *Manzoni europeo*, a cura di Giuseppe Pontiggia, Cariplo, Milano 1985). Dall'altro, invece, essa assume il ruolo di spazio riservato all'autore, la cui onniscienza si traduce in un'aggressività narrativa tutta moderna, decisamente avvertibile nella traccia della comicità sarcastica e dell'ironia impietosa che pervadono molte pagine del romanzo, come quando entrano in campo i mediocri poeti che si esibiscono nella "serata di poesia erotica" (cap. III). Segno del forte protagonismo del narratore, le psicologie sono in breve aggredite con un'ironia feroce e dissacratoria, fatte perno di una satira che sembrerebbe ricordare piuttosto certe figure grottesche di Vargas Llosa o che, anche nelle sue ossessioni e nella sua implacabilità, richiama le modalità formali e l'esperienza di Karl Kraus. È stato Elias Canetti a raccontare, nella raccolta di saggi *La coscienza delle parole* (Adelphi, Milano 1984), quanto Kraus sapesse unire «la sfera della morale e quella della letteratura» e come ricorresse al «*destare orrore*» e all'«*uso delle parole alla lettera*» per il suo scopo (p. 66). Afferma Canetti che «l'uso delle parole alla lettera [...] si manifestava nella sua sovrana capacità di adoperare le citazioni. La citazione, dato il modo in cui egli la usava, deponeva contro l'autore citato: era spesso il culmine, il compimento di ciò che il commentatore mirava a produrre contro di lui. Karl Kraus aveva il dono di condannare gli uomini usando le loro stesse parole» (p. 67). Non per nulla, nel romanzo di Pontiggia è comune a diversi personaggi l'attenzione puntigliosa per la letteralità, per i valori semantici delle parole stabiliti dalla convenzione del linguaggio. Siccome la lingua è un'istituzione sociale, ciò significa oggettivazione, scelta, distinzione, perché ogni protagonista è costretto a specchiarsi nelle parole pronunciate e a farsene egli stesso specchio per il lettore. Ciò significa, ancora, responsabilità, confronto, giudizio etico delle parole pronunciate: insomma, toglier loro la maschera, nel momento in cui esse sono «un'immensa spiaggia di gusci vuoti», ma, pure, togliersi la maschera.

Se le figure maschili e femminili create da Pontiggia non arrivano a destare l'orrore, esse giungono però a suscitare il suo opposto complementare: il riso del comico – la spia dell'attacco che l'autore porta ai suoi personaggi, alla stupidità e alla vanità dei comportamenti, delle abitudini consumistiche di certo mondo borghese contemporaneo. Scaturiscono allora dalle pagine di Pontiggia immagini memorabili dell'Italia degli anni Ottanta, ritratti di uomini senza qualità fra cui spiccano il finanziere Terragni, con il suo interesse per l'aldilà e il disagio per la "contabilità celeste" dell'ultimo giudizio, e l'investigatore Borghi con la sua visione zoologica del mondo, che aveva ben capito come

> i suini cercano, rotolandosi nel fango, di pulirsi: e il modello gli rendeva più decifrabili certi esami di coscienza in pubblico, certe esibizioni di visceri non richieste da nessuno o certe confessioni che gli facevano i suoi nemici, non capiva se per apparire meno sordidi o per diventarlo di più. Non era facile capire neanche l'anima dei suini e questo era un altro insegnamento. (p. 189)

Viene in mente una recensione che Pontiggia scrisse nel «Corriere della Sera» del 13 settembre 1981 per una traduzione delle poesie di Léon-Paul Fargue (*Poesie 1886-1933*, Introduzione e cura di Luciana Frezza, Einaudi, Torino 1981), poi rielaborata e inclusa, appunto con il titolo di *La grande sera*, nel volume di saggi *Il giardino delle Esperidi* (Adelphi, Milano 1984). Lo scrittore vi ripercorre le crepuscolari – ma cariche di "emozioni" – atmosfere delle camere, delle case, della metropoli che, «formicolanti di vite che si incrociano senza incontrarsi» «diventano in Fargue la mappa di percorsi visionari, di camminate instancabili alla ricerca di niente». I versi di Fargue inducono Pontiggia a pensare «a una *archeologia del presente*, alla vetrificazione del mondo in una collezione di parole» di oggetti e di immagini «in cui si rifletta l'emozione di essere esistiti», anche se per poco. «La terra si trasforma in un museo animato, in una lanterna magica, fatta per proiettare ai posteri la testimonianza che eravamo vivi.» Ecco, i protagonisti più vitali del romanzo di Pontiggia vivono proprio così (Andrea, per esempio) o comprendono questo: che il dolore, l'amore perduto, la sconfitta sono appunto quell'«emozione» vera, profonda «di essere esistiti, anche se per poco». Affermava ancora Giuseppe Pontiggia nella sua recensione: «Quest'aria di "grande sera" dominava nel simbolismo di fine secolo, il quale vegliava su un mondo che contribuiva a distruggere».

La grande sera è allora da leggere come una meditazione sull'esistenza di oggi, come un libro in si cui passano al vaglio, si deridono i vizi e gli pseudovalori di un mondo e di una cultura occidentale che mostrano tutta la loro labilità, la cui fine non è però la fine del mondo *tout court*: quantunque un simile disfacimento esistenziale e intellettuale non possa non limitare, non pesare anche su quei personaggi che sanno affrontare la sofferenza, il vuoto manifesto della propria vita, che riescono a continuare i loro giorni senza imposture morali.

Più che la cultura di tradizione simbolistico-decadente, comunque, è un fatto che su Pontiggia sembri agire la tradizione del moderno romanzo e teatro russo, da Gogol' a Čechov e a Dostoevskij. Proprio quest'ultimo, nel capitolo I della Parte quarta dell'*Idiota*, asserisce a proposito del gogoliano Podkolësin che egli «col suo tipico aspetto può persino risultare un'esagerazione, ma non si può dire che sia fuori dalla realtà»; e che tutti i George Dandin e i Podkolësin «esistono realmente, si agitano e corrono dinanzi a noi ogni giorno, ma in uno stato diluito». Come evitare, altrimenti, di cadere nell'equivoco naturalista di far parlare da sé, di voler rendere la realtà “comune”, oggettiva, dei tipi che s’incontrano nella vita di tutti i giorni? D’altronde, era ancora Karl Kraus a dire che «un aforisma non ha bisogno di esser vero, ma deve scavalcare la verità» e che «con un passo solo deve saltarla». Ecco così che una specie tutta italiana e contemporanea di “anime morte” gogoliane, smascherate tramite una galleria di biografie interiori (dove non a caso, a farne risaltare l’esemplarità, compare spesso il modo infinito dei verbi), sono i personaggi che affollano una società industriale e urbana per lo più inerte, sotto l’apparenza dell’operosità e del movimento incessante: dunque frivola, frustrata e impotente sul piano spirituale, incapace com’è di cogliere e abitare davvero la vita, la sua realtà autentica di pena, di sconfitta e di perdita, ma anche di intimo slancio, di volontà gioiosa. Oppure, quando anche sia lucidamente senza illusioni – come il finanziere Terragni o l’investigatore Borghi, per esempio –, troppo cinica e inaridita per alimentare la sollecitudine degli affetti, intesi nel senso più lato del termine, quel filo sempre esile che lega ciascuno di noi al vivere comune. Appropriandoci delle parole di Stephen Spender per il gruppo dei protagonisti del romanzo woolfiano *Le onde*, potremmo dire che anche qui c’è «una maschera sfaccettata» dell’attuale «solitudine umana» (e, in particolare, italiana), e che Pontiggia non teme che l’artificio del personaggio sia «solo una maschera che invano dissimula il volto dell’autore» – come osserva Kundera a proposito della concezione del romanzo di Broch. Quello della *Grande sera* è un mondo di falliti (ma non solo) che confondono l’adesione al nocciolo più segreto dell’esistenza con la passività, con la stanca rassegnazione alla morte della mente e dello spirito – quella di Mario, fratello dello scomparso –, o con forme di vitalismo estetizzante e falso, adeguate al nostro tempo grazie ai meccanismi pubblicitari: come invece, per esempio, fa il manager, e mentitore per vocazione, Campisi. Davanti al lettore, in breve, si susseguono esseri spenti che non sopportano o non comprendono come vivere sia spesso veder fallire molte delle proprie attese. Eppure, fra essi ci sono alcuni personaggi femminili (la moglie e le amanti dell'uomo sparito) e il giovane Andrea (suo nipote) che si dimostrano autenticamente vivi e umani, pur fra sbandamenti e incertezze: perché capaci, come già abbiamo accennato, di affermare la propria dignità, sia accettando il dolore e la deprivazione fisica ed emotiva, sia guardando quel deserto esistenziale e riempiendolo con una rinnovata e libera coscienza di sé e con uno slancio affettivo ancora più saldo e compiuto. Come dire: se la meta è comunque una sconfitta, che l'essere umano non inizi almeno il suo viaggio già battuto. È questo un motivo caro da sempre a Pontiggia, nei cui romanzi – dall'*Arte della fuga* in poi – la donna, pur nell'universale soccombere al destino, ha talvolta la forza di radicarsi nella vita con maggior coraggio e minore ipocrisia dell'uomo: non una piaggeria alla moda, ma la capacità di percepire un dato sociale e culturale che contrassegna il mondo di oggi.

Certo, Giuseppe Pontiggia ha una visione pessimistica dell'esistenza e della società contemporanea, ed è proprio da tutto questo che nasce la sua scrittura *spietata*. Mentre nel *Giocatore invisibile*, più vicino all'esperienza sperimentale neoavanguardista dell'*Arte della fuga*,[2] c'erano un'attenzione puntuale a come le figure si rivelavano dall'esterno, ai loro gesti ecc., e una parca osservazione psicologica di tipo analitico-descrittivo, qui – assai più che nel *Raggio d'ombra* – il gusto del raccontare, accanto al piacere del dialogo, senza sbavature, si fa pure gusto dell'ampia resa della dimensione intima dei personaggi, di lucido distacco, ma anche di partecipazione, di dialettica, di comunicazione morale. Sbaglieremmo a pensare a un romanzo a tesi di un narratore che ha peraltro la stoffa del moralista, come abbiamo

[2] Per cui rimandiamo al nostro saggio *Uno scrittore contemporaneo: Giuseppe Pontiggia*, in «Moderna Språk», 4, 1980 e in «Rassegna Lucchese», 6, 1981.

già avuto l'opportunità di osservare. È il taglio nuovo della scrittura, il cui ritmo narrativo è scandito da capitoli brevi, in un romanzo che non è più solo narrazione di fantasia, ma modernamente anche saggio (si pensi per esempio al cap. VIII intitolato "Che cosa significa aspettare"), è il linguaggio condensato in cui s'incontrano ossimori, paradossi, antitesi, (quasi) aforismi ecc., che dà un'impronta originale alla *Grande sera*: non per nulla è stato proprio questo aspetto "sperimentale" a suscitare le maggiori incomprensioni. Nondimeno Pontiggia, che è scrittore capace di riflettere sul linguaggio, di farlo fermentare e reagire a se stesso, aveva già lavorato nel senso a cui accennavamo nella raccolta di saggi *Il giardino delle Esperidi*, dove l'ironia era pari alla forza di penetrazione di una parola nitida e restituita alla sua intensità espressiva. In un simile travaso di esperienze formali tra romanzo e saggio, tra registri della scrittura romanzesca e quelli dello stile saggistico, sta del resto un altro carattere riconoscibile dell'opera di questo autore italiano: più di recente, si possono confrontare per esempio l'asciuttezza e il nerbo caustico dell'antologia di scritti satirici, o "saggi" comici, *Le sabbie immobili* (Il Mulino, Bologna 1991) con la concisione e la sveltezza ironica delle diciotto biografie di gente ordinaria radunate nell'ultimo, avvincente libro *Vite di uomini non illustri* (Mondadori, Milano 1993). Palese, ancora una volta, come ogni opera rappresenti un'esperienza compiuta di linguaggio, ma all'interno di un percorso di ricerca formale i cui poli appaiono strettamente connessi e le cui mete sono continuamente *in fieri*. Proprio dell'*humus*, che si è venuto delineando fin qui, si nutre lo stile terso e insieme ricco di risonanze della *Grande sera*: diamantino, coerente e nello stesso tempo arioso, in una escavazione del linguaggio che giunge fino alla radice dei significati:

> A quarant'anni Giulia aveva raggiunto una età "decisiva". Evitava di chiarire la definizione, ma gli altri non

avevano difficoltà a crederle. Non facciamo che passare da un'età decisiva a un'altra, finché un attimo decide, questa volta definitivamente, di tutto. Nel frattempo continuiamo a prendere decisioni. La sua era stata di dedicarsi alla poesia. (p. 36)

Un passo in cui l'autore si confronta con i valori originari del latino *decīdo*, cioè "taglio via", "tronco", "sbrigo", "concludo", ma anche "vengo a un accomodamento", "transigo". La passione etimologica di Pontiggia, quel suo modo caratteristico di penetrare nel linguaggio e di sondarne il più possibile le diverse, sedimentate valenze di significato, porta alla costruzione di un testo che colpisce nel vivo, che costringe a pensare, che erode tante certezze e tanti luoghi comuni, che obbliga, magari con un paragone eccentrico, a rivedere i soliti parametri di giudizio. Lo ribadiamo, chi cerca nel romanzo il puro gioco raffinato e intellettualistico, l'evasione in una storiella ben narrata, l'effusione lirica, non li troverà qui. La scrittura non consola ed è anzi guidata da una razionalità ostinata quanto la perizia tecnica: del resto, la vita e il destino non sono davvero il "giocatore invisibile" che è pronto a colpirci in maniera terribile e quando siamo più indifesi?

Vuoto, dolore, negatività: è questa l'essenza delle cose, della vita, della società, le cui maschere illusorie dobbiamo svelare con l'esercizio di una ragione luminosa e colma di disincanto. Non a caso, la vicenda narrata nella *Grande sera*, in un immaginario arco temporale di tre mesi, se ha i propri momenti culminanti nelle atmosfere al tramonto, quando finalmente cadono gli inganni e si compiono, confluendo, l'accettazione della realtà e la conoscenza di sé – il "vivere" e il "vedere i colori della vita" –, si chiude con un mattino di settembre: quello in cui il giovane Andrea scopre che lo zio scomparso gli ha lasciato del denaro, perché possa realizzare il proprio distacco, in piena autonomia, dalla famiglia infelice e opprimente e, soprattutto, il sogno di una vita in comune con la ragazza che ama, forse con una sincerità e un coraggio maggiore dei sentimenti di quanto non accadesse allo zio stesso o ai suoi genitori. Un finale ambiguo, una sorpresa, certo: la novità di un gesto d'affetto solidale, imprevedibile come il dono inatteso di una tenerezza che ci è data prima ancora di poterla solo immaginare.

Daniela Marcheschi

Nota bibliografica

Giuseppe Pontiggia (Como 1934 – Milano 2003), narratore e saggista, ha pubblicato le seguenti opere:

La morte in banca («Quaderni del Verri», 1959; II edizione riveduta e ampliata Mondadori, Milano 1979; III edizione riveduta e ampliata Oscar Mondadori, Milano 1991, 2003)
L'arte della fuga (Adelphi, Milano 1968; II edizione riveduta e ampliata Adelphi, Milano 1990)
Il giocatore invisibile (Mondadori, Milano 1978; Oscar Mondadori, Milano 1989, 2001)
Il raggio d'ombra (Mondadori, Milano 1983; II edizione riveduta e ampliata Oscar Mondadori, Milano 1988, 2002)
Il giardino delle Esperidi (Adelphi, Milano 1984)
La grande sera (Mondadori, Milano 1989; Premio Strega 1989; II edizione riveduta Oscar Mondadori, Milano 1995, 2001)
Le sabbie immobili (Il Mulino, Bologna 1991; Premio Satira politica – Forte dei Marmi 1992)
Vite di uomini non illustri (Mondadori, Milano 1993; Premio Super Flaiano 1994; Oscar Mondadori, Milano 1999, 2001)
Portrait de l'artiste de taille (édition bilingue Tour de Babel, Parigi 1995)
L'isola volante (Mondadori, Milano 1996; Oscar Mondadori, Milano 2002)

I contemporanei del futuro. Viaggio nei classici (Mondadori, Milano 1998; Oscar Mondadori, Milano 2001)
Nati due volte (Mondadori, Milano 2000; Premio Campiello 2001, Oscar Mondadori, Milano 2002)
Prima persona (Mondadori, Milano 2002, Oscar Mondadori 2003)

Le sue opere sono state tradotte in numerosi paesi europei ed extraeuropei.

Traduzioni

Bonvesin da la Riva, *Le meraviglie di Milano*, prefazione di Maria Corti, Bompiani, Milano 1974
Decimo Magno Ausonio, *La Mosella*, Verba Edizioni, Milano 1984

Scritti su Giuseppe Pontiggia

U. Marvardi, in «La Fiera letteraria», 5 febbraio 1961
M. Ferronato, in «Letture», XXIII, 12, dicembre 1968
P. Dallamano, in «Paese Sera», 2 febbraio 1969
V. Vettori, in «Il Telegrafo», 6 febbraio 1969
R. Barilli, in «Corriere della Sera», 13 febbraio 1969
G.C. Ferretti, in «Rinascita», VIII, 21 febbraio 1969
G. Testa, in «Quindici», XV, marzo 1969
G. Cristini, in «Avvenire», 21 marzo 1969
L. Anceschi, in «il Verri», 32, 1970
A. Contò, in «Quinta generazione», 1978
R. Minore, in «Il Messaggero», 7 marzo 1978
L. Mondo, in «La Stampa», 10 marzo 1978
C. Marabini, in «Il Resto del Carlino», 16 marzo 1978
P. Dallamano, in «Paese Sera», 19 marzo 1978
G. Nascimbeni, in «Corriere della Sera», 19 marzo 1978
M. Pancera, in «Corriere d'informazione», 25 marzo 1978
G. Raboni, in «Tuttolibri» (suppl. a «La Stampa»), 25 marzo 1978
A. Giuliani, in «la Repubblica», 2 aprile 1978
M. Corti, in «Il Giorno», 2 aprile 1978
D. Porzio, in «Panorama», 4 aprile 1978

G. Mameli, in «L'Unione sarda», 8 aprile 1978
G. Pampaloni, in «il Giornale», 9 aprile 1978
W. Mauro, in «Il Popolo», 15 aprile 1978
N.F. Poliaghi, in «Arena di Pola», 18 aprile 1978
W. Pedullà, in «Avanti!», 19 aprile 1978
P. Milano, in «L'Espresso», 23 aprile 1978
R. Cantini, in «Epoca», 25 aprile 1978
G. Finzi, in «Giorni e vie nuove», 26 aprile 1978
G. Bonura, in «Avvenire», 27 aprile 1978
C. Del Teglio, in «La Provincia», 28 aprile 1978
E. Fabiani, in «Gente», 29 aprile 1978
F. Gianfranceschi, in «Il Tempo», 5 maggio 1978
C. Fruttero, F. Lucentini, in «La Stampa», 6 maggio 1978
B. Maier, in «Il Piccolo», 3 giugno 1978
C. Toscani, in «Il Ragguaglio librario», XLV, 6, giugno 1978
G. Pandini, in «Gazzetta di Parma», 8 giugno 1978
G. De Rienzo, in «Famiglia Cristiana», 11 giugno 1978
M. Cucchi, in «l'Unità», 12 giugno 1978
M. Prisco, in «Oggi», 17 giugno 1978
V. Faggi, in «Giornale di Brescia», 21 luglio 1978
G. Imperatori, in «Gazzetta di Padova», 21 luglio 1978
C. Sgorlon, in «Il Gazzettino», 14 settembre 1978
G. Manganelli, in «Tuttolibri» (suppl. a «La Stampa»), 2 dicembre 1978
F. Zangrilli, in «The Canadian Journal of Italian Studies», 1979
M. Cucchi, in «Il Giorno», 1 aprile 1979
G. Raboni, in «Tuttolibri» (suppl. a «La Stampa»), 7 aprile 1979
C. Del Teglio, in «La Provincia», 15 aprile 1979
G. Gramigna, in «Corriere della Sera», 15 aprile 1979
F. Gianfranceschi, in «Il Tempo», 20 aprile 1979
G. Mameli, in «L'Unione sarda», 21 aprile 1979
R. Minore, in «Il Messaggero», 25 aprile 1979
O. Cecchi, in «Rinascita», 27 aprile 1979
I. Scaramucci, in «Il Ragguaglio librario», XLVI, 5, maggio 1979
F. Piemontese, in «Paese Sera», 6 maggio 1979

C. Toscani, in «Brescia oggi», 8 maggio 1979
G. Bonaviri, in «La Gazzetta del Popolo», 24 maggio 1979
C. Del Teglio, in «Como», 2, estate 1979
G. Amoroso, in «Gazzetta del Sud», 8 giugno 1979
C. Marabini, in «Il Resto del Carlino», 23 giugno 1979
M. Abbate, in «Gazzetta del Mezzogiorno», 29 giugno 1979
B. Maier, in «Il Piccolo», 3 luglio 1979
M. Grasso, in «Messaggero veneto», 6 luglio 1979
V. Gazzola-Stacchini, in *La letteratura italiana. Storia e testi*, (a cura di C. Muscetta), vol. X, t. I, Bari, Laterza 1980
N. Majellaro, in «Nuova Corrente», 82-83, 1980
D. Marcheschi, in «Moderna Språk», Nacka, 1980 e in «Rassegna Lucchese», 6, 1981
D. De Camilli, in «Italianistica», X, 1, gennaio-aprile 1981
P. Ruffilli, in «Il lettore di provincia», XII, 45-46, giugno-settembre 1981
L. Lattarulo, in *La ricerca narrativa tra logica e misticismo*, Edizioni Carte Segrete, Roma 1982
G. Amoroso, in *Narrativa italiana 1975-1983 con vecchie e nuove varianti*, Mursia, Milano 1983
G. Bettin, in «Linea d'ombra», 2, 1983
G.C. Ferretti, in *Il bestseller all'italiana*, Laterza, Bari 1983
A. Giuliani, in *Autunno del Novecento*, Feltrinelli, Milano 1983
E. Siciliano, in *Racconti italiani del Novecento*, Mondadori, Milano 1983
C. Del Teglio, in «La Provincia», 27 marzo 1983
G. Mariotti, in «L'Espresso», 27 marzo 1983
C. Toscani, in «Il Piccolo», 2 aprile 1983
F. Gianfranceschi, in «Il Tempo», 8 aprile 1983
G. Testa, in «L'Ora», 8 aprile 1983
E. Croce, in «La Nazione», 9 aprile 1983
A. Giuliani, in «la Repubblica», 10 aprile 1983
C. Sgorlon, in «il Giornale», 10 aprile 1983
G. Cherchi, in «Il manifesto», 13 aprile 1983
P. Citati, in «Corriere della Sera», 13 aprile 1983
L. Surdich, in «Il Secolo XIX», 13 aprile 1983

C. Marabini, in «Il Resto del Carlino», 14 aprile 1983
M. Grasso, in «Giornale di Sicilia», 15 aprile 1983
A. Guglielmi, in «Paese Sera», 15 aprile 1983
W. Pedullà, in «Avanti!», 15 aprile 1983
M. Silvera, in «Vogue Italia», 15 aprile 1983
L. Mondo, in «Tuttolibri» (suppl. a «La Stampa»), 16 aprile 1983
R. Crovi, in «Il Giorno», 17 aprile 1983
G. Raboni, in «Il Messaggero», 20 aprile 1983
F. Piemontese, in «Il Mattino», 21 aprile 1983
O. Cecchi, in «Rinascita», 22 aprile 1983
L. Simonelli, in «La Domenica del Corriere», 22 aprile 1983
G. Pandini, in «Giornale di Brescia», 30 aprile 1983
A. Porta, in «Alfabeta», 48, maggio 1983
L. Grazioli, in «Bergamo-oggi», 3 maggio 1983
R. Bertacchini, in «La Notte», 4 maggio 1983
R. Quadrelli, in «Prospettive Libri», 4 maggio 1983
G. Bonura, in «Avvenire», 5 maggio 1983
A. Scurani, in «Letture», XXXVIII, 5, maggio 1983
F. Brevini, in «Libera Stampa», 7 maggio 1983
D. Porzio, in «Panorama», 9 maggio 1983
R. Cantini, in «Epoca», 13 maggio 1983
O. del Buono, in «L'Europeo», 21 maggio 1983
G. Marrone, in «Il Giornale di Sicilia», 1 giugno 1983
G. Vizzari, in «L'Umanità», 5 luglio 1983
L. Meneghelli, in «L'Arena», 7 luglio 1983
L. Lattarulo, in «Rivista Europea», V, 17, novembre 1983
C. Viviani, in «Lunarionuovo», 27, novembre-dicembre 1983
G. Tedeschi, in «Giornale di Lecce», 1 dicembre 1983
L. Fontanella, in «Gradiva», 1/New Series, 1984
D. Marcheschi, in «Rassegna lucchese», 19-20, 1984
M. Forti, in «Nuova Antologia», 2149, gennaio-marzo 1984
G. Rugarli, in «Rivista milanese di economia», 10, aprile-giugno 1984
A. Guglielmi, in «Paese Sera», 23 maggio 1984
R. Minore, in «Il Messaggero», 26 maggio 1984

E. Siciliano, in «Corriere della Sera», 30 maggio 1984
F. Zangrilli, in «Rivista di studi italiani», II, 1, giugno 1984
F. Piemontese, in «Il Mattino», 1 giugno 1984
G. Raboni, in «Rinascita», 2 giugno 1984
C. Del Teglio, G. Dego, A. Longatti, in «La Provincia», 10 giugno 1984
V. Faggi, in «Giornale di Brescia», 12 giugno 1984
C. Marabini, in «Il Resto del Carlino», 17 giugno 1984
C. Sgorlon, in «il Giornale», 17 giugno 1984
C. Fantazzi, in «World Literature Today», 58, 3, estate 1984
G. Finzi, in «Avvenire», 7 luglio 1984
G. Mameli, in «L'Unione sarda», 7 luglio 1984
L. Mondo, in «Tuttolibri» (suppl. a «La Stampa»), 14 luglio 1984
G. Giudici, in «L'Espresso», 15 luglio 1984
L. Piccioni, in «Il Tempo», 20 luglio 1984
R. Crovi, in «Il Giorno», 22 luglio 1984
C. Maffi, in «Il Borghese», 29 luglio 1984
G. Tedeschi, in «Il Popolo», 1 agosto 1984
P. Gibellini, in «il Giornale», 5 agosto 1984
D. Porzio, in «Panorama», 6 agosto 1984
C. Toscani, in «Il Piccolo», 6 agosto 1984
S. Giovanardi, in «la Repubblica», 11 settembre 1984
M. Cucchi, in «l'Unità», 20 settembre 1984
G. Pandini, in «Gazzetta di Parma», 27 settembre 1984
F.L. Galati, in «L'Osservatore Romano», 1 ottobre 1984
S. Addamo, in «La Sicilia», 5 ottobre 1984
A. Girola, in «Corriere della Provincia», 5 novembre 1984
C. Del Teglio, in *Leucensia*, Editrice C.B.R.S., Lecco 1985
R. Minore, in *Il gioco delle ombre*, SugarCo, Milano 1985
G. Spagnoletti, in *La letteratura del nostro secolo*, Mondadori, Milano 1985
F. Tempesti, in «Poliorama», 3, 1985
A. Ederle, in «L'Arena», 21 febbraio 1985
I. Scaramucci, in «Il Ragguaglio librario», LII, 4, aprile 1985

F. Bouchard, in «La Quinzaine littéraire», 450, 1-15 novembre 1985
A. Rinaldi, in «L'Express», 15-21 novembre 1985
G. Orelli, in «Azione», 19 dicembre 1985
C. Viredaz, in «Journal de Genève», 28 dicembre 1985
A. Pietropaoli, in *Ai confini del giallo. Teoria e analisi della narrativa gialla ed esogialla*, Edizioni Scientifiche Italiane, Napoli 1986
F. Zangrilli, in «Quaderni d'italianistica», VII, 2, autunno 1986
G. Manacorda, in *Letteratura italiana d'oggi 1965-1985*, Editori Riuniti, Roma 1987
L. Lattarulo, Introduzione a G. Pontiggia, *Il raggio d'ombra*, II edizione riveduta e ampliata, Oscar Mondadori, Milano 1988
G. Cherchi, in «l'Unità», 3 febbraio 1988
G.C. Ferretti, in «Panorama», 27 marzo 1988
C. Prévost, in «L'Humanité», 8 giugno 1988
R. de Ceccatty, in «La Quinzaine littéraire», 511, 16 giugno 1988
M. Grazier, in «Télérama», 18 giugno 1988
A. Moravia, in «Corriere della Sera», 24 luglio 1988
J.-N. Pancrazi, in «Le Monde», 29 luglio 1988
D. Marcheschi, Introduzione a G. Pontiggia, *Il giocatore invisibile*, Oscar Mondadori, Milano 1989
C. Altarocca, in «La Stampa», 15 aprile 1989
R. Minore, in «Il Messaggero», 15 aprile 1989
G. Amoroso, in «Gazzetta del Sud», 25 aprile 1989
A. Longatti, in «La Provincia», 25 aprile 1989
A. Grasso, in «Il Secolo XIX», 29 aprile 1989
A. Moravia, in «Corriere della Sera», 3 maggio 1989
G. Bonura, in «Avvenire», 6 maggio 1989
L. Canali, in «Paese Sera», 7 maggio 1989
C. Marabini, in «Il Resto del Carlino», 9 maggio 1989
L. Mondo, in «La Stampa», 9 maggio 1989
B.P. Boschesi, in «Il mattino dell'Alto Adige» e in «L'Adige», 11 maggio 1989
R. Ceserani, in «Il manifesto», 11 maggio 1989
V. Faggi, in «Giornale di Brescia», 11 maggio 1989

A. Cattabiani, in «Il Sabato», 13 maggio 1989
S. Campailla, in «Il Messaggero veneto», 14 maggio 1989
G. Gerosa, in «Il Giorno», 14 maggio 1989
G. Pampaloni, in «il Giornale», 14 maggio 1989
C. Toscani, in «Brescia oggi», 14 maggio 1989
G. Rugarli, in «Il Messaggero», 15 maggio 1989
S. Addamo, in «La Sicilia», 16 maggio 1989
G. Lagorio, in «l'Unità», 17 maggio 1989
M. Picchi, in «L'Espresso», 21 maggio 1989
C. Sgorlon, in «Corriere di Pordenone» e in «Il Piccolo», 21 maggio 1989
A. Giuliani, in «la Repubblica», 25 maggio 1989
L. Piccioni, in «Il Tempo», 26 maggio 1989
M. Coretti, in «Il banco di lettura», II, 4, giugno 1989
E. Golino, in «Millelibri», giugno 1989
L. Lattarulo, in «Il Nuovo Spettatore italiano», 53-54, giugno-luglio 1989
F. Grisi, in «Il Giornale d'Italia», 2 giugno 1989
G.M. Poddighe, in «La Nuova Sardegna», 3 giugno 1989
F. Piemontese, in «Il Mattino», 6 giugno 1989
G. De Rienzo, in «Famiglia Cristiana», 7 giugno 1989
G. Giarola Tavoso, in «L'Arena» e in «Il Giornale di Vicenza», 8 giugno 1989
G. Salvadori Del Prato, in «Alto Adige», 8 giugno 1989
F. Diwan, in «Grazia», 18 giugno 1989
F. Portinari, in «Panorama», 18 giugno 1989
C. Sgorlon, in «La Nazione», 21 giugno 1989
G. Tedeschi, in «Il Popolo», 21 giugno 1989
M. Barenghi, in «Linea d'ombra», 40, luglio-agosto 1989
F.L. Galati, in «L'Osservatore Romano», 9 luglio 1989
G. Orelli, in «Azione», 13 luglio 1989
R. Mussapi, in «Il Sabato», 29 luglio 1989
D. Porzio, in «Millelibri», agosto 1989
C. Casoli, in «Città Nuova», XXXIII, 15-16, 10-25 agosto 1989
D. Marcheschi, in «il Verri», settembre-dicembre 1989
F. Piemontese, in «Il Mattino», 6 settembre 1989
P. Bruni, in «Il Tiraccio», ottobre 1989
G. Marchetti, in «Gazzetta di Parma», 18 ottobre 1989

G. Dell'Arti, in «il Venerdì» (suppl. a «la Repubblica»), 3 novembre 1989
A. Guffanti De Franceschi, in «Prosapoesia» (suppl. a «Artestampa»), 3, dicembre 1989
F. Zangrilli, in «Rivista di Studi pirandelliani», 3, VII, dicembre 1989
A. Cadioli, in «Lingua e letteratura», 14-15, 1990
G. Chiarelli, in «Informazione flash», 10 marzo 1990
C. Fruttero, F. Lucentini, in «Tuttolibri» (suppl. a «La Stampa»), 7 aprile 1990
G. Orelli, in «Azione», 12 aprile 1990
E. Rasy, in «L'Espresso», 22 aprile 1990
G. Pandini, in «La Provincia di Cremona», 28 aprile 1990
G. Amoroso, in «La biblioteca di Shaharazad», maggio 1990
F. Piemontese, in «Il Mattino», 1 maggio 1990
R. de Ceccatty, in «Il Messaggero», 5 maggio 1990
R. Oberti, in «La Provincia», 10 maggio 1990
R. Gramigna, in «Corriere della Sera», 13 maggio 1990
R. Mele, in «Il Giornale d'Italia», 15 maggio 1990
G. Ferretti, in «Panorama», 17 giugno 1990
S. Muddolon, in «L'Arena», 21 giugno 1990
E. Paccagnini, in «Il Sole-24 Ore», 24 giugno 1990
M. Dentone, in «Il Ragguaglio librario», 9 settembre 1990
M. Barenghi, Introduzione a G. Pontiggia, *La morte in banca*, Oscar Mondadori, Milano 1991
G. Mercogliano, in *Un mondo senza parole*, Pietro Lacaita Editore, Manduria-Bari-Roma 1991
F. Vitoux, in «Le Nouvel Observateur», 18 aprile 1991
R. de Ceccaty, in «Le Monde», 19 aprile 1991
A. Sarrabayrouse, in «La Quinzaine littérarie», 2 maggio 1991
G. Cherchi, in «l'Unità», 8 maggio 1991
S. Addamo, in «La Sicilia», 10 maggio 1991
M. Alloni, in «Profili letterari», I, giugno 1991
D. Marchetta, in «Gazzetta del Sud», 4 giugno 1991
A. Ederle, in «L'Arena» e «Giornale di Vicenza», 6 giugno 1991
A. Todisco, in «Il Resto del Carlino», 17 giugno 1991

M. Dentone, in «Misure Critiche», XXI, 80-81, luglio-dicembre 1991
V. Faggi, in « Giornale di Brescia», 16 luglio 1991
M. Serri, in «Wimbledon», II, 16, luglio-agosto 1991
G. Ferretti, in «Panorama», 4 agosto 1991
E. Paccagnini, in «Il Sole-24 Ore», 1 settembre 1991
A. Barberis, in «Millelibri», 46, ottobre 1991
G. Almansi, in «Panorama», 6 ottobre 1991
G. Cherchi, in «Panorama», 6 ottobre 1991
G. Pagani, in «La Provincia», 6 ottobre 1991
S. Fiori, in «la Repubblica», 12 ottobre 1991
D. Basili, in «Gazzetta del Sud», 13 ottobre 1991
G. Pampaloni, in «il Giornale», 13 ottobre 1991
G. Amoroso, in «Gazzetta del Sud», 15 ottobre 1991
F. Piemontese, in «Il Mattino», 15 ottobre 1991
R. Cotroneo, in «Wimbledon», II, 18, ottobre 1991
G. Bonura, in «Avvenire», 20 ottobre 1991
A. Sensini, in «Il Gazzettino», 20 ottobre 1991
G. Marchetti, in «Gazzetta di Parma», 23 ottobre 1991
A. Guglielmi, in «La Stampa», 26 ottobre 1991
F. Mannoni, in «La Provincia», 26 ottobre 1991
G. Pandini, in «La Provincia», 27 ottobre 1991
M. Corti, in «Millelibri», 47, novembre 1991
F. Panzeri, in «Esagono», 4 novembre 1991
S. Volpe, in «Giornale di Sicilia», 4 novembre 1991
G. Lugaresi, in «Il Gazzettino», 7 novembre 1991
C. Marabini, in «Il Resto del Carlino», 8 novembre 1991
G. Annibaldis, in «Gazzetta del Mezzogiorno», 13 novembre 1991
R. Bertacchini, in «Messaggero Veneto», 17 novembre 1991
A. Mieli, in «Famiglia Cristiana», 20 novembre 1991
P. Ruffilli, in «Il Mattino», 27 novembre 1991
G. Saltini, in «La Nuova Gazzetta di Modena», 4 dicembre 1991
C. Toscani, in «Brescia oggi», 18 dicembre 1991
R. Bertacchini, in *Il romanzo del novecento in Italia*, Edizione Studium, Roma 1992

C. Segre, C. Martignoni, in *Testi nella storia. Il Novecento*, Edizioni scolastiche Bruno Mondadori, Milano 1992
F. Zangrilli, in *La forza della parola*, Longo Editore, Ravenna 1992
F. Velonà, in «Leggere», 37, gennaio 1992
P. Cigada, in «Il Sole-24 Ore», 5 gennaio 1992
V. Volpini, in «Famiglia Cristiana», 3, 14 gennaio 1992
M. Alloni, in «Profili letterari», II, aprile 1992
E. La Stella, in «Excelsior», 75, aprile 1992
P. Pugni, in «Studi Cattolici», giugno 1992
W. Pedullà, in *Le caramelle di Musil*, Rizzoli, Milano 1993
R. Bertacchini, in «Rassegna di cultura e vita scolastica», gennaio-febbraio 1993
C. Segre, in «Corriere della Sera», 21 settembre 1993
C. Fruttero, F. Lucentini, in «Panorama», 26 settembre 1993
G. Bonura, in «Avvenire», 26 settembre 1993
E. Paccagnini, in «Il Sole-24 Ore», 26 settembre 1993
G. Pampaloni, in «il Giornale», 26 settembre 1993
L. Mondo, in «Il Tempo», 27 settembre 1993
G. Amoroso, in «Gazzetta del Sud», 28 settembre 1993
C. Marabini, in «Nuova Antologia», anno 128, fasc. 2188, ottobre-dicembre 1993
L. Mondo, in «Tuttolibri» (suppl. a «La Stampa»), XVIII, 873, ottobre 1993
G. Mameli, in «L'Unione sarda», 2 ottobre 1993
A. Longatti, in «La Provincia», 3 ottobre 1993
F. Mannoni, in «La Provincia», 3 ottobre 1993
M. Rusconi, in «L'Espresso», 3 ottobre 1993
M. Barenghi, in «l'Unità», 4 ottobre 1993
N. Salvalaggio, in «Il Gazzettino», 4 ottobre 1993
L. Di Malta, in «Grazia», 6 ottobre 1993
C. De Michelis, in «L'Arena», 9 ottobre 1993
A. Mieli, in «Il Giorno», 10 ottobre 1993
L. Doninelli, in «Il Sabato», 16 ottobre 1993
R. Bertacchini, in «l'Indipedente», 17 ottobre 1993
A. Giuliani, in «la Repubblica», 20 ottobre 1993
L. Grazioli, in «Il manifesto», 21 ottobre 1993
I. Servello, in «Giornale di Sicilia», 23 ottobre 1993

A. Guglielmi, in «L'Espresso», 24 ottobre1993
A. Tinterri, in «Il Secolo XIX», 24 ottobre 1993
P. Pugni, in «L'Eco di Bergamo», 28 ottobre 1993
I. Rosato, in «Corriere del Ticino», 28 ottobre 1993
L. Romano, in «Panorama», 31 ottobre 1993
P. Ruffilli, in «La tribuna», 13 novembre 1993
R. Minore, in «Il Messaggero», 17 novembre 1993
G. Calciolari, in «Altra Italia», dicembre 1993
V. Coletti, in «L'Indice dei libri del mese», dicembre 1993
C. Toscani, in «Il Ragguaglio librario», LX, 12, dicembre 1993
F. Piemontese, in «Il Mattino», 28 dicembre 1993
M. Barenghi, *Tirature-'94*, Baldini & Castoldi, Milano 1994
G. Fofi, in «Linea d'Ombra», 89, gennaio 1994
G. Raboni, in «Nuovi Argomenti», 49, gennaio-marzo 1994
S. Valzania, in «Agonistika News», anno IV, n. I, gennaio-marzo 1994
L. Caricato, in «Voce del Sud», 8 gennaio 1994
M. Dentone, in «Bacherontius», febbraio 1994
V.M. Oreggia, in «Leggere», VII, 57, febbraio 1994
A. Guffanti de Franceschi, in «Prosapoesia» (suppl. a «Artestampa»), marzo 1994
R. Mussapi, in «Gazzetta di Parma», 1 giugno 1994
F. Parazzoli, in «Famiglia Cristiana», 20 luglio 1994
R. Barilli, in «L'immaginazione», 113, agosto-settembre 1994
L. Fontanella, in «America oggi», 18 dicembre 1994
F. Parazzoli, in «Famiglia Cristiana, 50, 21 dicembre 1994
R. Barilli, in *La neoavanguardia italiana*, Il Mulino, Bologna 1995
K. Ernst, in «ORF», 12 marzo 1995
S., in «Fraulisches Tag», 25 marzo 1995
U. März, in «Die Zeit», 7 aprile 1995
R. Meyer, in «Göttinger Tageblatt», 8 aprile 1995
R.H. Wiegenstein, in «Süddeutsche Zeitung», 8 aprile 1995
R. Konersmann, in «Faz», 11 aprile 1995

S. Schulze-Gattermann, in «Hamburger Abendblatt», 18 aprile 1995
K. Deventer, in «Berliner Zeitung», 20 aprile 1995
A. Giuliani, in «la Repubblica», 17 dicembre 1995
D. Marcheschi, Postfazione a G. Pontiggia, *La grande sera*, ediz. riveduta, Oscar Mondadori, Milano, 1995
G. Marchetti, in «Il Giorno», 4 febbraio 1996
F. Parazzoli, in «Famiglia Cristiana», 7 febbraio 1996
M. Corti, in «la Repubblica», 8 febbraio 1996
C. De Michelis, in «Brescia oggi», 10 febbraio 1996
G. Bonura, in «Avvenire», 10 febbraio 1996
C. Fruttero, F. Lucentini, in «Tuttolibri» (suppl. a «La Stampa»), 10 febbraio 1996
L. Canali, in «il Giornale», 12 febbraio 1996
A. Carandente, in «Giornale di Napoli», 15 febbraio 1996
F. Piemontese, in «Il Mattino», 21 febbraio 1996
G. De Rienzo, in «Sette» (suppl. al «Corriere della Sera»), 22 febbraio 1996
A. Bevilacqua, in «Grazia», 23 febbraio 1996
L. Romano, in «Panorama», 29 febbraio 1996
E. Siciliano, in «L'Espresso», 15 marzo 1996
P.V. Mengaldo, in «l'Unità», 18 marzo 1996
E. Paccagnini, in «Il Sole-24 Ore», 31 marzo 1996
V. Faggi, in «Oggi e domani», anno XXIV, n. 4, aprile 1996
G. Ruozzi, in *Scrittori italiani di aforismi*, Mondadori, Milano 1996
A. Mundula, in «L'Osservatore romano», 24 aprile 1996
F. Napoli, in «Gazzetta di Parma», 22 maggio 1996
A. Flammia, in «Metropolitan», vol. 5, n. 9, Roma, 27 maggio-6 giugno 1996
L. Fontanella, in «America oggi», 16 giugno 1996
G. Raboni, in «Corriere della Sera», 1 agosto 1996
A. Carandente, in «Dromena», 1996
P. Lepape, in «Le Monde», 11 ottobre 1996
E. Testa, in *Lo stile semplice. Discorso e romanzo*, Einaudi, Torino 1997
G. Amoroso, in *Il cenacolo degli specchi*, Salvatore Sciascia editore, Caltanissetta-Roma 1997

F. Napoli, in «Letture», anno LII, quaderno 538, giugno-luglio 1997
G.B. Nazzaro, in «Secondo Tempo», 1998
L. Mondo, in «Tuttolibri» (suppl. a «La Stampa»), 24 settembre 1998
R. Barbolini, in «Panorama», 1 ottobre 1998
R. Damiani, in «Il Gazzettino», 4 ottobre 1998
F. Parazzoli, in «Famiglia Cristiana», 4 ottobre 1998
S. Pautasso, in «Corriere del Ticino», 5 ottobre 1998
M. Corti, in «la Repubblica», 7 ottobre 1998
C. Segre, in «Corriere della Sera», 8 ottobre 1998
L. Doninelli, in «Il Giornale», 10 ottobre 1998
G. Riotta, in «IO Donna» (suppl. al «Corriere della Sera»), 10 ottobre 1998
G. Bonura, in «Avvenire», 10 ottobre 1998
F. Napoli, in «Gazzetta di Parma», 13 ottobre 1998
G. Marchetti, in «Gazzetta di Parma», 13 ottobre 1998
G. Montesano, in «Diario», anno III, n. 40, 14-20 ottobre 1998
D. Fiesoli, in «Il Tirreno», 15 ottobre 1998
A. Di Mauro, in «La Sicilia», 17 ottobre 1998
F. Piemontese, in «Il Mattino», 19 ottobre 1998
C. Augias, in «il Venerdì» (suppl. a «la Repubblica»), 23 ottobre 1998
A. Mundula, in «L'Osservatore Romano», 24 ottobre 1998
F. Mannoni, in «L'Eco di Bergamo», 24 ottobre 1998
G. De Rienzo, in «la Repubblica», 29 ottobre 1998
P. Gelli, in «Capital», 1 novembre 1998
G. Orelli, in «Azione», 5 novembre 1998
G. Pandini, in «La Provincia», 12 novembre 1998
M. Beck, in «Letture», anno LIII, quaderno 552, dicembre 1998
G. Pandini, in «Oggi e domani», n. 11-12, 1998
E. Golino, in «L'Espresso», 17 dicembre 1998
C. Toscani, in «Studi cattolici», dicembre 1998
D. Marcheschi, in «Società lucchese dei lettori», 1988-1998
L. Marchini, in «Società lucchese dei lettori», 1988-1998
C. Carena, in «Il Sole-24 Ore», 20 dicembre 1998

M. Dentone, in «Tecnologie, trasporti, mare», n. 11, dicembre 1998
S. Valzania, in «Agonistika News», anno VIII, n. 3-4, dicembre 1998
G.B. Nazzaro, in «Secondo Tempo», libro quinto, 1999
R. Salsano, in «Studi medievali e moderni», 2, 1999
A. Albertini, in «Giornale di Brescia», 30 gennaio 1999
P. Fornaro, in «L'Indice dei libri del mese», XVI, 2, febbraio 1999
L. Goffi, in «Annali manzoniani», Nuova serie III, 1999
G. Sias, in «La Voce di Mantova», 31 marzo 1999
M. Forti, in «Nuova Antologia», n. 2211, luglio-settembre 1999
A. Dosi, in «Silarus», n. 205, anno IXL, settembre-ottobre 1999
F. Zinelli, in «Tratti 52», autunno 1999
C. De Santis, in *Lingua d'autore*, a cura di F. Gatta e R. Tesi, Carocci, Roma 2000
G. Sias, in «La Clessidra», 1, 2000
C. Catenacci, in «Quaderni urbinati di cultura classica», N.S., 64, 1, 2000
V.M. Oreggia, in «Lo stato delle cose», 10, 11, 2000
C. Nesi, in «Strumenti critici», 92, anno XV, n. 1, gennaio 2000
N. Borsellino, W. Pedullà (a cura di), in *Letteratura italiana del Novecento,* Larousse-Rizzoli, gennaio 2000, voll. I e III
A. Giuliani, in «la Repubblica», 26 agosto 2000
G. Raboni, in «Corriere della Sera», 2 settembre 2000
L. Doninelli, in «il Giornale», 2 settembre 2000
W. Mauro, in «Il Tempo», 3 settembre 2000
A. Ederle, in «L'Arena», «Giornale di Vicenza», «Brescia oggi», 6 settembre 2000
G. Marchetti, in «Gazzetta di Parma», 7 settembre 2000
F. Napoli, in «Gazzetta di Parma», 7 settembre 2000
G. Bertone, in «Il Secolo XIX», 7 settembre 2000
A. D'Orrico, in «Sette» (suppl. al «Corriere della Sera»), 7 settembre 2000

M. Trecca, in «Gazzetta del Mezzogiorno», 8 settembre 2000
L. Mondo, in «Tuttolibri» (suppl. a «La Stampa»), 9 settembre 2000
A. Carandente, in «Roma», 9 settembre 2000
R. Damiani, in «Il Gazzettino», 10 settembre 2000
A. Longatti, in «La Provincia», 11 settembre 2000
R. Minore, in «Il Messaggero», 12 settembre 2000
D. Fiesoli, in «Il Tirreno», 12 settembre 2000
L. Zega, in «La Stampa», 13 settembre 2000
R. Barbolini, in «Panorama», 14 settembre 2000
F. Scaparro, in «Corriere della Sera», 15 settembre 2000
G. Dioguardi, in «Il Mattino», 15 settembre 2000
M. Onofri, in «Diario», 15 settembre 2000
G. Amoroso, in «Gazzetta del Sud», 19 settembre 2000
R. Cotroneo, in «L'Espresso», 21 settembre 2000
F. La Porta, in «Il manifesto», 21 settembre 2000
D. Marcheschi, in «Libero», 21 settembre 2000
N. Salvalaggio, in «Il Tempo», 21 settembre 2000
G. Borgese, in «IO Donna» (suppl. al «Corriere della Sera»), 25 settembre 2000
A. Paolini, in «Il Messaggero Veneto», 25 settembre 2000
M. Belpoliti, in «Il manifesto», 30 settembre 2000
P. Gelli, in «Linus», ottobre 2000
F. Parazzoli, in «Letture», ottobre 2000
V. Orsenigo, in «Quaderni di catarsi» (inserto di «Teatri della diversità»), V, 15, ottobre 2000
A. Mundula, in «L'Unione sarda», 1 ottobre 2000
C. Carena, in «Corriere del Ticino», 7 ottobre 2000
E. Paccagnini, in «Il Sole-24 Ore», 15 ottobre 2000
G. De Rienzo, in «Corriere della Sera», 15 ottobre 2000
C. Bo, in «Gente», 19 ottobre 2000
A. Sofri, in «Il Foglio», 19 ottobre 2000
L. Fontanella, in «America oggi», 22 ottobre 2000
M. Dentone, in «Salpare», XI, 44, ottobre-novembre 2000
C. Toscani, in «L'Osservatore romano», 1 novembre 2000
C. Marabini, in «Il Giorno», «La Nazione», «Il Resto del Carlino», 12 novembre 2000

G. Montefoschi, in «IO donna» (suppl. al «Corriere della Sera»), 25 novembre 2000
D. Marcheschi, *Destino e sorpresa*, Editrice C.R.T., Pistoia, novembre 2000
G. Cavallini, in «Critica letteraria», n. 108, Loffredo Editore, Napoli, dicembre 2000
M. Castaldi, in «L'Indice dei libri del mese», XVII, 12, dicembre 2000
V. Coletti, in «L'Indice dei libri del mese», XVII, 12, dicembre 2000
F. Giancanelli, in «L'Indice dei libri del mese», XVII, 12, dicembre 2000
S. Perrella, in «L'Indice dei libri del mese», XVII, 12, dicembre 2000
P. Pugni, in «Studi cattolici», dicembre 2000
S. Scognamiglio, in «L'Esopo», dicembre 2000
F. Piemontese, in «L'immaginazione», n. 173, dicembre 2000
L. Manconi, in «Il Resto del Carlino», «Il Giorno», 3 dicembre 2000
R. Bertacchini, in «Libero», 13 dicembre 2000
F. Piemontese, in «Il Mattino», 14 dicembre 2000
V. Fortichiari, in «Brescia oggi» e «L'Arena», 16 dicembre 2000
P. Di Stefano, in «Corriere della Sera», 17 dicembre 2000
A. Grasso, in «Corriere della Sera», 17 dicembre 2000
S. Giametta, in «Il Giornale di Vicenza», 28 dicembre 2000
G. Bonura, in «Avvenire», 29 dicembre 2000
B. Nacci, in «La Rivista del clero italiano», LXXXII, 1, gennaio 2001
G.B. Nazzaro, in «Secondo Tempo», libro undicesimo, gennaio 2001
A. Guglielmi, in «Diario», 12-18 gennaio 2001
A. Carandente, in «Roma», 14 gennaio 2001
M. Giaveri, in «Corriere del Mezzogiorno», 24 gennaio 2001
G. Ravasi, in «Avvenire», 6 febbraio 2001

M.R. Bricchi, in «Autografo», XVII, 42, gennaio-giugno 2001
M. Forti, in «Nuova Antologia», n. 2219, luglio-settembre 2001
N. Minissi, in «Belfagor», anno LVI, 31 luglio 2001
S. Salis, in «Il Sole-24 Ore», 16 settembre 2001
S. Fares, in «Corriere del Ticino», 18 settembre 2001
R. Salsano, in «Critica letteraria», n. 112, fascicolo III, 2001
G.C. Ferretti, in «Esperienze letterarie», anno XXVI, 2, 2001
A. Battistini, in « Studi di estetica», 2001
C. Martignoni, in *Leggere il mondo* (a cura di C. Segre e C. Martignoni), vol. VIII, Edizioni scolastiche Bruno Mondadori, Milano 2001
G. Ferroni, in *Storia della letteratura italiana. Il Novecento* (a cura di N. Borsellino e L. Felici), vol. I, Garzanti, Milano 2001
G. Ruozzi, in G. Cantarutti, *La scrittura aforistica*, Il Mulino, Bologna, 2001
V. Spinazzola, in *Tirature 2002*, il Saggiatore-Fondazione Mondadori, Milano 2002
A. Carandente, in *Il paradosso dell'evidenza*, Marcus edizioni, gennaio 2002
A. Dosi, in «Silarus», n. 219, gennaio-febbraio 2002
L. Doninelli, in «Tracce», marzo 2002
P. Di Stefano, in «Weltwoche», 4 aprile 2002
M.A. Rigoni Stern, in «Corriere della Sera», 20 agosto 2002
G. Raboni, in «Corriere della Sera», 25 agosto 2002
S. Nigro, in «Il Sole-24 Ore», 25 agosto 2002
S. Sereni, in «Donna Moderna», 28 agosto 2002
R. Minore, in «Il Messaggero», 29 agosto 2002
S. Fares, in «Corriere del Ticino», 29 agosto 2002
G. Martini, in «Gazzetta di Parma», 30 agosto 2002
N. Salvalaggio, in «Il Tempo», 30 agosto 2002
S. Giametta, in «Il Giornale», 31 agosto 2002
A. Albertini, in «Il Giornale di Brescia», 31 agosto 2002
G. Bonura, in «L'Avvenire», 31 agosto 2002

F. Mannoni, in «L'Eco di Bergamo», 1° settembre 2002
G. Amoroso, in «Gazzetta del Sud», 1° settembre 2002
A. Paolini, in «Messaggero Veneto», 3 settembre 2002
A. Longatti, in «La Provincia», 4 settembre 2002
L. Mondo, in «Tuttolibri» (suppl. a «La Stampa»), 7 settembre 2002
M. Belpoliti, in «Alias» (suppl. al «Manifesto»), 7 settembre 2002
F. Napoli, in «Gazzetta di Parma», 8 settembre 2002
G. Orelli, in «Azione», 11 settembre 2002
R. Bertacchini, in «Libero», 11 settembre 2002
F. Piemontese, in «Il Mattino», 12 settembre 2002
F. Portinari, in «L'Unità», 12 settembre 2002
P. Petroni, in «Gazzetta del Sud», 17 settembre 2002
G. Galetto, in «Bresciaoggi», 18 settembre 2002
E. Golino, in «L'Espresso», 19 settembre 2002
F. Parazzoli, in «Famiglia Cristiana», n. 38, 22 settembre 2002
F. La Porta, in «Il Manifesto», 25 settembre 2002
R. Barbolini, in «Panorama», 26 settembre 2002
A. Giuliani, in «La Repubblica», 27 settembre 2002
G. Montefoschi, in «IO Donna», n. 38, 28 settembre 2002
N. Naldini, in «Il Piccolo», 30 settembre 2002
C.F. Colucci, in «Riscontri», anno XXIV, n. 3, luglio-settembre 2002
V. Faggi, in «Le Rassegne di oggi e domani», settembre 2002
G. Bonina, in «Stilos», 1° ottobre 2002
G. Bertone, in «Il Secolo XIX», 2 ottobre 2002
M. Onofri, in «Diario», 3 ottobre 2002
D. Fiesoli, in «Il Tirreno», 5 ottobre 2002
G. De Rienzo, in «Corriere della Sera», 13 ottobre 2002
A. Magistà, in «Il Venerdì di Repubblica», 18 ottobre 2002
A. Guglielmi, in «L'Unità», 29 ottobre 2002
M. Beck, in «Letture», ottobre 2002
F. Lanza, in «Cenobio», anno LI, ottobre-dicembre 2002
A. Carandente, in «Secondo Tempo», libro 16°, Marcus Edizioni, ottobre 2002
C. Marabini, in «Nuova Antologia», ottobre-dicembre 2002

L. Desiato, in «Il Nostro Tempo», 10 novembre 2002
C. Toscani, in «L'Osservatore Romano», 13 novembre 2002.
G. Bertone, in «L'Indice dei libri del mese», anno XIX, n. 11, novembre 2002
C. Uguccioni, in «Club 3», anno XIV, n. 11, novembre 2002
M. Drudi, in «Pulp Libri», n. 40, novembre 2002
M. Dentone, in «Salpare», anno XIV, n. 50, novembre-dicembre 2002
A. Castronuovo, in «Cartapesta», n. 8, luglio-dicembre 2002
P. Pugni, in «Studi Cattolici», n. 502, dicembre 2002
A. Flammia, in «Città Nuova», anno XLVII, n. 3, 25 aprile 2003

Indice

GIUSEPPE PONTIGGIA

NATI DUE VOLTE

L'appassionato racconto di un padre e del suo rapporto con il figlio disabile. Un grande romanzo sull'handicap e sulla normalità, una straordinaria storia d'amore: caso letterario dell'anno.

(n. 1169), pp.238,
cod. 449543, € 7,80

PRIMA PERSONA

Aforismi fulminei, narrazioni esilaranti, passeggiate panoramiche: un'esperienza letteraria sconcertante che mobilita i registri dell'ironia e della satira, lasciando spazio alla partecipazione emotiva e al coinvolgimento solidale.

(n. 1833), pp. 294,
cod. 452103, € 7,40

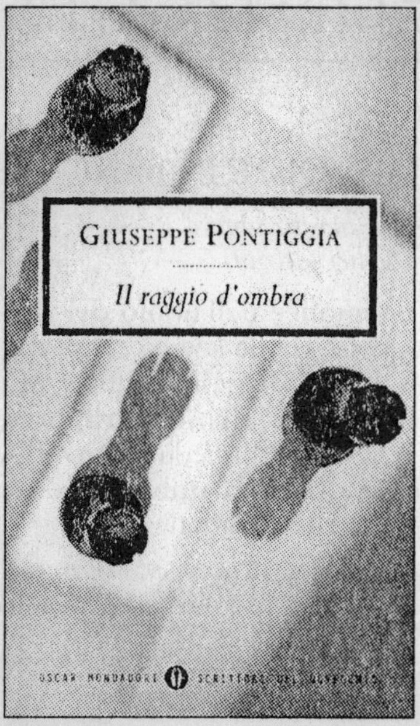

IL RAGGIO D'OMBRA

Un evaso politico si rifugia presso alcuni compagni clandestini; ma ricambia l'aiuto con il tradimento, e li fa arrestare. Tra suspense e ironia, un romanzo imprevedibile basato su un fatto accaduto nel 1927.

(n. 896), pp. 176,
cod. 439834, € 6,40

IL GIOCATORE INVISIBILE

Dalle pagine di una rivista un anonimo lettore attacca un illustre professore all'apice della carriera. Chi è l'inafferrabile avversario? E qual è il segreto del suo astio?

(n. 983), pp. 268,
cod. 442926, € 6,80

GIUSEPPE PONTIGGIA

GIUSEPPE PONTIGGIA

LA MORTE IN BANCA

Un romanzo breve
e sedici racconti

Istantanee dell'uomo del XX secolo, con le sue piccolezze e le sue illusioni: immagini grottesche e realistiche, rappresentate sempre con ironico distacco e con una tensione amara e drammatica.

(n. 1814), pp. 210,
cod. 451300, € 7,00

VITE DI UOMINI NON ILLUSTRI

Diciotto biografie immaginate di altrettanti personaggi. Esistenze oscure di uomini e donne comuni ma, come tutte, segnate da pathos e violenza, grandezza e meschinità.

(n. 1704), pp. 280,
cod. 450987, € 7,80

I CONTEMPORANEI DEL FUTURO

Dalla navigazione degli Argonauti alla stufa di Cartesio, dagli amori di Ovidio ai pirati di Defoe, un modo estroso e vitale di avvicinarsi alla lettura dei grandi autori del passato.

(n. 1763), pp. 280,
cod. 450931, € 7,40

L'ISOLA VOLANTE

Da uno dei massimi scrittori contemporanei una raccolta di "appunti di viaggio", brevi saggi, divagazioni e perlustrazioni nell'universo della grande letteratura, da Omero al Novecento.

(n. 1792), pp. 291,
cod. 450485, € 6,80

GIUSEPPE PONTIGGIA

«La grande sera»
di Giuseppe Pontiggia
Oscar scrittori del Novecento
Arnoldo Mondadori Editore

Questo volume è stato stampato
presso Mondadori Printing S.p.A.
Stabilimento NSM - Cles (TN)
Stampato in Italia - Printed in Italy

52430
2005